万葉の
遣《けん》新羅《しらぎ》使《し》紀行

横田 肇

文藝春秋企画出版部

生駒山　奈良県と大阪府の境界（写真提供・生駒市役所）

夕されば
ひぐらし来《き》鳴《な》く
生《い》駒《こま》山《やま》
越えてぞ吾《あ》が来《く》る
妹《いも》が目を欲《ほ》り

万葉集
三五八九
秦間満《はたのはしまろ》

明石海峡に沈む夕日（写真・アフロ）

ともしびの
明石《あかし》大門《おほと》に
入らむ日や
漕《こ》ぎ別れなむ
家《いへ》のあたり見ず

万葉集
二五四
柿本人麿《かきのもとのひとまろ》

明石海峡大橋の下を船でくぐる
対岸、右は神戸市、左は明石市

天離《あまざか》る
夷《ひな》の長道《ながぢ》ゆ
恋ひ来《く》れば
明石の門《と》より
大和島《やまとしま》見ゆ

万葉集
二五五
柿本人麿

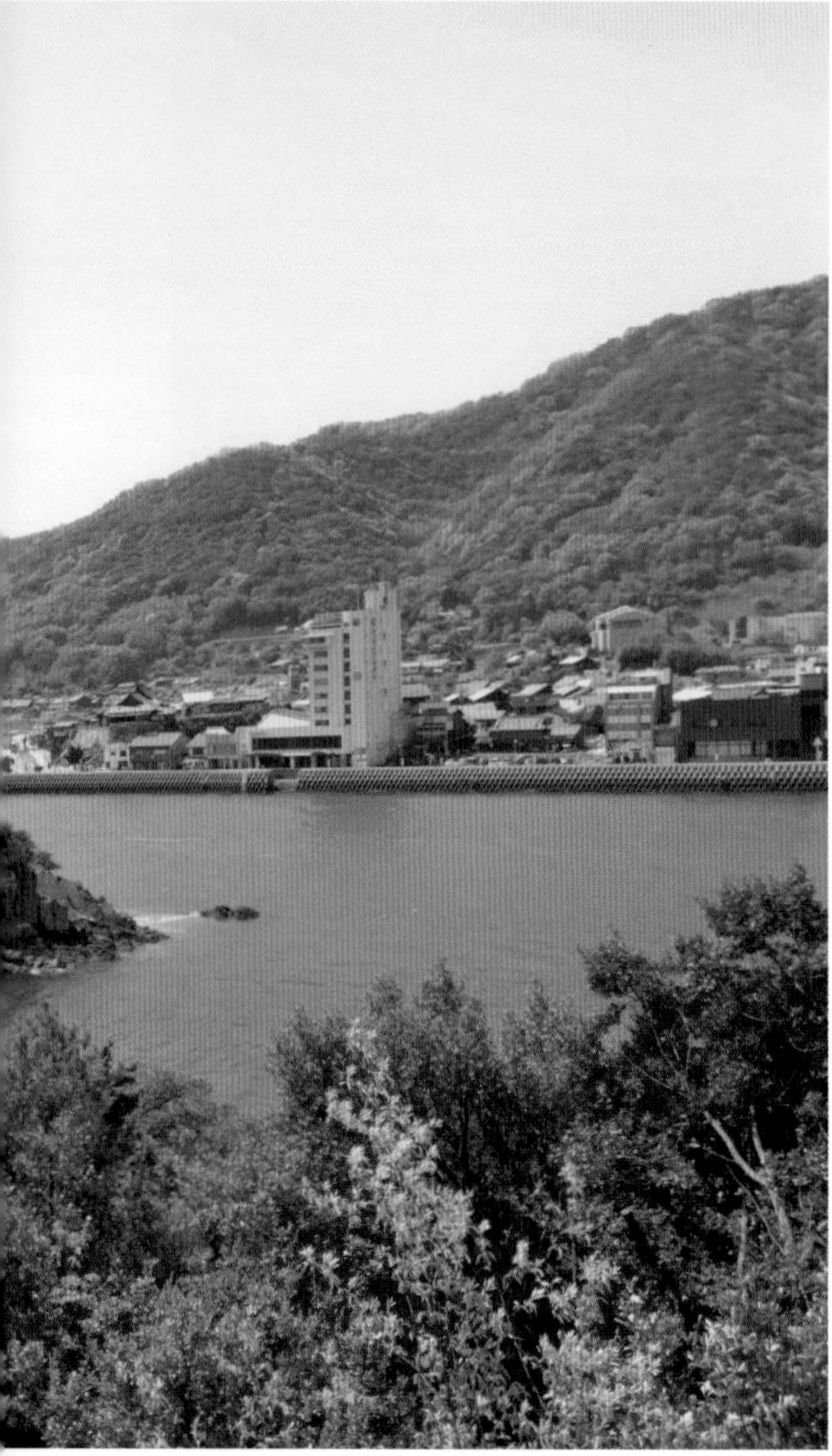

我妹子《わぎもこ》が　見し鞆《とも》の浦の　むろの木は　常世《とこよ》にあれど　見し人そなき

万葉集　四四六　大伴　旅人《おほとものたびと》

鞆《とも》の浦の　磯のむろの木　見むごとに　相見《あひみ》し妹《いも》は　わすらえめやも

万葉集　四四七　大伴旅人

鞆の浦（広島県福山市）の仙酔島より弁天島、鞆の浦港を望む

君が行く　海辺《うみべ》の宿に　霧立たば　吾《あ》が立ち嘆《なげ》く　息《いき》と知りませ

万葉集　三五八〇　遣新羅使人の妻

わが故に　妹嘆《いもなげ》くらし　風早《かざはや》の　浦の沖辺《おきへ》に　霧たなびけり

万葉集　三六一五　遣新羅使人

風早《かざはや》の浦
広島県東広島市安芸津町風早の祝詞山《のりとやま》八幡神社境内にある万葉歌碑と陶壁画

わが命《いのち》を　長門《ながと》の島の　小《こ》松原《まつばら》　幾代《いくよ》を経《へ》てか　神《かむ》さびわたる

万葉集　三六二一　遣新羅使人

長門《ながと》の島《しま》（広島県呉市倉橋島）の桂浜《かつらがはま》

白砂青松

周防《すおう》大島より大島の鳴戸を望む
対岸は山口県柳井市大畠

筑紫道《つくしぢ》の
可太《かだ》の大島
しましくも
見ねば恋しき
妹《いも》を置きて来《き》ぬ

万葉集
三六三四
遣新羅使人

山口県熊毛郡平生町より西方を望む
中央上部が祝島、右端上部が小祝島

家人《いへびと》は
帰り早来《はやこ》と
伊波比島《いはひしま》
斎《いは》ひ待つらむ
旅行くわれを

万葉集
三六三六
遣新羅使人

壱岐

岩田野《いはたの》に　宿《やど》りする君　家人《いへびと》の　いづらとわれを　問はば如何《いか》に言はむ

万葉集　三六八九　遣新羅使人

「遣新羅使の墓」の看板

伝雪宅満《ゆきのやかまろ》の墓石

壱岐　勝本港

新羅《しらぎ》へか
家にか帰る
壱岐《ゆき》の島
行《ゆ》かむたどきも
思ひかねつも

万葉集
三六九六
六鯖《むさば》

対馬

百船の泊つる対馬の　浅茅山
時雨の雨に　もみたひにけり
遣新羅使の歌

百船《ももふね》の
泊《は》つる対馬《つしま》の
浅茅《あさぢ》山《やま》
時雨《しぐれ》の雨に
もみたひにけり

万葉集
三六九七
遣新羅使人

浅茅湾《あそうわん》

竹敷《たかしき》の
玉藻《たまも》靡《なび》かし
漕《こ》ぎ出《で》なむ
君が御船《みふね》を
何時《いつ》とか待たむ

万葉集
三七〇五
対馬の娘子《をとめ》　玉槻《たまつき》

対馬本島と小島である沖島を結ぶ大橋
住吉神社より沖島を望む

玉敷《し》ける
清き渚《なぎさ》を
潮《しほ》満《み》てば
飽《あ》かずわれ行く
帰《かへ》るさに見む

万葉集
三七〇六
大使　阿《あ》倍継麿《べのつぎまろ》

はじめに

「遣唐使《けんとうし》」という言葉を知らない人はいないだろうが、「遣新羅使《けんしらぎし》」という言葉については「はて」と首をかしげる人も多いと思われる。

しかし、遣唐使が中国大陸の唐に派遣された全く同じ時代に、日本から朝鮮半島の新羅国にも、同様に遣新羅使が派遣されていたのである。遣唐使に比べれば規模は小さいが、その回数は大きく上回る。『万葉集』の中に遣唐使に関する歌は二十数首しかないが、遣新羅使の歌は一四五首もあり、しかもそれらは七三六（天平八）年に派遣された時の遣新羅使人の歌に限られている。

この時の遣新羅使は七三六年、平城京（奈良）を出発し、六月に難波津《なにわづ》（大阪）を出航して瀬戸内海を西に航行し、潮の干満の流れと風向きを見ながら手漕ぎで進み、泊地泊地で歌を詠み、九州北岸から朝鮮海峡の壱岐《いき》・対馬《つしま》を経て朝鮮半島へと向かう。

行きの歌が一四〇首、帰りの歌は五首。朝鮮半島に上陸してからの歌は一首もない。当時の日本と新羅の外交関係は非常に厳しい状況にあり、使人たちは成功の見込みが極めて少ないことを予見していたようで、遣唐使のように使命感に燃えた歌はなく、望郷、妻恋いの歌に終始している。

この一行の歌一四五首は、さながら旅日記でもあるかのように並んでおり、我が国最古の海路における紀行文学（韻文）の性格をもっている。全て国内において航行の途中に作られているため、詠まれた歌の地を訪れ、その時の歌を鑑賞するべく、文章の作成を試みたのが本書である。

これらの歌が詠まれてから既に一三〇〇年近くの歳月が経つ。瀬戸内海沿岸は近世の干拓によって地形が変わってしまったところもあるが、基本的には海や山川の風景は変わっておらず、現地を訪ねてみれば彼ら一行の心緒《しんちょ》、抒情《じょじょう》に同感し、感動を覚えることができた。

この拙著が読者の方々の参考の一助となれば幸いである。

なお、当時の平城京（奈良）から難波津（大阪）への主なルートは「龍田越え」であったため、龍田で詠まれた歌は歴史上、多数存在する。そのため遣新羅使の最後の歌を筆頭に、本書の第五章で「龍田越え」に関する歌やその地を説明する文章を付け加えた。遣新羅使紀行文を補うものとして諒とされたい。そして多くの先学の師の功績に導かれて本書を作成したことを予め申し上げておく次第である。

万葉の遣新羅使紀行

目次

凡例

一．『万葉集』巻一五にある西暦七三六（天平八）年の遣新羅使の歌、一四五首（歌番号三五七八～三七二二）およびその題詞、左注は全て**太明朝体**とした。

一．右以外の『万葉集』の歌や、他の歌は全て明朝体とした。

一．歌は基本的には全て現代語訳を付け、（　）で示した。

一．題詞、左注で現代語訳が必要と思われるものは付け、原文だけで十分意味のとれるものは省いた。

一．原文に作者名のない歌は「作者未詳」とするのが原則だが、七三六年の遣新羅使人であることが明白な歌は作者名を「遣新羅使人」とした。

一．この時の遣新羅使以外の歌で作者名の記録がないものは『万葉集』に関しては「作者未詳」とし、『万葉集』以外では「よみ人しらず」とした。

一．「龍田」・「立田」・「たつた」・「竜田」の文字は、「竜田大橋」「竜田公園」以外は全て「龍田」で統一した。

万葉の遣新羅使紀行

第一章　新羅《しらぎ》という国

『万葉集』の巻一五は次の序文から始まる。

「天平八年（西暦七三六年）丙子《ひのえね》の夏六月、使《つかひ》を新羅国《しらぎのくに》に遣《つか》はしし時に、使人《つかひびと》らの、各々別《わかれ》を悲しびて贈答し、また海路《うなぢ》の上《ほとり》にして旅を慟《いた》み思《おもひ》を陳《の》べて作れる歌　幷《あは》せて、所に当たりて誦詠《しょうえい》せる古歌　一百四十五首」

『万葉集』巻一五はこのあと題詞や左注のついた歌が一四五首、平城京を出発して瀬戸内海を通り、九州北岸から壱岐《いき》・対馬《つしま》とその行程に沿って詠まれていくのであるが、その歌の数々を鑑賞する前に新羅という国を確認しておく必要がある。

朝鮮三国

朝鮮半島は新羅・百済《くだら》・高句麗《こうくり》の三国が成立する以前より、中国本土からの厳しい影響下にあった。それでも後漢滅亡（西暦二二〇年）後の中国本土は諸国が分立して朝鮮半島への影響力が低下したので、西暦三〇〇年頃から新羅・百済・高句麗が国家を作り上げ、お互いに牽制し合った。日本では大和政権が国内統一をほぼ終えた頃に当たる。

朝鮮三国のその版図は、新羅が朝鮮半島の南部の日本海側、百済が半島南部の黄海側、そして現在の北朝鮮から旧満州を含む半島北部を領有していたのが高句麗であった。

ただその三国の三つ巴《どもえ》の争いは凄まじいもので、たえずその国境線は変化し、興亡を繰り返していた。

当時、倭《わ》と呼ばれていた日本は建国当初から一国であったため、百済、新羅、高句麗は自国の勢力の維持、拡大のため、それぞれ倭国に対し、朝貢国の形で軍事的後衛と交易を求めてきた。倭国は特に百済とは密接な関係にあった。そのような状況の中で後漢の滅亡後、混乱を極めていた中国本土は隋《ずい》によって統一され（五八九年）、隋は統一の余勢を駆って朝鮮半島北部を領有する高句麗を攻撃した。この時、隋と徹底して戦う高句麗に対して、隋に依存しながらもその高句麗征伐に乗じて新羅を攻撃した百済、そして一貫して隋に臣従する新羅と三者三様の反応をした。

隋は三度にわたって高句麗を攻撃したが、高句麗はよく防衛し、逆に隋の方が亡びてしまう（六一八年）。隋から禅譲されるような形で興った唐《とう》（六一八年）は隋と同様に朝鮮半島を併呑しようとし、朝貢国新羅の要請を受ける形で唐・新羅連合軍を作り、高句麗、百済を攻めた。唐はまず三国の中で最も力の弱かった百済を亡ぼした（六六〇年）。百済は一旦は滅亡するが、その遺民たちは宗主国であった日本に再興のための軍事力を要請した。当時、日本の最高実力者、中大兄皇子《なかのおおえのおうじ》は百済救援を決断し、新羅を討つとして援軍を百済に送った。しかし、その援軍は朝鮮半島南部の黄海側の白村江《はくすきのえ》で唐軍に敗れ、百済は完全に滅亡した（六六三年）。そのため、日本は朝鮮三国への介入はこれを最後とし、唐・新羅連合軍が日本に攻めてくることを必定《ひつじょう》と認識してその防衛に全力を注いだ。すなわち百済亡命者の指導のもと、対馬、壱岐、九州北部から瀬戸内海沿岸各地に朝鮮式山城《やまじろ》を築き、都を飛鳥京から琵琶湖南西側に移し、大津京とした。

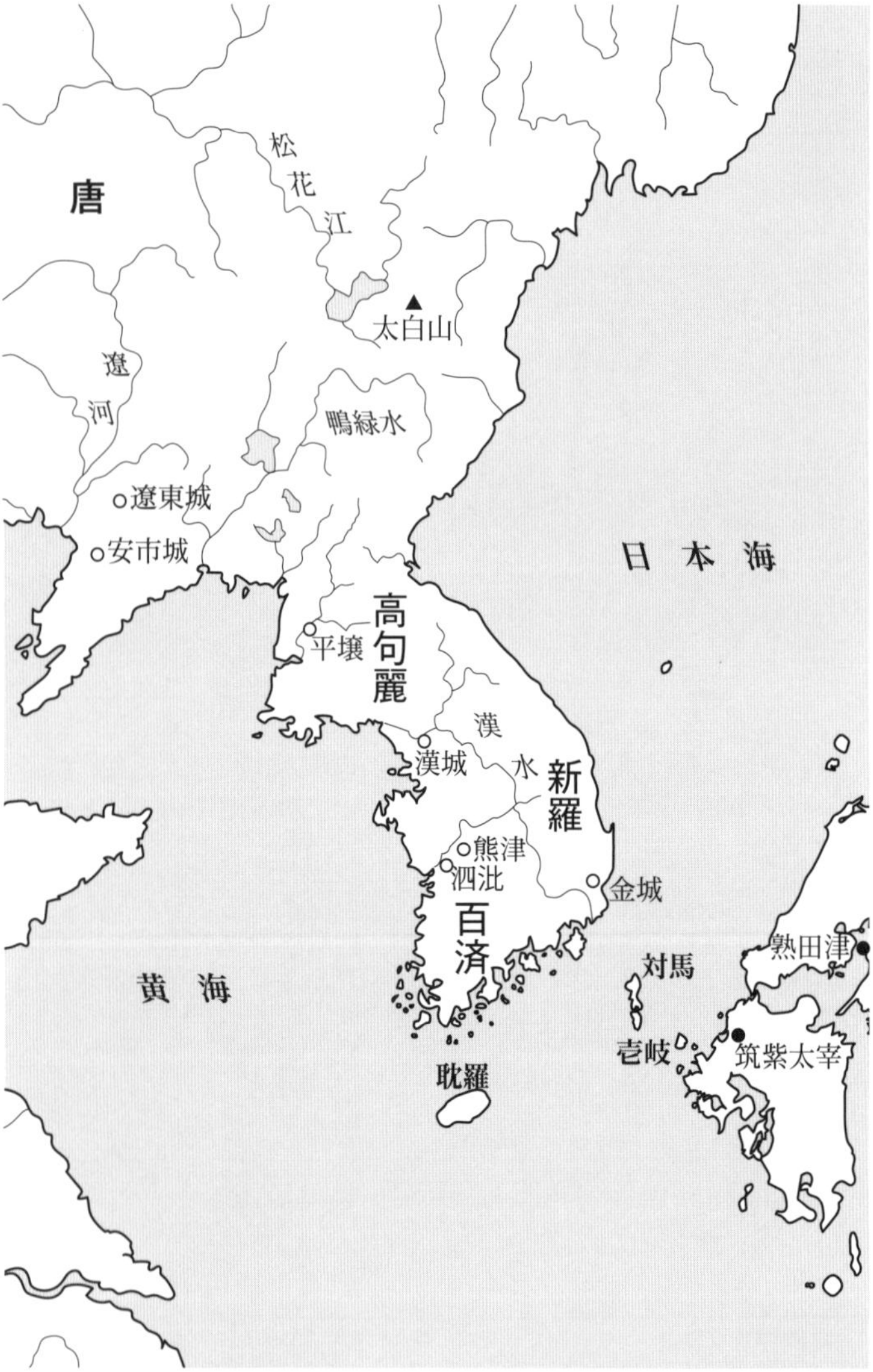

7世紀半ばの朝鮮半島周辺地図

出典：森公章『「白村江」以後　国家危機と東アジア外交』講談社選書メチエ

統一新羅

百済を亡ぼした唐は、次に隋の時代から念願であった朝鮮半島北部の高句麗を併呑すべく、これを攻め、唐建国五〇年後の六六八年、ようやく高句麗を亡ぼした。その後、半島に駐留する唐軍と独立を望む新羅との間に対立が起こり、新羅は半島から唐軍を追い出し、現在の韓国と北朝鮮の南部を領有する国家となった（六七六年）。これを三国時代の「新羅」に対し「統一新羅」といって区別している。

なお、高句麗滅亡後の新羅と唐の対立によって、唐・新羅連合軍が日本に攻めてくる可能性はなくなり、日本は一時対立した唐や新羅との関係改善が進められた。

日本は聖徳太子の遣隋使派遣（六〇七年）以来、外交上、隋・唐とは対等関係に腐心し、小中華を自負した。隋・唐も日本の朝鮮半島への影響力を認め、かつ海を隔てた遠国であることから、隋・唐とは一線を画する日本の態度を黙認する形で推移した。

新羅と日本の関係は、五〇三年、正式に国号を「新羅」とした時から新羅・百済・高句麗の三国が鼎立《ていりつ》した七世紀中盤までは問題がなかった。しかし、新羅が朝鮮半島唯一の国家となり、統一新羅（六七六年）になってから新羅滅亡（九三五年）まで、新羅は日本の朝貢国となったり、対立国になったり、また朝貢国にもどるといった複雑な関係となった。これには東アジア諸国のその時代の勢力関係が大きく影響していることは言をまたない。

前述したように新羅は三国時代、百済・高句麗と度々戦っており、六五五年、高句麗と百済から攻撃を受けた時には唐に救援を求め、出兵を依頼した。唐はこの要請を受け、まず百済を亡ぼし（六六〇年）、ついで高句麗を亡ぼしたが（六六八年）、新羅は半島における唐の勢力が拡大することを嫌い、半島に駐留する唐軍に対して六七〇年に軍事行動を起こした。唐が東方の朝鮮半島に勢力をつぎ込んでいる最中に、中国大陸の西南部を領有する吐蕃《とばん》（チベット）は勢力を拡大し、六七〇年に唐の領域に侵入したため両国間の戦争となり、唐軍が大敗するという事態が生じた。唐は六七四年に新羅征討軍を起こしたが、吐蕃の勢力拡張によって朝鮮半島に兵力を回す余裕がなくなり、六七八年に新羅征討を断念した。このような状況にあって、新羅は六七六年には半島から唐軍を追い出して、半島を統括する「統一新羅」が成立したのである。この時から統一新羅と日本の外交は微妙なものになっていく。

一方、六六八年に滅亡した高句麗は三〇年後の六九八年、旧高句麗の遺民たちが渤海《ぼっかい》国を建国した。そこで国境を接する統一新羅と渤海の間では緊張が高まり、このことが新羅・渤海の両国が対唐、対日関係にも影響を及ぼすこととなった。

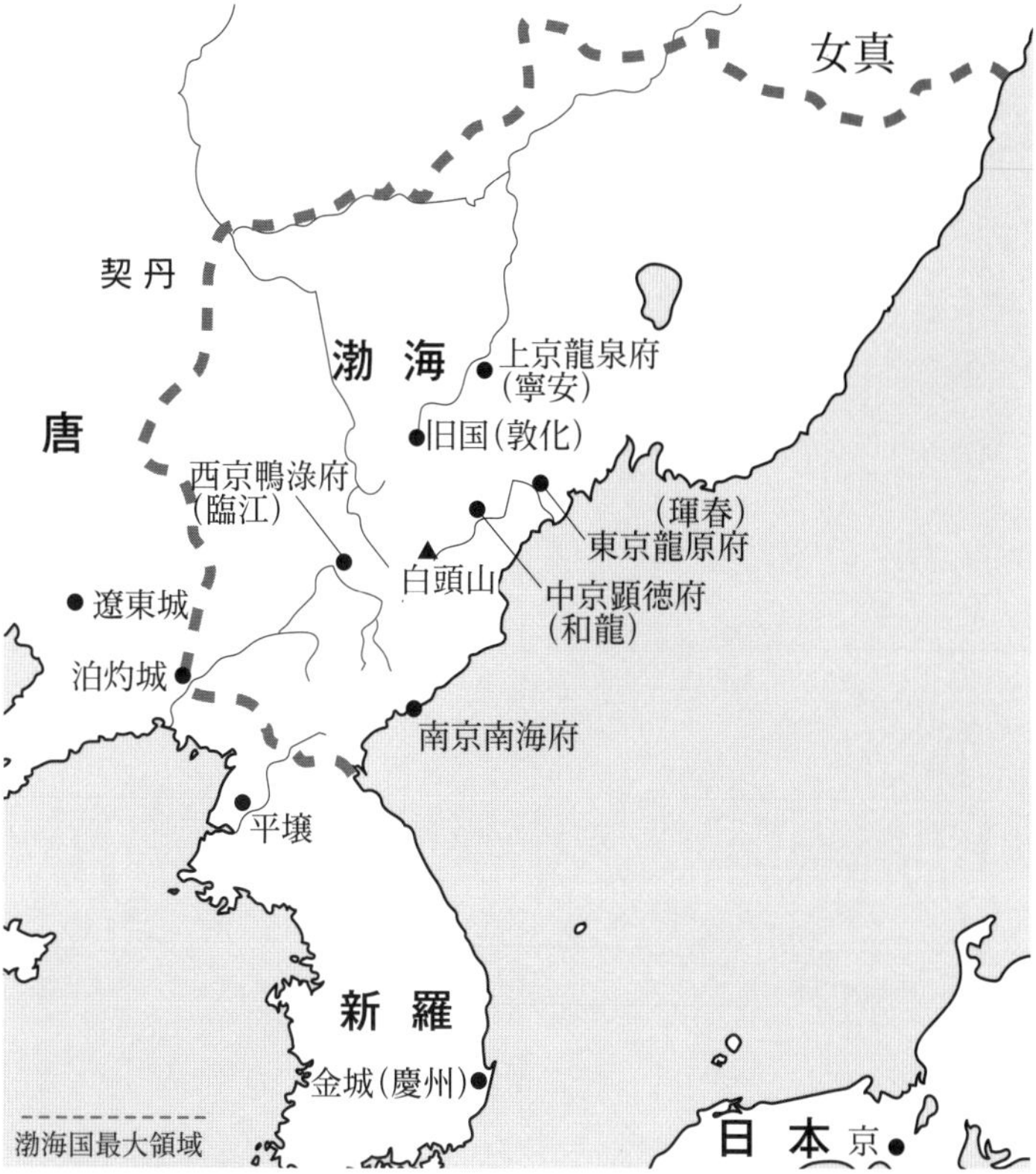

9世紀前半の渤海国周辺地図

第二章　遣《けん》新《しら》羅《ぎ》使《し》

遣新羅使とは、統一新羅が成立する（六七六年）少し前の六六八年から七七九（宝亀一〇）年まで、日本から新羅に派遣された二四回の使節をいう。

朝鮮三国（新羅・百済《くだら》・高句麗《こうくり》）鼎立《ていりつ》の時代の後半、半島を統一したい新羅は唐《とう》の軍事力を借りて、まず百済を亡ぼした（六六〇年）。続いて唐は半島北部の高句麗を攻撃し、高句麗が亡ぶ見通しがついた時、新羅は旧百済の跡地に駐留する唐軍が邪魔になってきた。そこで、高句麗滅亡後に朝鮮半島から唐の勢力を追い出す方針を立て、その時の新羅の後ろ盾となって欲しい日本へ高句麗が亡ぶ六六八年に朝貢使を派遣した。百済復興に援軍を出した日本軍は白村江《はくすきのえ》で唐軍と戦って敗れるが、新羅軍との戦闘はあまりなかったらしく、日本は六六八年の新羅の朝貢使を受け入れ、使節の帰国に際して船を一隻建造して与え、遣新羅使を同行させた。これが第一回の遣新羅使とされるものであり、国交回復を目的とした使節と考えられる。そして新羅が半島から唐軍を追い出した六七六年の前年、すなわち六七五年には大使大伴国麿《おおとものくにまろ》・副使三宅吉士入石《みやけのきしいりし》らを派遣した。この時の使節を第一回遣新羅使とする説もある。

この頃から前後して、日本・新羅両国間に頻繁に使者が行き交うようになった。六七〇年から始まった新羅・唐戦争は、六七六年に唐軍が半島から撤退し、旧高句麗領の南半分と旧百済領を併せて、新羅は朝鮮半島をほぼ統一することに成功した。これ以降を統一新羅と呼ぶようになったのは既述の通りである。

新羅は半島統一後も引き続き唐との関係は緊張し続け、唐と対抗するために日本への朝貢外交は継続した。この時代、すなわち六七二年から七〇一年までの三〇年間、日本は遣唐使を派遣しておらず、また唐からの外交使節も来日していない。一方、日本と新羅の関係は六六八年から七〇〇年までの間、新羅からの遣日使が二五回も来日しており、日本からの遣新羅使は一〇回を数える。しかし、高句麗の末裔《まつえい》である渤海《ぼっかい》が建国する六九八年頃、唐と渤海との間に戦端が開かれると、新羅と唐との関係は改善され、七三二年、唐の要請を受けて新羅は渤海を攻撃した。唐が渤海と和解すると、新羅は渤海攻撃の姿勢が唐から評価され、七三五年、唐から冊封《さくほう》を受けて鴨緑江《おうりょっこう》以南の地の領有を認められた。

新羅は唐との対立から次第に良好な関係ができるようになると、新羅が後ろ盾としていた日本に対してはその価値が減少し、朝貢外交から対等関係を目指すようになる。七三五（天平七）年、新羅の日本への使節は国号を「王城国」と改称したと告知したため、日本の朝廷は無断で国号を改称したことを責め、使節を追い返した。この間の状況が『続日本紀《しょくにほんぎ》』には次のように記されている。

「二月一七日、新羅使《しらぎのつかひ》　金相貞《こむさうちゅう》、京《みやこ》に入《い》る。

同　二七日、中納言正三位多治比《たぢひ》真人県守《あがたもり》を兵部《ひゃうぶ》の曹司《ざうし》に遣《つかは》して、新羅使の入朝《みかどまゐり》せる旨《むね》を問《と》はしむ。而《しか》るに新羅国、輙《たやす》く本《もと》の号《な》を改《あらた》めて王城国《おうじゃうこく》と曰《い》ふ。茲《これ》に因《よ》りてその使《つかひ》を返《かへ》し却《しりぞ》く」

「王城」は「天子の都城」の意であり、日本との対等な関係を求めた新羅に対し、日本は従来通り、新羅を朝貢国扱いしたことにより、両国関係は悪化した。翌七三六（天平八）年、日本は新羅に対し、従来通りの関係を保ち、国号を変えたことを糾《ただ》すべく阿倍継麿《あべのつぎまろ》を大使とする遣新羅使を派遣した。

この時の遣新羅使一行の旅程で詠まれた歌一四五首が『万葉集』巻一五の前半に載っていて、日本の最初の紀行文と見られるものである。

本書はこの一四五首の歌が詠まれた地域に足を運び、その地で詠まれた歌を鑑賞し、解説することを主とするものである。

この時の遣新羅使は独立性を強めた新羅から相手にされず、追い返されてしまっている。その後、日本と新羅はぎくしゃくした関係となったが、この時より一六年後の七五二（天平勝宝四）年、新羅王子金泰廉《きんたいれん》が日本に対し朝貢し、外交的には日本に服属した形となった。その後、日本と新羅はまた関係が険悪となったが、新羅は内乱が続き、国内が混乱すると再び日本に慇懃《いんぎん》な態度をとるようになり、七七九（宝亀一〇）年、新羅は日本への服属を象徴する御調《みつぎ》を携えて使者を派遣した。この年、日本は遣唐使の帰り船、四隻のうち一隻が済州島《チェジュ》で捕らわれているため、これを迎えるべく遣新羅使を派遣している。正式な遣新羅使として記録に残るのはこれが最後で、本書巻末に遣新羅使一覧表を載せておいたので、詳しくはそちらを参照していただきたい。

一　使節の規模

遣唐使と全く同時代の使節でありながら、遣新羅使については記録が極めて少ない。遣唐使の規模と比べればかなり小型と思われるが、回数はほぼ二倍と推測されている。

人数については朝鮮の正史『三国史記』「新羅本紀」七〇三年の条に「日本国の使者が来

た。総勢二〇四人であった」という記録がある。同時期の七〇二年の日本からの遣唐使は四隻、五〇〇人ほどとされており、その後も四隻を基本として七一七年は五五七人、七三三年には五九四人、七五二年には四五〇人、八三八年には六五一人という記録があるが、遣新羅使の人数はこの『三国史記』の二〇四人の記録しかない。大岡信《まこと》氏の『私の万葉集　四』においては、「七三六年の遣新羅使は総勢おそらく二百人前後」と推測されている。しかし、人数についてはこの『三国史記』の七〇三年の記録のみで、『三国史記』の完成は一一四五年であるから七〇三年の遣新羅使より四四二年もあとのことであり、この記事をもって七三六年の遣新羅使の人数を推定してよいものか。高木市之助氏は七三六年の遣新羅使の総勢は八〇人ほどと推定されており、人数に関しては不明としか言いようがない。また、歌の内容から遣新羅使船は一隻であり、当時の一隻の最大乗員は一五〇人程度であるから、大岡信氏の『三国史記』を参考にした二〇〇人前後は当たらない。この時の使節は一五〇人を超えることはないであろう。

閑話休題

朝鮮の『三国史記』を引用したので、ここで「正史」というものについて述べておきたい。

「正史」とは、主に国家によって公式に編纂された王朝の史書のことである。

中国では新しい王朝が成立すると、自己正当化の手段として前王朝の歴史を編集するのが通例で、隋《ずい》（五八一〜六一八年）の『隋書』は隋が亡んで唐の時代になってから六五六年に完成している。唐（六一八〜九〇七年）に関しては、唐が亡んだ後に『旧唐書《くとうじょ》』（九四五年）、および宋《そう》（建国九六〇年）になってから『新唐書《しんとうじょ》』（一〇六〇年）が作られている。

一方、日本では歴史上、王朝の交代はないが、天武《てんむ》天皇（在位六七三〜六八六年）が日本の正史を作ることを発案し、神代から始まって持統《じとう》天皇が孫の文武《もんむ》天皇に譲位する六九七年八月一日までの『日本書紀』三〇巻が七二〇（養老四）年に完成している。そして、文武天皇即位（六九七年八月一日）から七九一（延暦一〇）年一二月一七日までの九五年間の正史『続日本紀《しょくにほんぎ》』四〇巻が七九七（延暦一六）年に完成している。

遣唐使、遣新羅使についての記録は、この『日本書紀』の最終部分と『続日本紀』全巻の記事が基本となるが、中国の『隋書』、『旧唐書』、『新唐書』、および朝鮮の『三国史記』も参考になる。

朝鮮の『三国史記』五〇巻は中国の正史にならい、新羅・百済・高句麗の三国が全て亡んだ（統一新羅滅亡は九三五年）のち、高麗《こうらい》国となってから一一四五年に完成した朝鮮三国の正史である。その中の「新羅本紀」一二巻は日本と同じく神代から始まるが、『日本書紀』、『続日本紀』より記述がはるかに簡素であり、日本の遣新羅使、新羅の遣日本使の記事も非常に少ない。そして、『日本書紀』より四二五年後、『続日本紀』より三四八年後であり、精度に欠ける点は否めない。

このようなことから、『万葉集』巻一五の遣新羅使（七三六年）の歌一四五首は、歴史上極めて重要である。

二　使節の航路

遣新羅使のとった航路は、『日本書紀』、『続日本紀』にもほとんど記載がないが、七三六年、阿倍継麿を大使とする遣新羅使一行が詠んだ歌が『万葉集』巻一五に一四五首あって、その歌の順序により、その行程、航路が推察できる。

この一行は難波の津を船出した後、瀬戸内海を西へ進み、途中、敏馬《みぬめ》（兵庫県神戸市）、明石海峡（兵庫県）、玉の浦（岡山県倉敷市）、鞆《とも》の浦（広島県福山市）、風早《かざはや》の浦（東広島市）、倉橋島（広島県呉市）、麻里布《まりふ》の浦（山口県岩国市）、大島の鳴門（山口県屋代島）、熊毛の浦（山口県上《かみの》関《せき》町）、佐婆《さば》の海（山口県防府市）を経て九州に渡り、分間《わくま》の浦（大分県中津市）、筑紫の館《むろつみ》（福岡市中央区）、そして韓《から》亭《とまり》（福岡市西区）、引《ひき》津《つの》亭《とまり》（福岡県糸島市）から狛《こま》嶋《しまの》亭《とまり》（佐賀県神集《かしわ》島）に渡り、

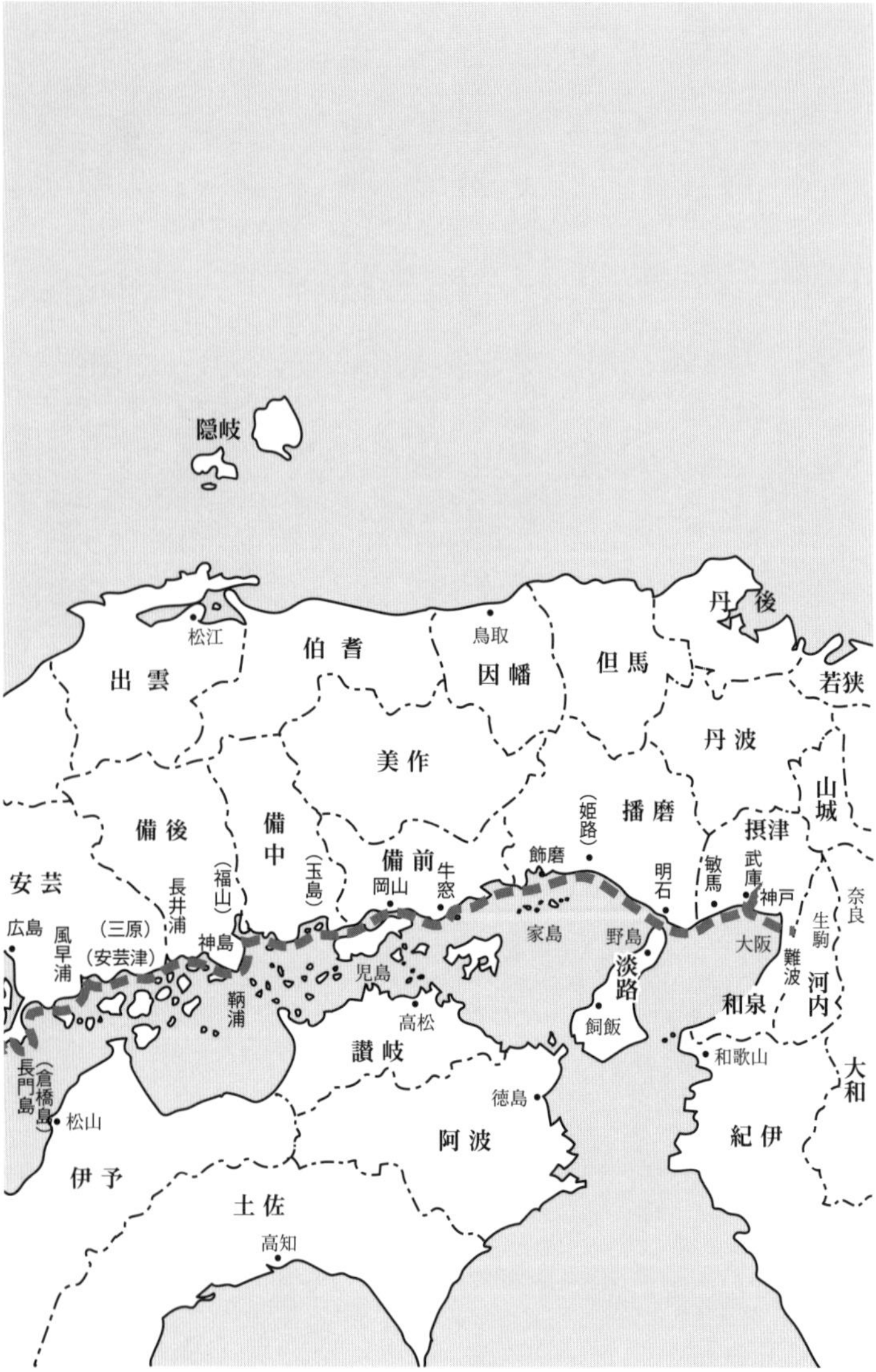
隠岐
丹後
松江
鳥取
伯耆
出雲
因幡
但馬
若狭
丹波
美作
山城
播磨
（姫路）
摂津
備後
備中
備前
飾磨
明石
敏馬
武庫
神戸
安芸
（福山）
（玉島）
岡山
牛窓
奈良
長井浦
広島
風早浦
（三原）
（安芸津）
神島
家島
野島
大阪
生駒
淡路
難波
河内
児島
鞆浦
和泉
高松
飼飯
讃岐
和歌山
長門島
（倉橋島）
松山
徳島
大和
阿波
紀伊
伊予
土佐
高知

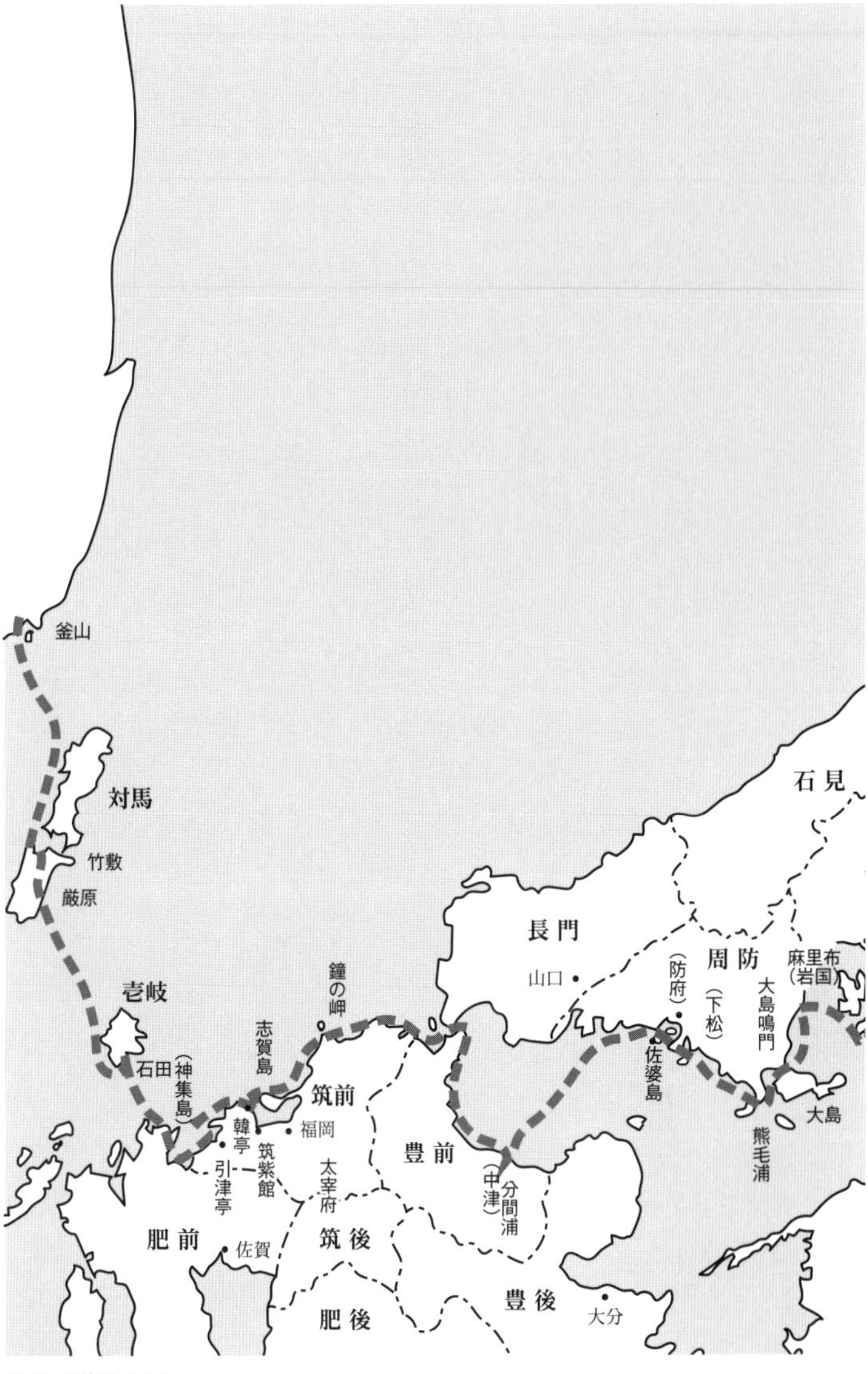
釜山
対馬
竹敷
厳原
壱岐
石田（神集島）
志賀島
鐘の岬
韓亭
引津亭
筑紫館
福岡
筑前
太宰府
肥前
佐賀
筑後
肥後
豊前
（中津）分間浦
豊後
大分
長門
山口
石見
周防
（防府）
（下松）
佐婆島
大島鳴門
熊毛浦
大島
麻里布（岩国）

遣新羅使航路図

壱岐の島、浅茅《あさぢ》の浦（対馬）、竹敷《たかしき》の浦（対馬）を経て新羅へと向かっている。

　行きが一四〇首あって泊地ごとに歌が詠まれているので航路は明確であるが、帰りは兵庫県の瀬戸内海の家島での五首しかない。しかし、往路とほぼ同じ航路をたどったものと推測されている。

第三章　七三六年　遣《けん》新羅《しらぎ》使《し》の旅

一　出発前のいきさつ

前述したように従来、日本への朝貢国として位置付けされていた新羅は唐との関係が良好になってきたため、独立性を高め、前年の七三五（天平七）年、日本への遣日使は国号を「王城国」と改めたことを日本に通告した。そのため、日本は無断で改称したことを責め、従来通りの関係を要求し、新羅使節を追い返していた。

翌七三六（天平八）年、日本の主張を新羅に認めさせようと、遣新羅使を同年二月二八日任命した。『続日本紀《しょくにほんぎ》』七三六年の条には次のように記されている。

「二月戊寅（二八日）従五位下阿倍朝臣継麿を以て遣新羅の大使と為す」

大使　阿倍朝臣《あべのあそん》継麿《つぎまろ》
副使　大伴宿禰《おおとものすくね》三中《みなか》
大判官　壬生使主《みぶのおみ》宇太麿《うだまろ》
少判官　大蔵忌寸《おおくらのいみき》麻呂《まろ》

四月一七日、大使らは聖武天皇に出発に臨んでの挨拶をした。『続日本紀』には次のように記す。

「夏四月丙寅（一七日）遣新羅使の阿倍朝臣継麿等、朝《みかど》を拝す」

そして直ちに平城京を出発し、難波津《なにわづ》に向かい、四月中に出航する予定であった。前回七三二（天平四）年の遣新羅使は往復に五ヵ月を要しているので、今回も予定通り行けば秋九月に帰るはずであった。しかるに出航の準備に手間取ったのか、対新羅政策の決定が遅れたのか、難波津出航が六月にずれ込んだ。これは台風シーズンによる影響もあったのであろう。後々、彼らに苦闘を倍加する旅を強《し》いる最初の要因となった。

また、今回の主要な使命は、新羅に日本側の要求を呑ませること、すなわち三年に一度の朝貢の履行を確約させることと、加えて前年の七三五年、新羅の使節が行った外交的無礼を公式に謝罪させることなどであったと思われる。しかしながら、この外交交渉の任務の成功の可能性は低く、その困難性を予想し、大使以下使節一行の士気は上がらず、行く先々で詠まれた歌は望郷の念、妻恋いの想いを基調とするものが大部分である。

『万葉集』巻一五の遣新羅使の歌一四五首（歌番号三五七八〜三七二二）は、行程（歌番号順）に従って分類すると一三のグループに分けられる。第一のグループから順次解説していくこととする。

二　出発前の贈答歌　一一首

この一一首の歌には次の題詞がある。

「新羅に遣《つか》はさえし使人《つかひひと》らの、別《わかれ》を悲しびて贈答し、また海路《うなぢ》にして情《こころ》を慟《いた》ましめ思《おもひ》を陳《の》べたる、幷《あは》せて所に当たりて誦《うた》へる古歌」

（新羅に派遣された使者たちが、別れを悲しんで贈答し、また海路で心を悲しませ、心中を陳べた歌。あわせて折々に口ずさんだ古歌）

武庫《むこ》の浦の　入江の渚鳥《すどり》　羽《は》ぐくもる　君を離《はな》れて　恋《こひ》に死ぬべし

万葉集　　三五七八　　遣新羅使人の妻

（武庫の浦の入江の洲にいる鳥が親鳥の羽に大事に包まれているように、これまで私を大事にいつくしんでくださったあなた。そのあなたと離れてしまっては、堪えがたくてこがれ死にしてしまいそうです）

「武庫の浦」は、兵庫県武庫川の河口付近を中心とした尼崎市から西宮市にかけての海浜地で、難波津を出航した船が最初に泊まる泊地である。現在は埋め立てられて当時の海岸線より二キロメートルも陸地が海側に進出しているので、かつての面影を見ることは困難である。

この妻の歌に対し、その夫は次のように答える。

大船《おほぶね》に　妹《いも》乗るものに　あらませば　羽《は》ぐくみ持ちて　行《ゆ》かましものを

万葉集　　三五七九　　遣新羅使人

（私が官命によって乗るこの大船に、もし妻を乗せていけるものなら、あなたのいうとおり、私はあなたを羽で包みもつように大事にしてこの旅を行こうものを）

送る妻と送られる夫の感情がぴたりと合わさった、情緒纏綿《てんめん》たる夫婦の抒情歌である。使人の名前は記載されていない。

遣新羅使は遣唐使《けんとうし》や遣渤海使《けんぼっかいし》と同様、はるばると異国へ赴き、やがて国家の威信をかけて対外交渉に臨むべきものである。

遣使の歌群の冒頭歌としては覇気に欠けており、使命感を詠んだ歌がないのは、この七三六年の険悪な日羅関係にあり、使命達成はほとんど不可能と使人たちは予感していたことによるものであろう。

君が行く　海辺《うみべ》の宿に　霧立たば　吾《あ》が立ち嘆《なげ》く　息《いき》と知りませ

万葉集　三五八〇　遣新羅使人の妻

（あなたがこれから遠く行く途中、海辺の宿りに霧が立つことでもあれば、それは恋しいあなたを想う私の嘆きのため息だと思ってください）

この妻の贈歌に対する夫の返歌。

秋さらば　相見《あひみ》むものを　何しかも　霧に立つべく　嘆《なげ》きしまさむ

万葉集　三五八一　遣新羅使人

（秋になったらきっと逢えるだろうに、なんだって霧となって立ちこめるほど、深い嘆きをする必要があろう）

当初、難波津を四月中に出航する予定であったから、その年の秋には帰って来る見通しであった。そのため、「秋になったらまた逢える」と妻を慰《なぐさ》めたのであるが、実際には出航が六月に延び、さらに幾多の苦難が重なり、帰京は翌年一月下旬になっている。また一行が風早《はや》の浦（現広島県東広島市安芸津町）に至った時、海上に霧が出た。そこでこの夫は後述する三六一五番歌、三六一六番歌を作っている。

大船を　荒海《あるみ》に出《いだ》し　います君　障《つつ》むことなく　早《はや》帰りませ

万葉集　三五八二　遣新羅使人の妻

（大船を荒海に漕ぎ出していらっしゃるあなたよ、事もなく一日も早く帰ってきてく

ださい）

この歌に対する夫の返歌。

真幸《まさき》くて　妹《いも》が斎《いは》はば　沖つ波　千重《ちへ》に立つとも　障《さは》りあらめやも

万葉集　三五八三　遣新羅使人

（無事にと妻が身を清めて祈ってくれたら、沖の波がいくら立とうとも、事故などどうしてあろう）

別れなば　うら悲しけむ　吾《あ》が衣《ころも》　下《した》にを着《き》ませ　直《ただ》に逢《あ》ふまでに

万葉集　三五八四　遣新羅使人の妻

（お別れしたら、どれほどか悲しい思いをするでしょう。せめて私の着物を肌身につけてください。直接お逢いできる日までは）

当時は夫婦、恋人同士は衣を交換する習慣があった。この歌に対する夫の返歌。

吾妹子《わぎもこ》が　下にも着よと　贈りたる　衣《ころも》の紐《ひも》を　吾《あれ》解《と》かめやも

万葉集　三五八五　遣新羅使人

（妻が肌身につけよとくれた着物の紐を、私は固く結んでいこう。解くこともなく）

ここに載っている歌群は贈答歌であるから、二首で一組である。従って本来なら一二首あるべきところ、次の一首は女の贈歌がなくて、編集の段階で脱落してしまったのか男の返歌のみとなっており、この一連の歌群が一一首となっている所以《ゆえん》である。

わが故《ゆゑ》に　思ひな痩《や》せそ　秋風の　吹かむその月　逢《あ》はむものゆゑ

万葉集　三五八六　遣新羅使人

（私を心配し、思いこがれて痩せないでおくれ。秋風の吹くその月の頃には、また帰って来て逢えるはずなのだから）

栲衾《たくふすま》　新羅へいます　君が目を　今日か明日かと　斎《いは》ひて待たむ

万葉集　三五八七　遣新羅使人の妻

（遠く新羅へいらっしゃるあなたに逢える日を、今日か明日かと身を清めてお待ちし

ています）

「栲衾」の「栲」は「こうぞ」の古名。また、こうぞの木の繊維から製した糸、布の名。「衾」は夜具。「栲衾」は白いので「しら」、「新羅」にかかる。

はろはろに　思ほゆるかも　然《しか》れども　異《け》しき心を　吾《あ》が思《も》はなくに

万葉集　三五八八　遣新羅使人

（はるかにお前を距《へだ》たる思いがあるけれども、いくら遠くても私がお前を裏切るような心を抱くことはない）

三五八八番歌の後に次の左注がある。

「右の十一首は贈答」

この一一首は妻と夫の贈答歌である。海山遠く一〇〇〇キロの彼方へ夫は出かけて行く。秋になったらまた会えるという夫婦の思いが切々として胸をうつ。新羅までの遥かな旅の不安と焦燥とが感じられる歌が続いている。

三　家を出る時の歌　五首

夕されば　ひぐらし来鳴《きな》く　生駒山《いこま》　越えてぞ吾《あ》が来《く》る　妹《いも》が目を欲《ほ》り

万葉集　三五八九　秦間満《はたのはしまろ》

(夕暮れになるとひぐらしがやって来て鳴く生駒山を越えて帰って来る。妻に逢いたくて)

左注に「**右の一首は秦間満《はたのはしまろ》**」とある。遣新羅使人の一人ではあるが、伝未詳。遣新羅使一行は平城京を出て四月に難波津に集結したのであるが、出航は六月になってからである。出航が遅れた理由は定かではないが、出航までの短い暇を見つけて平城京に残してきた妻に逢うべく、難波津と平城京の最短コースである生駒越えをして平城京に行った男の歌である。「妹《いも》が目を欲《ほ》り」は「妻に逢いたくて」の意である。古代の旅は苦しいものであった。気象条件も海流の知識も造船技術も未熟な時代である。まして海外渡航である。命がけであった。京《みやこ》を出る時は妻と水杯《みずさかずき》を交わしたことであろう。幸か不幸か、難波津で出航が延びた。そこでもう一度妻に逢いたくなって、峻険な生駒越えをものともせず、京に帰ったのであろう。

次の歌も全く同じ状況、同じ心境で詠んでいる。

妹《いも》に逢はず　あらばすべ無み　石根《いはね》踏む　生駒《いこま》の山を　越えてそ吾《あ》が来《く》る

万葉集　三五九〇　遣新羅使人

（妻に逢わずにいるとどうしようもなくつらいので険しい生駒の山を越えて私は帰って来た）

左注

「右の一首は、しましく私の家に還《かへ》りて思《おも》ひを陳《の》べたる」

（右の一首は、しばらくの間、家に帰り、妻に気持ちを伝えたもの）

生駒山（六四二メートル）は大阪市の東にあり、頂上にはテレビ塔などが多数林立しているので遠方からもそれとわかる。この生駒山から南へ続く生駒山脈は、奈良県側から見ても大阪府側から見ても屛風《びょうぶ》のような山塊である。

この二首に詠まれた生駒越えとは、平城京と難波津を直線で結ぶ暗《くらがり》峠越えをいう。奈良県側から行くと、近鉄生駒線の「南生駒駅」で降り、西に向かって険しい山道を登る。この道は国道三〇八号線となっているが、おそらく日本の国道の中で最も狭い道であろう。幅二メートルほどしかないので、ほとんど車は通らない。曲がりくねっている上に狭すぎるからだ。峠（標高四五五メートル）には江戸時代に作られた石畳があり、峠の茶屋もある。峠を境に奈良県側の道は比較的緩やかであるが、大阪府側は急峻で登るには非常にきつい。

この二首は六月の出航を直前に控え、使人の一行が難波津で出航を待っている時の歌である。共に生駒山を越えて恋しい妻に逢いに大和へ帰ってきたという歌だ。

一六九四（元禄七）年九月九日の重陽《ちょうよう》の節句の日に、松尾芭蕉は奈良から大坂へ向かってこの暗峠を越えた。

菊の香に　くらがり登る　節句かな

芭蕉

芭蕉はこの時、かなり体力が落ちていたのであろう。大坂に着いて発病し、一ヵ月後の一〇月一二日に旅に明け暮れたその生涯を閉じている。五一歳であった。峠を降り切る少し手前の道路わきに、この句の石碑が苔むして佇《たたず》んでいる。

暗峠を降り切ると、その南に河内国《かわちのくに》の「一の宮」である枚岡《ひらおか》神社がある。創建は神話の時代にさかのぼるので、明確にはわからない。当然、遣新羅使の時代には存在していたであろうし、この二人の遣新羅使人も旅の安全をここで祈ったであろう。

さらに生駒越えを詠んだ歌が『万葉集』にはある。

妹《いも》がりと　馬に鞍《くら》置きて　生駒《いこま》山　うち越え来《く》れば　紅葉《もみち》散りつつ
万葉集　二二〇一　作者未詳
（妻のもとへと、馬に鞍を置いて生駒山を越えてくると、山には紅葉が散り続けることだ）

現代、我々は「もみじ」という言葉は「紅葉」と書くが、『万葉集』では「黄葉」の字が使われており、一首例外として「紅葉」が使われているのはこの二二〇一番歌のみである。

なお、ここでは生駒越えに焦点を当てたが、平城京から難波津への往復路は、生駒山脈が南に延びて一旦切れるところを通る龍田《たつた》越えが主流であった。龍田越えは遠回りになるが、比較的平坦であるため、当時の主要道であった。この遣新羅使一行の一四五首の帰りの最後の歌にも「……龍田《たつた》の山を　何時《いつ》か越え行かむ」と詠まれており、章を改めてとりあげることとする。

妹《いも》とありし　時はあれども　別れては　衣手《ころもで》寒き　ものにぞありける

万葉集　三五九一　遣新羅使人

（妻と共にいた時でも寒い時はあったが、こうして別れてみると、着物の袖口から寒さが染み入ってくるのが、ひとしお強く思われる）

海原《うなばら》に　浮寝《うきね》せむ夜《よ》は　沖つ風　いたくな吹きそ　妹《いも》もあらなくに

万葉集　三五九二　遣新羅使人

（広い海上に漂いつつ寝る夜は、沖の風よ、ひどく吹くな。共寝の妻もいないのに）

「浮寝」は海上の船で寝ること。

大伴《おほとも》の　御津《みつ》に船乗《ふなの》り　漕《こ》ぎ出《で》ては　いづれの島に　廬《いほり》せむわれ

万葉集　　三五九三　　遣新羅使人

（大伴の御津［難波の港］に船乗りして漕ぎ出した後は、どこの島にやどるのだろう、私は）

この三五九一、三五九二、三五九三番歌の三首については次の左注がある。

「右の三首は臨発《た》たむとせし時に作れる歌」

四　出航し、備中《びっちゅう》までの歌　八首

1　難波津《なにわづ》（大阪）から播磨国《はりまのくに》（兵庫県）の海沿いに

潮待つと　ありける船を　知らずして　悔《くや》しく妹《いも》を　別れ来《き》にけり

万葉集　　三五九四　　遣新羅使人

（潮待ちして出航を延ばしていることも知らないで、残念にも妻と別れて来てしまっ

丹波
丹波篠山
琵琶湖
京都
大津
長岡京
宇治川
高槻
牧方
淀川
摂津
西宮
敏馬
神戸
菟原
武庫
大阪
平城京
奈良
鉢伏山
真野
須磨
難波京
生駒山
大和
河内
武庫川
大和川
堺
大阪湾
橿原
葛城山
葛城
藤原京
御所
和泉
金剛山
関西国際空港
橋本
紀の川
紀伊
紀の川
高野山

揖保川
備前
龍野
播磨
播磨国府
姫路
相生
飾磨
赤穂
加古
室の浦
夢前川
市川
加古川
家島
印南野
名寸隅
藤江
明石
松帆の浦
明石海峡
野島
播磨灘
小豆島
淡路
飼飯
洲本
鳴門海峡
紀淡海峡
淡路国府
友ヶ島
讃岐
阿波

遣新羅使航路図・前半部

たことだ)

「潮待つと」とは、新羅への大船に都合のよい大潮を待っていることと解され、大潮は六月一日と想定されている。

朝びらき　漕《こ》ぎ出《で》て来《く》れば　武庫《むこ》の浦の　潮干《しほひ》の潟《かた》に　鶴《たづ》が声すも

万葉集　三五九五　遣新羅使人

(港を朝出て漕いで来ると、武庫の浦の潮の引いた潟に、鶴の鳴く声がするよ)

「朝びらき」とは、朝、船が港を出航すること。

吾妹子《わぎもこ》が　形見《かたみ》に見むを　印南都麻《いなみつま》　白波高み　外《よそ》にかも見む

万葉集　三五九六　遣新羅使人

(いとしい妻をしのぶよすがとして印南都麻を見て行こうと思うのに、折からの白波が高いので遠く離れて見なければならないのか)

「印南都麻」は兵庫県高砂市、加古川市の加古川河口付近をいう。「印南都麻」の地名由来は、第一二代景行天皇がこの地の印南別嬢《いなみのわきのいらつめ》を妻問《つまど》うた時、嬢《いらつめ》が逃げたことから「否《いな》み妻」の伝説が生まれたことによる。現在は加古川市の東隣りに兵庫県加古郡稲見《いなみ》町としてその名が残っている。

また、『万葉集』巻三には「柿本朝臣人麿の羈旅《きりょ》の歌八首」と題して名歌が連なっているが、その中の五首目に、

稲日野《いなびの》も　行き過ぎかてに　思へれば　心恋しき　加古の島見ゆ

万葉集　二五三　柿本人麿

（古い伝承にも語られる印南野も行き過ぎがたく思っていると、心に恋しく思っていた加古の島が見えてくる）

という歌もある。

わたつみの　沖つ白波　立ち来らし　海人少女《あまをとめ》ども　島隠《がく》る見ゆ

万葉集　三五九七　遣新羅使人

（海の沖の方から白波が立って押し寄せて来るようだ。海の女たちも舟を漕いで島陰に隠れようとしているのが見える）

2　玉の浦（岡山県倉敷市）

ぬばたまの　夜《よ》は明けぬらし　玉の浦に　あさりする鶴《たづ》　鳴き渡るなり

万葉集　三五九八　遣新羅使人

（暗い夜は明けていったらしい。玉の浦の干潟《ひがた》で餌をあさっていた鶴が鳴いて飛んでいく）

「ぬばたまの」は夜、黒、夕などにかかる枕詞。

「玉の浦」は現在の岡山県倉敷市玉島港付近と考えられている。当時の海岸線は今より北で、乙島《おとしま》、柏島《かしわじま》が海に浮かんでいたが、江戸時代前期から干拓が進められ、今では両島とも陸続きになっている。地名に乙島、柏島の名が残る。

万葉の玉の浦、今の玉島港一帯が俯瞰《ふかん》できるのは、良寛《りょうかん》ゆかりの円通寺《えんつうじ》のある白華山円通寺公園である。山陽新幹線新倉敷駅で降り、タクシーで円通寺に行ってみた。円通寺は小高い丘の中腹にあり、かや葺きの本堂の前に良寛の立像がある。参道には自由律俳句の俳人、種田山頭火《たねださんとうか》（一八八二～一九四〇年）の句、

岩のよろしさも　良寛様のおもひで

と刻んだ句碑がある。

円通寺公園展望台からは、まだ散り終えていない桜並木の向こうに、玉島港がある瀬戸内海の絶景が見える。この丘の頂上付近に子供たちと遊ぶ大きな良寛の石像があり、その台座には「童《わらべ》と良寛」という文字が彫ってある。その石像の前に「八大龍王《はちだいりゅうおう》」と彫られた石柱があるが、他の字はなく説明の文もないので、なぜここに「八大龍王」の石碑があるのかわからない。想像を逞《たくま》しくすれば、名筆であった良寛の字か。

「八大龍王」とは、仏の教えを護る八体の蛇形の善神とされ、雨を司《つかさど》る。通常、雨乞いの祈りの対象である。

時により　過ぐれば民の　嘆《なげ》きなり　八大龍王　雨やめたまへ

金槐和歌集　六一九　源　実朝《みなもとのさねとも》

（時によって度が過ぎると、ありがたい雨も民の嘆きの原因となる。八大龍王よ、もうこれ以上雨を降らさないでほしい）

鎌倉幕府三代将軍の源実朝の歌である。当時は山間に大きなダムを作って水を溜める土木

円通寺公園展望台より玉島港（玉の浦）を望む

子供たちと遊ぶ良寛像の前にある「八大龍王」の石碑

技術はなかったので、溜め池を各地に作って旱魃《かんばつ》に対処することが多く、祈雨《きう》が盛んに行われたのであるが、時には大雨が降って洪水になれば、これまた人々の苦難となる。征夷大将軍源実朝はこれを憂《うれ》い、この歌を作った。民の生活を思う王者としての堂々たる名歌である。

一二一一（建暦元）年の洪水に際して祈念を込めた歌であり、この歌の詞書《ことばがき》に次のようにある。

「建暦《けんりゃく》元年七月、洪水天に漫《はびこ》り、土民愁嘆《しゅうたん》せむことを思ひて、ひとり本尊に向かひたてまつり、いささか祈念を致して曰《いは》く」

（一二一一年七月、洪水が頻繁に起こり、民が嘆き悲しんでいることを思って、ひとり本尊に向かって祈念した）

『万葉集』を高く評価し、『古今和歌集』以降を罵倒した正岡子規は、実朝の『金槐《きんかい》和歌集』を読んで実朝を高く評価し、一八九九（明治三二）年、次の歌を詠んでいる。

人丸《ひとまろ》の　後の歌よみは　誰かあらん　征夷大将軍　みなもとの実朝

人丸は柿本人麿《かきのもとのひとまろ》のことである。

正岡子規は『歌よみに与ふる書』の中で、実朝を次のように評価している。

「……実朝といふ人は三十にも足らで、いざこれからといふ処にてあへなき最期を遂げられ誠に残念致し候《さうらふ》。あの人をして今十年も活《い》かして置いたならどんなに名歌を沢山残したかも知れ不申候《もうさずさうらふ》。とにかくに第一流の歌人と存じ候」

3　若き日の良寛

若き日に、ここ円通寺で修行し、後に多くの万葉調の名歌を残した良寛について少し触れておきたい。

良寛（一七五八〜一八三一年）の俗名は山本栄蔵。越後国《えちごのくに》（新潟県）三島郡出雲崎の出身。二二歳の時、越後に来た備中国《びっちゅうのくに》玉島の円通寺の大忍国仙《こくせん》和尚に随って玉島に赴き、剃髪して良寛大愚と名乗った。ここで一二年間修行を積み、三四歳の時、諸国行脚の旅に出た。四〇歳を過ぎてから越後に帰郷し、生涯寺は持たず、托鉢《たくはつ》を続けながら、時に村童たちと遊び、或いは詩歌の制作に耽《ふけ》った。一八三一（天保二）年一月六日入寂。享年七四。

ここで良寛の代表的な作品を三首とりあげてみたい。

霞《かすみ》立つ　長き春日《はるひ》を　子供らと　手まりつきつつ　この日暮らしつ

（うららかに霞の立つ長い春の一日、子供たちと手まりをついて楽しく過ごしたことだなあ）

この歌の歌碑は円通寺公園の中にある。
この歌の本歌となった『万葉集』の歌を二つ紹介することとする。

霞立つ　長き春日を　かざせれど　いやなつかしき　梅の花かも

万葉集　八四六　小野田守《おののたもり》

（霞のこめる長い春の一日中、髪にさしているけれど、ますます離しがたい気持ちだ、この梅の花は）

この歌は七三〇（天平二）年一月一三日、九州大宰府《だざいふ》の長官、大伴旅人《おおとものたびと》が九州の要人を自邸に招いて「梅花の宴」を催した時の三二人中の三二番目の歌である。この「梅花の宴」の歌三二首に先立ち、大伴旅人による漢文の序文があるが、その中から現在の「令和」の元号が採られていることは周知のとおりである。

霞《かすみ》と霧《きり》について

朝や夕方、空中に細かい水滴がただよって、遠方がはっきり見えない現象を霞といったり、霧というが、万葉の時代から春は霞、秋は霧と区別しているように見える。

良寛の歌にもどって、もうひとつの本歌をあげておく。

春の雨に　ありけるものを　立ち隠《かく》り　妹《いも》が家路《いへぢ》に　この日暮らしつ
万葉集　一八七七　作者未詳

（考えてみればすぐには止まないし、濡れても何ほどのこともない春雨だったのに、木陰に雨をよけて妻の家への途中で、この日を暮らしてしまった）

二首目の良寛の歌。

月よみの　光を待ちて　帰りませ　山路は栗の　毬《いが》の多きに
（月が出て明るくなってからお帰りになったらどうですか。夜の山路は栗のイガも多くて危ないことでしょうから）

良寛の庵を訪れた親しい友人が帰ろうとする時に詠んだ歌である。
この歌の本歌をあげる。

月読《つくよみ》の　光に来ませ　あしひきの　山き隔《へな》りて　遠からなくに
万葉集　六七〇　湯《ゆ》原　王《はらのおほきみ》
（月の光をたよりにおいでください。山が立ちはだかって遠いというわけでもないのに）

作者の湯原王は天智《てんじ》天皇の孫。この歌は女性の立場で詠んでいる。
三首目の良寛の歌。

風は清し　月はさやけし　いざともに　踊り明かさむ　老いのなごりに

（吹く風は清々しく、月は明るく澄んでいる。さあ一緒に踊り明かそう。老人の思い出として）

良寛は盆踊りが大好きで、手拭いを被《かぶ》って踊った。良寛には次の句もある。

手ぬぐひで　年をかくすや　盆踊り

良寛のこの歌の本歌をあげる。

月夜《つくよ》よし　河音《かはと》清《さや》けし　いざここに　行《ゆ》くも去《ゆ》かぬも　遊びて帰《ゆ》かむ

万葉集　五七一　大伴四綱《おほとものよつな》

（月が美しい。川の音もさやかだ。さあここで、都へ発《た》つ者も残る者も、遊んでいこうではないか）

この歌は大宰府の長官の大伴旅人が七三〇年一一月一日、大納言に任ぜられ、三年間の大宰府勤務を終え、上京を前にした時に、大宰府や筑前国《ちくぜんのくに》（福岡県）の官人たちが筑前の蘆城《あしき》の駅《うまや》で送別の宴を催した。その時の歌が四首あり、四首目がこの歌である。なお、『万葉集』のこの四首の歌の題詞は次のように書かれている。

「大宰帥《だざいのそち》大伴卿《おほとものまへつきみ》の大納言に任《ま》けらえて京《みやこ》に臨入《いら》へむとせし時（七三〇年一二月）に、府《つかさ》の官人等《つかさびとら》の卿《まへつきみ》を筑前国《つくしのみちのくちのくに》の蘆城《あしき》の駅家《うまや》にして餞《うまのはなむけ》せる歌四首」

良寛に関する歌はこれくらいにして、遣新羅使の歌にもどる。

4　神島《かみしま》

月《つく》よみの　光を清み　神島《かみしま》の　磯廻《いそま》の浦ゆ　船出《ふなで》すわれは

万葉集　三五九九　遣新羅使人

（月の光が清らかなので、神島の磯近辺の浜から船出しよう、私は）

岡山県笠岡市神島《こうのしま》にある天神社には、この歌の歌碑がある。ただ、この歌の「神島」は岡山県笠岡市の神島説、広島県福山市の神島《かしま》説の二説があって、決着がついていない。

『万葉集』巻一三の三三三九番歌の題詞に、

「備後国《きびのみちのしりのくに》の神島《かみしま》の浜《はま》にして調使首《つきのおみのおびと》の屍《かばね》を見て作れる歌一首幷《あは》せて短歌」

として長歌一首、短歌四首の計五首が載せられている。

旧国名からいうと、岡山県笠岡市は備中国《びっちゅうのくに》、広島県福山市は備後国《びんごのくに》であり、福山駅のすぐ西、芦田川にかかる神島橋を西に渡ったところに神島《かしま》町があって、その名が残っている。両者とも極めて近い距離にあり、今は双方とも海であったところが干拓されて陸地になっており、往時を偲ばせる縁《よすが》となる景物がなく、決着がつかないのであろう。

5　鞆《とも》の浦（広島県福山市）

神島を月夜に船出した遣新羅使一行は、月光が波にきらめく海上を島伝いに西南に進み、鞆の浦に停泊した。鞆の浦は現在の広島県福山市鞆地区の沼隈《ぬまくま》半島南端にある港湾およびその周辺海域をいう。一行は鞆の浦の仙酔島《せんすいじま》に上陸したのであろう。

離磯《はなれそ》に　立てるむろの木　うたがたも　久しき時を　過ぎにけるかも

万葉集　三六〇〇　遣新羅使人

（離れ島の磯に立っているむろの木はまことに長い歳月を経てきたことだなあ）

「むろの木」はヒノキ科の常緑針葉樹。ねず。ねずみさし。

しましくも　一人あり得る　ものにあれや　島のむろの木　離れてあるらむ

万葉集　三六〇一　遣新羅使人

（暫くの間でも一人でいることがどうしてできるのだろうか。島のむろの木はなぜ離れ磯にいるのだろう）

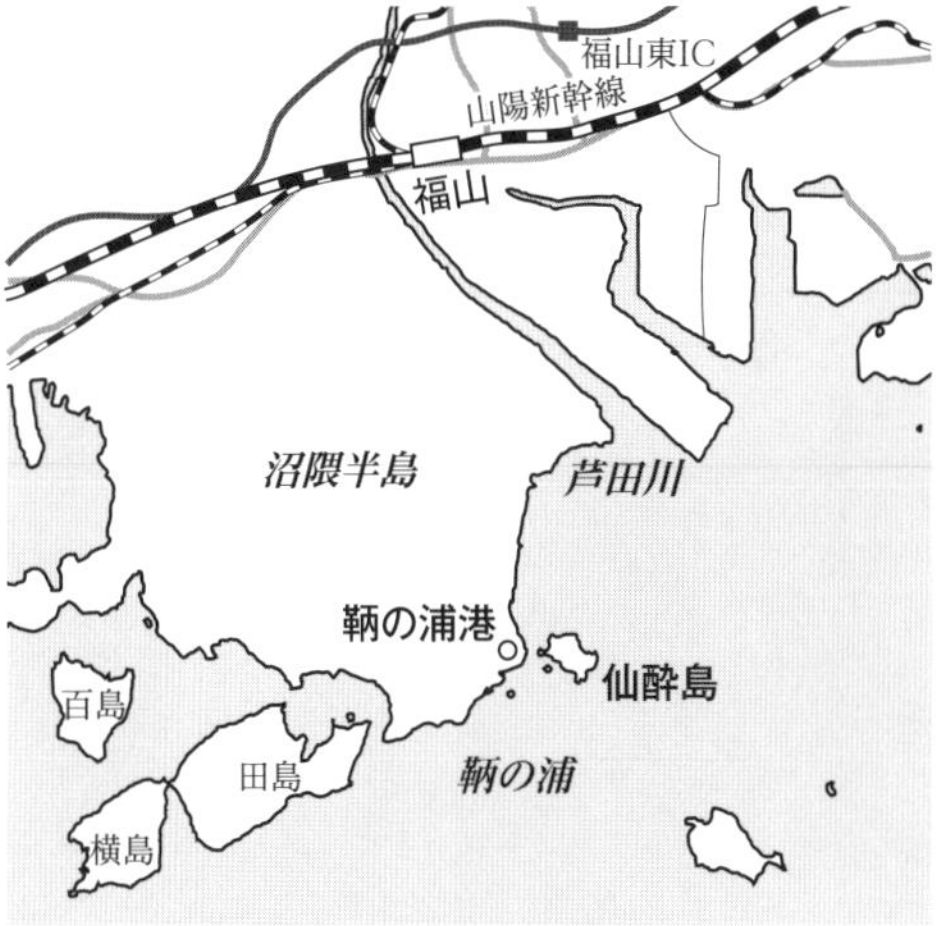

鞆の浦の地図

鞆の浦のむろの木については、大伴旅人の名歌があるので次項で解説する。

「鞆の浦」は瀬戸内海のほぼ中央に位置し、この辺りで潮の流れが変わることから古来、潮待ち風待ちの港として知られてきた。山陽新幹線の福山駅から南へ一四キロメートル、沼隈半島の先端にあり、日本で最初の国立公園の一つとして指定された「瀬戸内海国立公園」を代表する景勝の地でもある。『万葉集』には、この遣新羅使の歌や大伴旅人の亡妻挽歌など、八首がこの地で詠まれている。風光明媚という観点からも最高級の地であり、福禅寺《ふくぜんじ》の対潮楼《たいちょうろう》から見る海上の弁天島、皇后島《こうごうしま》、仙酔島の眺望は天下の名勝といえるであろう。

帆船の時代に栄えた街であるが、動力船の時代となってからは港としての役目を終え、今は観光地として親しまれる街となっている。帆船時代の街がそのまま残っていることから道路は極めて狭く複雑で、車が通れるのは海岸線に限られるといっても過言ではない。仙酔島へは「市営渡船のりば」から一時間に三本、すなわち二〇分おきに「平成いろは丸」という船が通う。所要時間は五分。絶景に見とれ、写真を撮っているうちに仙酔島に着いてしまう。

仙酔島では御膳山の展望台に登ってみた。鞆の浦を一望できるところであり、本土と仙酔島の中間に弁天堂の屋根が見える弁天島があり、その風景を一層際立たせている。弁天島は極めて小さな島であるから船をつける場所も見当たらず、通常の手段では上陸できない。展

瀬戸内海国立公園の看板

望台から南を見ると、これまた緑に覆われた皇后島が見える。皇后とは四世紀に新羅を征討した神功《じんぐう》皇后が往路、仙酔島に渡る前にこの島に船を繋ぎ、小舟に乗り換え移動したことからその名が付けられたとのこと。西日本の海岸の至るところで神功皇后の名が付いている場所があるが、いずれも明確な根拠はない。

鞆の港にもどると、高台に「鞆の浦歴史民俗資料館」がある。ここを見て「鞆のシンボル常夜燈」に向かうと、その手前に「いろは丸展示館」がある。時は一八六七（慶応三）年四月二三日、霧の深い深夜、瀬戸内海を航行中の坂本龍馬以下三二名の乗る海援隊の「いろは丸」（一六〇トン）が紀州徳川藩の明光丸（八八七トン）に衝突され、いろは丸は大破、のち沈没した。両船とも蒸気帆船であるが、ここ鞆の浦で坂本龍馬と紀州藩の事故処理交渉が行われた。ここでは決着がつかず、舞台は長崎へと移るが、龍馬の卓越した交渉力により、海援隊有利の決着となる。近年、沈没した「いろは丸」から引き揚げられた遺物がこの「いろは丸展示館」にある。この縁から、市営渡船乗り場と仙酔島を結ぶ船の名は「平成いろは丸」

といい、本来の「いろは丸」の形に似せている。

6　大伴旅人《おおとものたびと》の亡妻挽歌

遣新羅使一行が鞆の浦に停泊したのは七三六（天平八）年初秋の頃であるが、この時より六年前の七三〇（天平二）年一二月、大宰府の長官であった大伴旅人が、ここ鞆の浦で亡妻を偲んで名歌を詠んでいる。三年前、九州大宰府に赴任する時、海路、妻と共にこの鞆の浦の地を踏んだのだが、大宰府に着任して間もなく、最愛の妻は亡くなってしまう。旅人はいたく悲しみ、三年間の大宰府長官の任を終えて帰京する時、再びここ鞆の浦の地に上陸した。

題詞

「天平二年庚午《かうご》冬十二月、大宰帥《だざいのそち》大伴の卿《まへつきみ》の京《みやこ》に向ひて上道《みちだち》せし時に作れる歌　五首」

我妹子《わぎもこ》が　見し鞆《とも》の浦の　むろの木は　常世《とこよ》にあれど　見し人そなき

万葉集　四四六　大伴旅人

（妻が見たことのある鞆の浦のむろの木は、いつまでも絶えることなくあるけれど、

福禅寺の対潮楼から見る仙酔島

鞆の浦　大伴旅人の歌碑と両側に立つむろの木

その妻はもういない）

歌碑は福山市鞆町の既述の福禅寺対潮楼の石垣の下、仙酔島への市営渡船のりばの向かいにある。万葉仮名の原文で書かれた歌碑で、両側に「むろの木」が一本ずつ立っている。

鞆《とも》の浦の　磯のむろの木　見むごとに　相見《あひみ》し妹《いも》は　わすらえめやも
万葉集　四四七　大伴旅人

（鞆の浦で妻と共に見た磯のむろの木。むろの木を見るたびにどうしてあの妻が忘れられようか）

歌碑はこれも既述の福山市鞆町の歴史民俗資料館の海を見下ろす高台の庭にある。

磯の上《うへ》に　根這《ねは》ふむろの木　見し人を　いづらと問はば　語り告げむか
万葉集　四四八　大伴旅人

（磯の上に根を這わせるむろの木よ、共に見たあの人はどちらにいると問うたなら、語り聞かせてくれようか）

この歌の歌碑も既述の福山市鞆町の「鞆のシンボル常夜燈」より西五〇〇メートルの医王寺の境内にある。ここより太子殿まで五八三段の石段を登ると眼下に鞆町の街並みが見え、その先に海に浮かぶ仙酔島が見える。天下の絶景である。

左注

「右の三首は、鞆《とも》の浦を過る日に作れる歌」

これら三首は、すべて「むろの木」を詠んでいる。しかもこれは、今は亡き妻と共に三年前、大宰府へ赴任する時はいっしょに眺めた想い出の「むろの木」である。大宰府へ向かう途中で妻とふたりで見た「むろの木」は、今も青々と繁っているのに、いっしょに見た妻はもういない。あの妻はどこへ行ってしまったのか。むろの木に問いかけてみるが、語ってくれるわけではない。老官人大伴旅人（六六歳）の、孤愁の影が目に浮かぶ。

大伴旅人の亡妻挽歌はさらに続く。

妹《いも》と来《こ》し　敏馬《みぬめ》の崎を　還るさに　独《ひと》りし見れば　涙ぐましも

（妻とやってきた敏馬の崎を今は一人で見ているかと思うと、思わず涙がにじんでくる）

万葉集　四四九　大伴旅人

「敏馬《みぬめ》」には「見ぬ妻《め》」（見ない妻、逢えない妻）の響きがある。

敏馬は現在の神戸市灘《なだ》区岩屋中町にある敏馬神社付近の地をいう。今は非常に広い片道五車線の国道二号線が東西に走り、その北側の台地上に敏馬神社はある。鳥居をくぐり、三三段の急な石段を上がり、さらに三段、四段の階段を上がったところに、平坦な境内と正面に拝殿がある。振り返って海の方を見ると、万葉時代には白砂青松の美しい海岸であったところが今は埋め立てられ、高層ビルが立ち並び、海は全く見えない。そのため、かつては船泊まりした敏馬の浦、敏馬の崎の痕跡はここ敏馬神社しかない。境内に

敏馬神社　神戸市灘区岩屋

敏馬神社境内　柿本人麿の歌碑『万葉集』250 番歌

は「敏馬《みぬめ》の泊《とまり》・敏馬浦《みぬめのうら》の変遷」という立て看板があるので、それを引用する。

「この高台は大和時代（六～七世紀）海に突き出した敏馬埼という岬。……（中略）……この一帯の地名は『津の国津守郷』

当時、都のあった大和の人々が九州や文化の高い朝鮮・中国（例えば遣隋唐使）へ旅立つとき、生駒山地を越え大阪から船出し、敏馬の泊で一泊。都から見える生駒山地を最後に遠望できる港。帰還の時なつかしい生駒の山々を最初に望める港。また『新羅《しらぎ》の人が来朝したとき生田社で醸《かも》した酒を敏馬で給う』とあり、畿内へ入るためにけがれを祓《はら》う港でもあったようだ。このように大和の都人《みやこびと》にとり特別の思いをもつ敏馬であったので、万葉集《まんようしゅう》には大和以外の地では稀《まれ》に見る多くの和歌（九首）が詠まれている。境内に柿本人麿と田辺福麻呂《さきまろ》の万葉歌碑がある」

柿本人麿の歌は後述する歌番号二五〇の歌であり、田辺福麿の歌は歌番号一〇六五（長歌）と一〇六六（短歌）である。

大伴旅人のことにもどる。

なつかしい奈良の佐保の家に帰っても、旅人はかつてそこにいた妻がもういないことの悲しさをかみしめる。亡き妻を悼《いた》む心は奈良の都へ帰っても続く。

題詞

「故郷《ふるさと》の家に還《かへ》り入りて即ち作れる歌　三首」

人もなき　空しき家は　草枕《くさまくら》　旅にまさりて　苦しかりけり

万葉集　四五一　大伴旅人

（共に暮らしていた人のいない寒々とした家は旅の苦しみにもましてなお堪えがたいものだなあ）

妹《いも》として　二人《ふたり》作りし　吾《あ》が山斎《しま》は　木高《こだか》く繁《しげ》く　なりにけるかも

万葉集　四五二　大伴旅人

（妻と二人して作った我が家の庭園の樹木もすっかり背が伸びて葉を茂らせていたことだ）

「山斎」は庭を意味する。

妻の丹精がみのった感情と、樹木が繁茂して荒涼とした感、自然の生命に対する人間の生命感と複雑な思いがある。

我妹子《わぎもこ》が　植ゑし梅の樹《き》　見るごとに　心咽《む》せつつ　涙し流る
万葉集　四五三　大伴旅人
(我が妻の植えた梅の木を見るたびに、心もむせかえるばかりに涙の流れることよ)

悲嘆哀惜《ひたんあいせき》の情は「いよよますます」つのるばかりであった。
傷心の旅人は何とか大宰府から京に帰り着いた(七三〇年一二月)が、翌年(七三一年七月)薨去《こうきょ》。六七歳であった。
夫婦の情愛がこんなにもきめ細やかに詠われたことは、日本の歌の歴史の中でもそう多くはなかった。

五　古歌（人麿《ひとまろ》の歌など）　一〇首

題詞

「所に当たりて誦詠《しょうえい》せる古歌」

（新羅への道の所々で口ずさんだ古い歌）

あをによし　奈良の都に　たなびける　天《あま》の白雲　見れど飽《あ》かぬかも

万葉集　三六〇二　遣新羅使人

（奈良の都の方へ向かってたなびく空の白い雲。こうしていつまで眺めても、全く見飽きることはない）

左注

「右の一首は雲を詠める」

目にしみるような白雲の印象が奈良の都の美しさを際立たせ、奈良京に別れ難い使人らの心を、鮮やかに表現している。

『万葉集』に度々出てくる「見れど飽かぬ」という言葉は、その状態が永遠に持続することを願う呪語《じゅご》であり、山川の地霊に感応して作る歌詞に用いるものである。

都が藤原京から平城京（奈良）に移ったのは、七一〇（和銅三）年である。この遣新羅使一行は七三六（天平八）年のことであるから、奈良に京が定まってまだ二六年である。古歌とは藤原京、飛鳥京で詠まれた歌を含めて応用したのであろう。

青《あを》柳《やぎ》の　枝きり下《おろ》し　斎《ゆ》種《たね》蒔《ま》き　ゆゆしき君に　恋ひ渡るかも

万葉集　三六〇三　遣新羅使人

（青柳の枝をきり下ろして田に刺し、忌《い》み清めた種を蒔くように、畏《おそ》れ多いと思えるほどのあなたに恋いこがれ続けます）

妹《いも》が袖《そで》　別れて久《ひさ》に　なりぬれど　一日《ひとひ》も妹《いも》を　忘れておもへや

万葉集　三六〇四　遣新羅使人

（袖を交わしたいとしい妻と別れて既に長い日が過ぎたけれども、一日たりとも妻を忘れたことはない）

わたつみの　海に出《い》でたる　飾磨川《しかまかは》　絶えむ日にこそ　吾が恋ひ止《や》まめ

万葉集　　三六〇五　　遣新羅使人

（海へそそぐ飾磨川の水の流れが絶えてしまう日があったとしたら、その日こそ私の恋はやむだろう）

左注

「右の三首は、恋の歌」

飾磨川は兵庫県姫路市飾磨区を流れる船場《せんば》川、あるいは野田川とされている。要するに飾磨川は一三〇〇年を経る間に流れを変え、その名も変わってしまったが、姫路市飾磨区としてその名が地名として残っている。この歌を古歌となぞらえているのは、下句「吾が恋止まめ」が仁徳《にんとく》天皇の皇后の磐姫《いわのひめのおお》皇后《きさき》の『万葉集』八八番歌の下句「わが恋ひ止まむ」によるものであろう。

秋の田の　穂の上《へ》に霧《き》らふ　朝霞《あさがすみ》　何処辺《いつへ》の方《かた》に　わが恋ひ止《や》まむ

万葉集　　八八　　磐姫皇后

（秋の田に実った稲穂の上に立ちこめる朝霞、その霞のようにずっと晴れない私の恋は、いったいいつになったら止むのでしょう）

次の三六〇六番歌から三六一〇番歌までの五首は「柿本朝臣人麿《かきのもとのあそんひとまろ》の歌に曰《い》はく」としている。人麿の歌を少し変えて作成しており、その変えた部分も表記している。

玉藻刈る　乎等女《をとめ》を過ぎて　夏草の　野島が崎に　廬《いほり》すわれは

柿本朝臣人麿の歌に曰《い》はく、敏馬《みぬめ》を過ぎて　又曰《い》はく、船近づきぬ

万葉集　三六〇六　遣新羅使人

（玉藻を採る少女《おとめ》の乎等女［地名］を過ぎて、夏草の野の野島が崎［地名］にやどりする。わたしは）

地名の「乎等女《をとめ》」は兵庫県芦屋市および神戸市東部一帯をいい、菟原処女《うないおとめ》の伝説から生じた地名である。菟原処女は二人の男から求婚されたが、どちらを選ぶか迷っているうちに二人の男の争いはますます激しくなり、どちらに嫁ぐこともできずに乙女は入水自殺し、それを追って二人の男も相次いで死ぬという伝説で、『万葉集』では旅の詩人、高橋虫麻呂《むしまろ》がこの伝説をもとに長歌一首、短歌二首を詠んでいる。歌番号一八〇九～一八一一。

古墳時代の話が万葉の時代には伝説となって伝えられ、平安時代には『大和物語』に採り上げられ、室町時代には謡曲『求塚《もとめづか》』となり、明治になって漱石の『こころ』の主題となっている。

現在、神戸市の中心に三つの長径一〇〇メートルほどの古墳があり、真中の処女塚《おとめづか》古墳、東に東求女塚《もとめづか》古墳、西に西求女塚古墳がある。これらのことについては拙著『なるほど！文化考』の中の「妻問《つまど》い残照」で詳述した。

三六〇六番歌の左注、「**柿本朝臣人麿の歌に曰《い》はく、敏馬《みぬめ》を過ぎて、又曰《い》はく船近づきぬ**」とは、『万葉集』巻三の二五〇番歌のことである。

珠藻《たまも》刈る　敏馬《みぬめ》を過ぎて　夏草の　野島《のしま》の崎に　舟近づきぬ
万葉集　二五〇　柿本人麿

（美しい藻を刈る敏馬を離れて、夏草の繁る野島の崎に舟は近づいた）

敏馬も乎等女も同じ神戸市内でわずかに地名が異なるが、ほぼ同じ場所である。敏馬については既に大伴旅人の項で述べた。野島の崎は淡路島の北西側の地で、当時は「崎」というほどに少し砂浜が突き出ていたのであろう。一三〇〇年以上経つ今日では海流に押し流されてしまったのか、直線の砂浜になっており、車で通ると気づかぬまま通り過ぎてしまう。わずかに「野島江崎」、「野島平林」、「野島貴船」という地名があることから、当時の位置を知ることができる。

なお、この二五〇番歌には「一本《あるほん》に云はく、処女《をとめ》を過ぎて夏草の野嶋が崎に廬《いほり》すわれは」としてこの三六〇六番歌が付けられている。そして「野島の崎」については名歌として名高い二五一番歌にも出ている。

淡路《あはぢ》の　野島の崎の　浜風に　妹《いも》が結びし　紐《ひも》吹きかへす

万葉集　二五一　柿本人麿

（淡路島の野島の岬では心を込めて我が妻が紐を結んでくれたこの着物、浜風に吹かれて翻《ひるがえ》ることとよ）

白栲《しろたへ》の　藤江《ふぢえ》の浦に　漁《いざり》する　海人《あま》とや見らむ　旅行くわれを

柿本朝臣人麿の歌に曰《い》はく、荒栲《あらたへ》の　又曰《い》はく、鱸《すずき》釣る　海人《あま》とか見らむ

（真っ白な藤江の浦伝いに旅行く私を、人は漁をする海人と見るだろうか）

万葉集　　三六〇七　　遣新羅使人

三六〇七番歌の左注、「**柿本朝臣人麿の歌に曰《い》はく、荒栲《あらたへ》の、又曰《い》はく、鱸《すずき》釣る　海人《あま》とか見らむ**」とは、『万葉集』二五二番歌のことである。

荒栲《あらたへ》の　藤江の浦に　鱸《すずき》釣る　白水郎《あま》とか見らむ　旅行くわれを

万葉集　　二五二　　柿本人麿

（荒い布を織る藤江の浦で鱸を釣る海人と見ているだろうかな。都を離れて船に乗り込み、旅の途中の私を）

藤江の浦は兵庫県明石市藤江付近の地。播磨灘に面する海岸。「白水郎《あま》」の白水は中国浙《せっ》江省《こうしょう》の地名。漁撈《ぎょろう》民が住んだことによる用字。

なお、この二五二番歌には「一本《あるほん》に云はく、白栲《しろたへ》の藤江の浦にいざりする」と三六〇七番歌の上三句を挙げている。

天離《あまざか》る　鄙《ひな》の長道《ながぢ》を　恋ひ来《く》れば　明石《あかし》の門《と》より　家のあたり見ゆ

柿本朝臣人麿の歌に曰《い》はく、大和島《やまとしま》見ゆ

万葉集　三六〇八　遣新羅使人

（都を遠く離れた鄙の地の長い旅路を大和の国にこがれつつ来ると、明石の海峡から家の辺りが目に入る）

三六〇八番歌の左注、「**柿本朝臣人麿の歌に曰《い》はく、大和島《やまとしま》見ゆ**」とは、『万葉集』二五五番歌のことである。

天離《あまざか》る　夷《ひな》の長道《ながぢ》ゆ　恋ひ来《く》れば　明石《あかし》の門《と》より　大和島《やまとしま》見ゆ

一本《あるほん》に云はく、家門《いへ》のあたり見ゆ

万葉集　二五五　柿本人麿

（天路遠い夷《ひな》の長い道のりをずっと恋いつづけて来ると、今や明石海峡からはるかに大和の陸地が見える）

『万葉集』三〇三、三〇四番歌の人麿の歌の題詞に「柿本朝臣人麿の筑紫国《つくしのくに》に下りし時に……」とあり、人麿が官命を帯びて九州に下り、任務を終えて帰りの明石海峡に至った時の歌と考えられる。長い旅路を播磨灘に沿って海峡にたどり着いた船からは俄然、あこがれの生駒《いこま》・葛城《かつらぎ》の連峰を望んで、深い吐息をついたに違いない。三六〇八番歌より、この本歌の方がはるかに雄渾《ゆうこん》である。

そして順番が逆になってしまったが、人麿が筑紫へ下る時、この明石海峡を通った時の歌。

ともしびの　明石大門《あかしおほと》に　入らむ日や　漕《こ》ぎ別れなむ　家《いへ》のあたり見ず

万葉集　二五四　柿本人麿

（明石海峡の手前に到り、この海峡に舟が入る今日という日は、ああ、大和ともとうとう漕ぎ別れることであろうか。家郷の辺りも見ないで）

明石海峡の最狭部は神戸市垂水《たるみ》区舞子と淡路島の松帆崎《まつほざき》との間で、幅四キロメートルである。潮流の激しいところで最速時には時速一〇キロにも達する。当時の舟は手漕ぎであるから、潮の流れが逆流の時は舟を出せない。潮流は月の引力を主因として起きるので、平均約六時間ごとに周期的に流れを転ずるから、同じ方向に流れる潮流は一日二回ある。従って海峡を西行するなら、時を計って西流（西方向への流れ）に乗り、東行するなら東流（東方向への流れ）に乗ればよい。

明石海峡は古来絶景として賞賛されてきたが、人麿のこの二首もその価値を高めるのに大いに貢献している。

明石海峡大橋は一九九八（平成一〇）年四月五日に開通した。片側三車線の自動車専用吊り橋で全長三九一一メートル、中央支間一九九一メートル、主塔は二基でその高さは海面上二九八メートル、橋の桁下《けたした》は六五メートル。どんな大きな船でも橋下を通過できる。橋は天下の絶景、明石海峡に華を添えるものであるが、車で渡ると三、四分で渡ってしまうので、この絶景を堪能するには適当ではない。そこで、淡路島へ渡る時は往復ともフェリーを使うことにした。フェリーでは片道二〇分ほどかかり、天下の絶景の中に明石海峡大橋を入れて眺めることができ、しかもフェリーは橋の下をくぐる。

私事で恐縮であるが、明石海峡大橋開通直後に私は関東の茨城県から兵庫県加古川市に転勤となり、明石市には二年間住んだ。そのため、この地域の名所を十分に堪能できたことはまことに幸運であった。

今回、二五年ぶりに明石海峡を船で渡り、淡路島北端に行ってみた。新幹線の西明石駅で降り、明石港へ行った。かつては淡路島まで車両を乗せるフェリーがあったが、今は車が皆明石海峡大橋を渡るようになって採算がとれず、フェリーは廃止されていた。その代わり、人とバイクを乗せる「淡路ジェノバライン」という船がある。この船は二〇〇名ほどの席があるが、私は往復とも船尾の甲板に居て移り行く風景を堪能した。時代は変わり、わずか一三分で淡路島岩屋港に到着してしまうが、乗船中の風景の白眉は船が明石海峡大橋の下を通過する時で、既述したようにこの大橋が天下の絶景・明石海峡に華を添えている。

明石海峡と明石海峡大橋

五月の天候の良い日、高速の船の甲板で涼風に吹かれながら眺める刻々と変化してゆく光景は、一刻値千金である。淡路島岩屋港で下船し、タクシーでこの地の展望台へ行ってみた。そこは海抜六五メートルで明石海峡を西に東に行く船はもちろん、明石海峡大橋と対岸の神戸市、明石市、そしてその後方にある六甲山などが見える。そしてその展望台には高さ六五メートルの大観覧車があり、一五分で一回転するが、その最高となる位置は海抜一三五メートル。おそらく日本一の大パノラマと見てよいのではないか。今回はそこで満足し、待たせてあったタクシーに乗り、一五時ちょうどに出港する明石港行きの船の渡船場、岩屋に向かった。
帰りの船も甲板に居すわり、『万葉集』によく出てくる言葉「見れど飽かぬ」眺めに酔いしれたひと時であった。そしてまたここに来る日の近からんことを祈った。

武庫《むこ》の海の　庭よくあらし　漁《いざり》する　海人《あま》の釣船《つりふね》　波の上《うへ》ゆ見ゆ
柿本朝臣人麿の歌に曰《い》はく、飼飯《けひ》の海の、又曰《い》はく、刈薦《かりこも》の乱れて出《い》づ見ゆ海人《あま》の釣船

万葉集　三六〇九　遣新羅使人

（武庫の海の海上は波が穏やかであるらしい。漁をする漁師の釣船が波の上、遠く見える）

三六〇九番歌の左注、「**柿本朝臣人麿の歌に曰《い》はく、飼飯《けひ》の海の、又曰《い》はく、刈薦《かりこも》の乱れて出《い》づ見ゆ海人《あま》の釣船**」とは、『万葉集』二五六番歌のことである。

飼飯《けひ》の海の　庭好《にはよ》くあらし　刈薦《かりこも》の　乱れ出《い》づ見ゆ　海人《あま》の釣船

一本《あるほん》に云《い》はく、武庫《むこ》の海の庭よくあらしいざりする海人《あま》の釣船波の上ゆ見ゆ

万葉集　二五六　柿本人麿

（飼飯の海の海上は穏やからしい。刈り取った薦のようにあちらこちらから漕ぎ出して来るのが見える、漁師の釣船よ）

「一本に云はく、武庫の海の……」は三六〇九番歌をそのまま載せている。「飼飯の海」は淡路島の「南あわじ市」松帆慶野《けいの》の地域。淡路島の西岸で播磨灘に面する。慶野松原《けいのまつばら》としても有名である。

安胡《あご》の浦に　船乗りすらむ　少女《をとめ》らが　赤裳《あかも》の裾《すそ》に　潮満《しほみ》つらむか

柿本朝臣人麿の歌に曰《い》はく、網の浦　又曰《い》はく、玉裳《たまも》の裾に

万葉集　三六一〇　遣新羅使人

（安胡の浦に潮満ちて舟遊びする乙女らの赤裳の裾に波が今、寄せて来ているだろうか）

「安胡の浦」は三重県志摩半島南部の英虞《あご》湾と思われる。

三六一〇番歌の左注、「**柿本朝臣人麿の歌に曰《い》はく、網の浦、又曰《い》はく、玉裳《たまも》の裾に**」とは、『**万葉集**』の四〇番歌のことである。

鳴呼見《あみ》の浦に　船乗りすらむ　嬬嫣《をとめ》らが　珠裳《たまも》の裾に　潮満《しほみ》つらむか

万葉集　四〇　柿本人麿

（あみの浦で舟に乗って遊んでいるだろう乙女［女官］たちの、あの美しい裳裾には潮が豊かに満ちているだろうか）

「鳴呼見《あみ》の浦」は三重県鳥羽市小浜の海岸と見られる。

この四〇番歌には次の題詞がある。

「伊勢国《いせのくに》に幸《いでま》しし時に、京《みやこ》に留《とど》まれる柿本朝臣人麿の作れる歌」

時は六九二（持統六）年三月三日、飛鳥浄御原《あすかきよみはら》を出発、持統天皇の伊勢神宮への行幸である。

この行幸に先立ち、柿本人麿は現地をくまなく調査し、その報告にもとづいてこの行幸が決行されたのであろう。この持統天皇の伊勢行幸時、柿本人麿は京（飛鳥浄御原の宮）に残っていて、持統天皇一行の伊勢での状況を想像してこの四〇番歌を詠んだ。この歌に続く四一、四二番歌も同様にこの時の様子を人麿が詠んだ名歌であるが、とりあえず割愛する。

ここで道草をする。

この時の持統天皇の伊勢行幸に供奉《ぐぶ》した男の妻の歌が、柿本人麿の三首の歌の次に載っている。

題詞

「当麻真人麻呂《たぎまのまひとまろ》の妻《め》の作れる歌」

わが背子《せこ》は　いづく行くらむ　奥《おき》つもの　名張《なばり》の山を　今日《けふ》か越ゆらむ

万葉集　四三　当麻真人麻呂の妻

（私の夫はどの辺りを旅しているのだろう。今日辺り、名張の山を越えているだろうか）

名張は三重県名張市。伊勢行幸の帰路とみられる。名張から飛鳥浄御原まで一～二日の距離である。夫の無事の帰りを祈る聡明な妻の歌である。
『万葉集』に当麻真人麻呂の歌はない。彼の妻のこの歌があることにより、彼はその名を千載に残す、どころか現在まで一三〇〇年以上残しているのであり、日本語がなくならない限り永遠に残るであろう。まことに幸運な亭主である。この歌の歌碑は文化勲章第一号の佐佐木信綱の揮毫《きごう》により近鉄名張駅の正面に建てられている。
この歌は作られた時からすぐ有名になったのであろう。『万葉集』の五一一番歌として二回も載せられている。題詞の表現も少し異なる。

題詞
「伊勢国《いせのくに》に幸《いでま》しし時に、当麻麻呂大夫《たぎまのまろのまへつきみ》の妻の作れる歌　一首」

わが背子は　いづく行くらむ　奥《おき》つもの　名張の山を　今日か越ゆらむ
万葉集　五一一　　当麻麻呂大夫の妻

なぜ重出することになってしまったのか。現代の漢字仮名まじりの表現では二首とも同じ文字表現になってしまうが、仮名が発明されていない当時は漢字の万葉仮名で表現するしかない。しかるに、どの漢字を使って五、七、五、七、七の三一文字にするかは決まっておらず、当時の人それぞれによって使い方が異なる。

四三番歌の万葉仮名表示は、

「吾勢枯波　何所行良武　己津物　隠乃山乎　今日香越等六」

であり、五一一番歌は、

「吾背子者　何処将行　己津物　隠之山乎　今日歟超良武」

である。使用されている字が異なっているので、『万葉集』の編者は同じ歌とは気付かずに載せたのであろう。そして三一文字ではなく、それより少ない文字数（前者は二二文字、後者は二一文字）となっている。

男の美意識は「名こそ惜しけれ」である。山上憶良《やまのうえのおくら》（六六〇〜七三三年）は死の床で次の辞世の歌を作った。

士《をのこ》やも　空しくあるべき　万代《よろづよ》に　語り続《つ》ぐべき　名は立てずして

万葉集　九七八　山上憶良

（男子たるものはむなしく朽ち果ててよかろうか。いやそうではない。万代にも語り継がれるような立派な名を立てないで）

山上憶良は『万葉集』に七八首の歌を載せて万代に語り継がれているが、当麻真人麻呂はカミさんのおかげでその名を千古に語り継がれていくであろう。希代の幸運児というべきか。

夫婦の表現については、夫から妻をいう場合、我妹《わぎも》、我妹子《わぎもこ》、妹《いも》であり、妻から夫をいう場合は吾背《わがせ》、吾背子《わがせこ》、背《せ》である。

ここで使われている「わが背子」は身分に関係なく使われたようで、光明《こうみょう》皇后も次のように使用している。

吾が背子と　ふたり見ませば　いくばくか　この降る雪の　嬉しからまし

万葉集　一六五八　光明皇后

この歌の「吾が背子」は聖武《しょうむ》天皇である。
道草は以上で終わり。

題詞
「七夕《たなばた》の歌　一首」

大船《おほぶね》に　真楫《まかぢ》繁貫《しじぬ》き　海原《うなばら》を　漕《こ》ぎ出《で》て渡る　月人壮士《つきひとをとこ》

右は柿本朝臣人麿の歌

万葉集　三六一一　柿本人麿

（大船の両舷にいっぱいの楫を通して、大海に漕ぎ出しては渡っていく月の男よ）

天空を海に、月を月人壮士に見たてた壮大な歌である。
三六〇六〜三六一一番歌まで六首続けて柿本人麿の歌を基としているが、人麿の歌は六八〇年頃〜七〇一年に作られたものであり、この遣新羅使人一行は七三六年のことであるから、「古歌」といっても四、五〇年前の歌である。この歌の左注に「**右は柿本朝臣人麿の歌**」としているが、この歌は『万葉集』中にはここ以外に見当たらない。従ってこの三六一一番歌の作者を人麿としていることは大いに疑問である。

ここでひとつ柿本人麿について触れておきたい。

人麿の出自については不明であり、生没年もまた不明であり、その死は謎に包まれている。彼の経歴は『日本書紀』、『続日本紀』にも記載がなく、『万葉集』の詠歌とそれに付随する題詞、左注などが唯一の資料である。

『万葉集』中における「柿本朝臣人麿」の歌と記されるものは八八首、人麿作歌に先行するものとして人麿の私家版と推定される「柿本朝臣人麿歌集の中に出づ」と記されるものは約三七〇首記載されている。「柿本朝臣人麿歌集」は現存せず、またその中には人麿以外の人の歌も含まれていると見られている。

人麿の作品は持統《じとう》皇后時代から始まり、持統天皇時代および文武《もんむ》天皇の初期までで宮廷歌人としての公的な歌と、人麿個人の私的な歌からなる。

「宮廷歌人」は、官職としてあったのではなく、公的な儀礼の場や、宮廷サロンで天皇を中心とする人たちの求めに応じて、歌を詠んだ人をいう。

人麿の歌風は荘重雄大で格調が高く、長歌と短歌が組み合わされた長大な構成を持っている。対句《ついく》や枕詞《まくらことば》を駆使して重々しく華麗で、しかも緊張を失うことがない。比類ない歌いぶりであり、その歌調のみなぎりは、時代の精神を体現して生まれたといえよう。

人麿の最大の保護者は持統女帝で、人麿が宮廷歌人として詠んだ歌のうち、皇子《みこ》、皇女《ひめみこ》関係の歌は三九首ある。中でも天武天皇の第一皇子である太政大臣高市《たけち》皇子の薨去（六九六年）の時の挽歌（歌番号一九九〜二〇二）の長歌は一四九句からなる『万葉集』中最長の歌で、壬申の乱（六七二年）の叙述が乱に参加した者でなくては詠めないほどの臨場感にあふれているため、人麿はごく若い時期にこの戦闘に参加していたと見られる。

ところで、人麿を登用し、最大の庇護者であった持統太政天皇の崩御は七〇二（大宝二）年一二月であるが、人麿による挽歌はない。人麿の最後の歌は七〇一年であるから、持統崩御直前に人麿は亡くなったと思われる。後世、その死についてはいろいろな説があって謎に包まれているが、もしこの時に人麿が生存していたとすれば、人麿は高市皇子の挽歌をさらに上回る縦横の技巧と荘重な調べを持つ挽歌を作ったことであろう。まことに惜しまれる人麿の死であった。

『万葉集』の完成時期は明確ではないが、七七〇〜七八〇年頃と推定されている。そして編者も明確ではないが、大伴家持《おおとものやかもち》が大きく関与していることは言をまたない。『万葉集』の中で大伴家持は「山柿《さんし》の門」という言葉を使って人麿を賛仰した。「山」とは山部赤人《やまべのあかひと》であり、「柿」は柿本人麿である（「山」は山上憶良という説もある）。『古今和歌集』（九〇五年）の紀貫之《きのつらゆき》が書いた「仮名序」に「柿本人麿なむ、歌の聖《ひじり》なりける」と表現され、今日に至るまで歌聖とされ、柿本人麿を超える歌人は現れていない。

六　備後《びんご》（広島県東部）、安芸《あき》（広島県西部）での歌　一三首

1　長井の浦　三首

遣新羅使の一行は、鞆《とも》の浦を朝に船出し、夕方に長井の浦に着いて船泊まりした。望郷の想いがつのったのであろう。ここ長井の浦で詠まれた歌が三首ある。

題詞

「備後国《きびのみちのしりのくに》の水調郡《みつきのこほり》の長井《ながゐ》の浦に船泊《ふなはて》せし夜に作れる歌　三首」

（備後国の水調郡、長井の浦に停泊した夜に作った歌三首）

「長井の浦」は広島県三原市糸崎町辺りの入江の総称であったと考えられている。

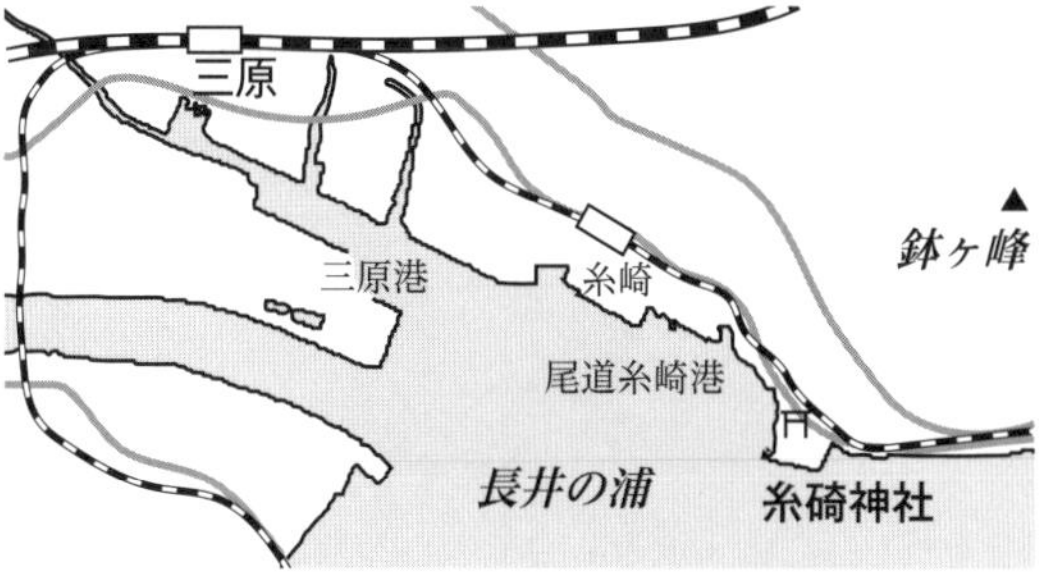

長井の浦の地図

山陽新幹線の三原駅で降り、東へ五キロほど行ったところの三原市糸崎町の海岸近くに糸碕《いとさき》神社がある。ここは往古から船泊まりの地であったのであろう。水質も良く、七二九（天平元）年、神さびたこの地に糸碕神社が創建された。豊後国《ぶんごのくに》（大分県）宇佐八幡宮より分霊《ぶんれい》を勧請《かんじょう》して祀《まつ》ったという。この遣新羅使が船泊まりした時より七年前のことであり、彼らもこれからの船旅の安全をここで祈願したことであろう。この糸碕神社の鳥居を出たところに、国道に面してこの時詠まれた三首の歌の三首目、三六一四番歌の歌碑があり、その右側に「万葉歌碑　長井之浦」の石碑が建つ。

さて、この「長井の浦」という地名は、次に記す「風早《かざはや》の浦」という言葉と違って、現在では使う人が全くいないらしい。地元のタクシーの運転手さえ知らないという。

それはさておき、糸碕神社の境内には「御調井」という井戸があって古びた石碑があり、その横に新しい御調井の説明碑が建てられている。それには次のように書かれている。

長井の浦（広島県三原市）の糸碕神社

糸碕神社の「長井の浦」の碑と
『万葉集』3614 番歌の歌碑

御調井《みつぎい》

昔、神功皇后この長井の浦に御舟を繋がれし時、村長《むらおさ》木梨真人《きなしのまひと》この井の水を汲み献上した、との口碑により御調の井という。

この井戸は、直径一二〇センチメートル、深さ三六〇センチメートル、自然石にて築造され、水は常に清く澄みさわやかで、どんな高潮の時でも塩分はない。皇船に水を献上した故事にならって神社大祭に神饌を奉る際の用水にしている。

糸碕神社

本来、井戸崎といっていたところが糸碕に変化したらしい。

八幡社系でありながら鳥居は赤く塗られておらず、石材のまま、すなわち花崗岩の鳥居である。

あをによし　奈良の都に　行《ゆ》く人もがも　草枕《くさまくら》　旅行く船の　泊《と》まり告《つ》げむに

［旋頭歌《せどうか》なり］

万葉集　三六一二　壬生使主宇太麿《みぶのおみうだまろ》

（奈良の都に行く人もあればよい。旅を行く我が船の碇泊するところを知らせように）

旋頭歌とは、通常の短歌が五、七、五、七、七となっているのに対し、五、七、七からなる片歌を上下に重ねた形の六句体歌。上三句の形をもう一度下三句で繰り返すことから名付けられた。

この歌の左注には「**右の一首は大判官《だいはんぐわん》**」とある。しかし、ここではあえて大判官である壬生使主宇太麿の名を記すことにした。

繰り返しになるが、この時の遣新羅使一行のメンバーは、

大使　阿倍朝臣継麿《あべのあそんつぎまろ》
副使　大伴宿禰三中《おほとものすくねみなか》
大判官　壬生使主宇太麿
少判官　大蔵忌寸麻呂《おほくらのいみきまろ》

となっている。当時は天然痘が大流行し、大使の阿倍朝臣継麿は帰路に対馬で没し、副使の大伴宿禰三中も病気で帰京が遅れ、一行を代表して帰朝報告を行ったのは大判官の壬生使主宇太麿であったからである。

なお、この一行は『万葉集』巻一五の中に大使・阿倍朝臣継麿は五首、副使・大伴宿禰三中は二首、大判官・壬生使主宇太麿は五首、少判官・大蔵忌寸麻呂は一首の歌を残している。

海原を　八十島《やそしま》隠《がく》り　来《き》ぬれども　奈良の都は　忘れかねつも

万葉集　三六一三　遣新羅使人

（広々とした海上を、たくさんの島の間を漕ぎかくれてやってきたが、やはり奈良の都は忘れがたいことよ）

鞆の浦から長井の浦までの海上は多くの島がある。まさに「八十島」というにふさわしい。その景観のすばらしさは遣新羅使一行の目を見張らせたに違いない。その島に隠れ隠れして絶景に見とれながらやって来たけれど、宵闇《よいやみ》がせまるにつれて都恋しさ、妻恋しさがつのってくるのだった。

なお、「八十」は数の多いこと。たくさんを意味する。

「八十」を使った『万葉集』中の名歌を二首あげておくこととする。

もののふの　八十《やそ》氏河《うぢかは》の　網代木《あじろぎ》に　いさよふ波の　行く方《へ》知らずも

万葉集　二六四　柿本人麿

（多くのひと、その氏《うじ》――宇治川の網代の木にただよい続ける波のように、行く末のはかり難いことよ）

もののふの　八十少女《やそをとめ》らが　汲みまがふ　寺井《てらゐ》の上の　堅香子《かたかご》の花

万葉集　四一四三　大伴家持

（大勢の乙女たちが入り乱れて水を汲む、その寺井のほとりのかたくりの花よ）

「堅香子」はカタクリ。早春、花軸の先にうつむいたような淡紅色の六弁花をつける。大伴家持は五年間、越中国守として国府（富山県高岡市）に住み、この歌を詠んだ。

帰るさに　妹《いも》に見せむに　わたつみの　沖つ白玉　拾《ひり》ひて行《ゆ》かな

万葉集　三六一四　遣新羅使人

（帰りに此処に寄る時に、海岸の玉のような白い石を拾って妻へのお土産にしよう）

「白玉」は真珠をいう。

一行は海路、いくつもの難所を過ぎて、島々が点在する瀬戸内海を西へと進んで行く。瀬戸内海は現在では風光明媚の代名詞だが、古代の航海者にとっては危険な海だ。島が無数にあり、風も潮も複雑で速い。岩礁も多く、船が座礁することも度々で、帆と櫂《かい》で進む船は漂流することも多かった。そうした困難を重ねつつ、船はやがて風早の港に着く。

2　風早《かざはや》の浦　二首

遣新羅使一行は備後国「長井の浦」の翌日は「風早の浦」に船泊まりしたらしい。「風早の浦」は広島県東広島市安芸津町風早近辺の三津《みつ》湾とされている。「長井の浦」から「風早の浦」まで三〇キロほどの距離となる。

題詞

「風早《かざはや》の浦に船泊《ふなはて》せし夜に作れる歌　二首」

わが故に　妹嘆《いもなげ》くらし　風早《かざはや》の　浦の沖辺《おきへ》に　霧たなびけり

万葉集　三六一五　遣新羅使人

（私がいなくなってしまったことを今頃、妻は嘆いているのだろう。その証拠に風早の浦には霧がたなびいている。そうだ、この霧は私を想って都で悲しんでくれている妻のため息なのだ）

この歌は既述した三五八〇番歌、

君が行く　海辺《うみべ》の宿に　霧立たば　吾《あ》が立ち嘆《なげ》く　息《いき》と知りませ

を受けて作られたものである。そしてこの夫はさらに歌を続ける。

沖つ風　いたく吹きせば　吾妹子《わぎもこ》が　嘆《なげ》きの霧に　飽《あ》かましものを

万葉集　三六一六　遣新羅使人

（もし沖の風が強く吹いたなら、風が妻の嘆きの霧を沖からこちらの方に吹き寄せて

くれるから、その霧に包まれて十分にそれを満足できようものを）

霧に託して夫は妻を、妻は夫を想う、夫婦愛の賛歌である。問題は後述するようにこの一行は天然痘大流行に巻き込まれ、この歌の夫婦が再会できたのかどうか。それを思うと切ない。

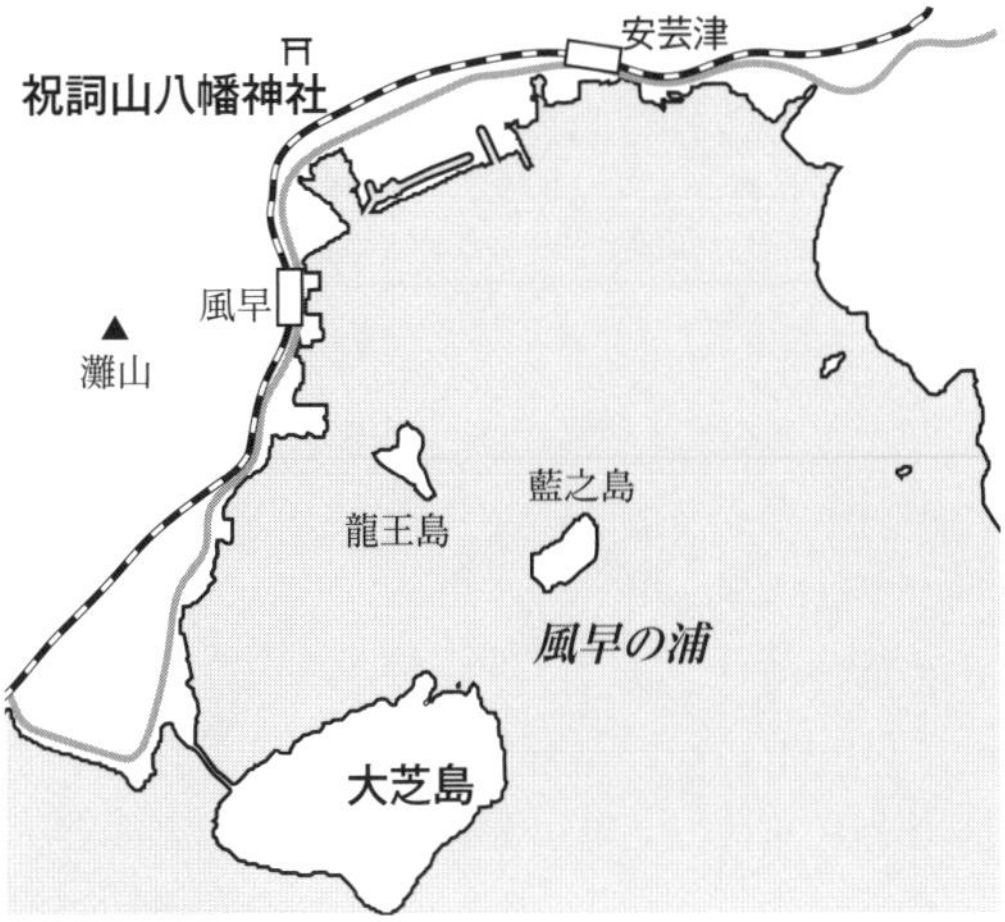

風早の浦の地図

この三首の歌を鑑賞するべく現地へ行ってみた。山陽新幹線の三原駅で呉線に乗り換える。呉線は単線で各駅停車が基本であるから、まことにゆったりと走る。時々海の上を走っているのではないのかな、と錯覚することもあるが、波静かな瀬戸内海である。海に面した岸壁に海に張り出して線路床を作り、車両はその上を走る。海からの防波堤も低いので、注意してそれを見なければ、海の上を走っているように見える。一時間ほどで「あきつ駅」に到着する。「あきつ」は安芸津であり、「津」は港を意味するから安芸国《あきのくに》（広島県）の港であり、手漕ぎの船や帆船の時代は安芸一国を代表する港だったのであろう。現在は全く寂《さび》れてしまい、駅前にも商店はほとんどない。この安芸津駅の西二キロほどのところに祝詞山《のりとやま》八幡神社がある。ここに風早の浦で詠まれた前述の三六一五、三六一六番歌を岩に彫った歌碑とその横に、この歌をイメージした高さ三・六メートル、幅五・四メートルの陶壁画が並んで建っており、右に渡航船を背に使人が立ち、左に妻を配してその間に霧が流れ、裾に波や渦潮を構成したものである。この陶壁画の前に説明の看板が建てられている。

《万葉の里》安芸津

万葉集には、天平八（七三六）年に新羅国に派遣された大使阿倍継麻呂《あべのつぎまろ》と副使大伴《おおとものみ》三中《なか》らの使節団一行が風早の浦に船泊まりした夜、詠んだ歌が二首残っています。

旅に出るとき妻から贈られた次の離愁の歌を思い出して、夫が詠んだ歌です。

妻の歌
「君が行く　海辺の宿に　霧立たば
　吾《あ》が立ち嘆く　息と知りませ」
夫の歌
「わがゆえに　妹《いも》嘆くらし　風早の
　浦の沖辺に霧たなびけり」
「沖つ風　いたく吹きせば　我妹子《わぎもこ》が
　嘆きの霧に　飽《あ》かましものを」

妻が私のことを思って嘆いているようだ、風早と言う地名のように風が吹いてくれたならば妻の嘆きの霧を思いのままに受けとめることができようものを……。

潮の流れ、風、波など危険が伴う長旅を続ける夫と、留守を守る妻のすばらしい愛の歌です。この万葉びとの心をいつまでも伝え、美しいふるさとの自然を大切にしたいとの願いをこめて、この万葉陶壁を建てました。（以下略）

そしてこの地で作られた遣新羅使人の夫の歌、三六一五、三六一六番歌の歌碑の前には次の文章を刻んだ石碑がある。

碑面の歌は聖武天皇時代の天平八年丙子夏六月（七三六年）新羅國へ派遣された大使阿倍継麿副使大伴三中等の使節団一行が新羅國への途次この風早の浦に船泊りされた夜一行の一人が詠まれた歌で萬葉集の巻第十五に収録されている

この歌は作者が夕べのとばりがひっそりとこの浦に迫る時沖辺に棚びく夕霧を眺め旅立ちのおり妻より贈られた離愁の歌

君がゆく海辺のやどに霧立たば
吾が立ち嘆く息と知りませ

を思ひ浮かべ遠く家郷に残した妻へのつのる慕情を詠まれた歌である

往昔風光明媚な風早の浦は瀬戸内の泊地として大きな役割を果し海路往来の旅人悲喜こもごもの旅情を留めた所である

今有志者相諮りこの浦で詠まれた古歌二首を岩に刻み茲に建てる

この歌碑が後の世永く萬葉の故地風早の浦のいにしえを偲ぶよすがとなれば幸いである

この陶壁画と万葉歌碑は西を向いて建てられているので、午前九時頃に訪れた時には逆光で写真がうまく撮れない。そこで一旦引き返し、風早の浦の風景を満喫するべく、大芝大橋を渡って大芝島に行った。

大芝島には平地はなく山の島であるため、山腹でのビワやミカン栽培が行われている。その山腹をどんどん登って行ってふり返ると、風早地区の本土とこの島の間の海は紺碧で、そこに架かる白い大芝大橋が絶景に華を添えている。

この日は快晴であったが、霞が少々あって遠方の島は見えにくいので、ここが最高の場所であるように思われた。この風景を十分堪能した後、再び祝詞山八幡神社に引き返し、太陽も真上に上がった頃、陶壁画と歌碑の写真を撮り直した。良い写真を撮るには、西日がさす午後遅めの方がよいように思う。

3　長門《ながと》の島（倉橋島）　八首

「長門の島」は現在の広島県呉市の南、倉橋島のことである。

「風早の浦」を船出した一行はその夕方、ひぐらしの鳴く頃、「長門の島」（倉橋島）に着いた。

題詞

「安芸国《あきのくに》の長門《ながと》の島にして磯辺《いそへ》に船泊《ふなはて》して作れる歌　五首」

石走《いはばし》る　瀧《たき》もとどろに　鳴く蟬《せみ》の　声をし聞けば　都し思ほゆ

万葉集　三六一七　大石蓑麿《おほいしのみのまろ》

（岩を流れ落ちる瀧もとどろくほどに鳴く蟬の声を聞くと、都が偲ばれることよ）

激流の音にもまさるばかりに蟬が鳴いている。

左注に「**右の一首は大石蓑麿**」とある。大石蓑麿の歌は『万葉集』にこの一首のみで、伝未詳。生没年も未詳であり、この時の遣新羅使人の一員であるが、のち東大寺の写経生としてその名が見える（『正倉院文書』）。

山川《やまがは》の　清き川瀬《かはせ》に　遊べども　奈良の都は　忘れかねつも

万葉集　三六一八　遣新羅使人

(倉橋島の山あいの清らかな川瀬に風流を楽しんでいても、あの奈良の都は忘れようにも忘れられない)

磯《いそ》の間《ま》ゆ　激《たぎ》つ山河　絶えずあらば　またもあひ見む　秋かたまけて

万葉集　三六一九　遣新羅使人

(磯の間に激しく流れ落ちる山河のように、我が命も絶えずあれば、また妻と逢えるだろう。秋近くなって)

前歌の「山川」を承け、都への思いを秋待つ心に絞る。

恋繁《こひしげ》み　慰《なぐさ》めかねて　ひぐらしの　鳴く島陰《しまかげ》に　廬《いほり》するかも

万葉集　三六二〇　遣新羅使人

(故郷の妻が忘れられず、ひぐらしが鳴く島陰で仮の一夜をとっていることよ)

前歌の妻恋しさを承け、三六一七番歌の「蟬」にも応じている。

わが命《いのち》を　長門《ながと》の島の　小松原《こまつばら》　幾代《いくよ》を経《へ》てか　神《かむ》さびわたる

万葉集　三六二一　遣新羅使人

（我が命よ、長かれと願う、長門の島の小松原よ、いったいどれだけの年月を過ごして、このように神々《こうごう》しい姿をし続けているのか）

この歌は歌詠の場をほめることで旅の安全を祈り、三六一七番歌以下の全体を結ぶ。「長門の島の磯辺」、「長門の浦」とは広島県呉市の南にある倉橋島の南端、桂浜《かつらがはま》のことである。ＪＲ呉駅から車で四〇分。呉駅を出て南に向かうと、まず本州と倉橋島の北端の間にあって平清盛《たいらのきよもり》が開削したという伝説のある「音戸《おんど》の瀬戸」の赤い橋を渡る。倉橋島は複雑な地形をしているので、南の桂浜に向かって走っている途中、瀬戸内海の東側の海を見ているうちに、今度は西側の海を見ることになる。まことに風光明媚な光景で身を乗り出して見ていると、やがて桂浜に着く。まずは桂浜神社に参拝した後、松原を抜けて海岸に出る。そこは白砂青松の地で湾が入り込んでおり、一三〇〇年前の遣新羅使一行が上陸して感嘆した絶景と全く同じであろう。うしろは峻険な岩山の火山《ひやま》（四〇八メートル）。そしてその山から海に注ぐ川はまことに清冽《せいれつ》で、三六一八番歌にある「山川の清き川瀬」である。しばらくこの白砂の浜を逍遥し、あるいは佇んで、この浜で詠まれた右記五首の歌を堪能した。春の昼の日差しをあびて、「見れど飽かぬ」眺めであった。

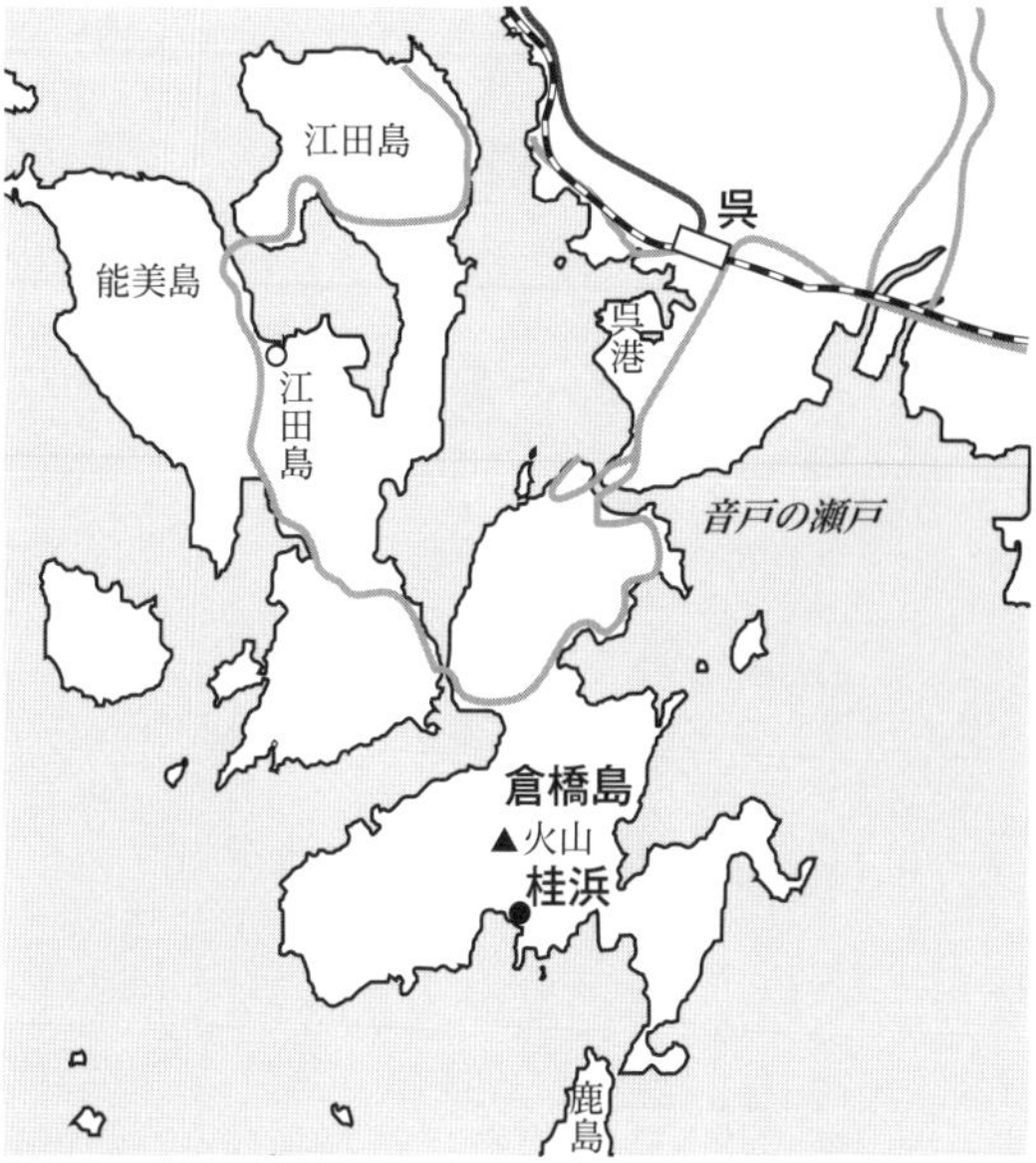

倉橋島、桂浜の地図

そのあと、桂浜神社の西側にある倉橋歴史民俗資料館に行き、遣新羅使航路図が掲げてあったのでこれを写真に撮った。また地名の由来の表示があり、要約すると、

倉橋という地名の由来は奈良の藤原宮（ここに都があったのは西暦六九四〜七一〇年）から出土した木簡《もっかん》から知ることができる。この木簡には安芸国《あきのくに》安芸郡《あきぐん》倉橋部《くらはしべ》の者が藤原宮に塩三斗

を税金として納めたと書かれており、この地に倉橋部という人達が住んでいたことから、倉橋の地名の由来が解る……

という内容が書かれていたが、なぜ倉橋島を遣新羅使一行が「長門の島」といったのかは説明がなかった（あいにく尋ねるべき常駐の職員もいなかった）。

桂浜神社の東側に「万葉植物公園」があり、入口に万葉学の碩学《せきがく》、文化功労者（一九八七年）で大阪大学名誉教授の犬養孝博士の揮毫による三六二一番歌の歌碑がある。原文の万葉仮名で書いてあるので、その読み方と現代語訳も付いている横長の歌碑である。

万葉歌碑といえば、この松原の中央に、右記五首の歌と後述の「長門の浦」の三首を合わせた計八首の歌を刻んだ、高さ七メートル余の見上げてあまりある、堂々たる縦長の「萬葉集史跡長門島之碑」がある。これは一九四四（昭和一九）年の建立である。

万葉植物公園より道路を隔てて南側に「長門の造船歴史館」がある。古代からの倉橋島造船の歴史を展示しているが、展望ラウンジには実物大の遣唐使船（長さ二五メートル、幅七メートル、帆柱の高さ一七メートル）が展示されており、すぐ海に出せる構造となっている。復元された遣唐使船はここにある船と、奈良市内の池に固定された船があるが、実際に海へ漕ぎ出すことができるのは当然こちらの方で、片舷八人、両舷で一六人の水夫が当時の服装で櫓《ろ》を漕いで海上を航行する写真が、この造船歴史館のパンフレットの表紙に載っている。遣新羅使船も同時代なので、同様の船に乗って行ったものと考えられる。

古代、なぜ倉橋島を「長門の島」といったのか。「長門の島」は安芸の国（広島県）に属する。安芸の国の西隣りが周防の国（山口県）であり、さらにその西が長門の国（山口県）である。正確な地図のない時代、「長門の島」と「長門の国」が「周防の国」を隔てて存在していたのである。当時の識者も混乱したのではないか。

題詞
「長門《ながと》の浦より船出《ふなで》せし夜に、月の光を仰ぎ観《み》て作れる歌　三首」

「長門の浦」は倉橋島の桂浜一帯である。

一行は翌日夜半、出航した。夜、船出した珍しい例である。月明かりを利用して引き潮の潮時もよく、少しでも船を進めようとして次の泊地である麻里布《まりふ》（山口県岩国市）を目指した。

月《つく》よみの　光を清み　夕凪《ゆふなぎ》に　水手《かこ》の声呼び　浦廻《うらま》漕《こ》ぐかも

万葉集　三六二二　遣新羅使人

復元された当時の大型船の航行
(写真提供・呉市)

（月の光が清らかなので、夕方の静かな風の中を、船頭たちがかけ声をかけながら海岸を漕いでいくよ）

「夕凪《ゆうなぎ》」について

海岸地方で天気の良い日、ことに夏に海陸風が発達する。日中は海から海風、夜間には陸から陸風が吹く。夕方海風がやみ、陸風が吹き出すまでの交代期はすっかり風がやむ。これが夕凪であり、瀬戸内海は有名で、午後五時頃から三、四時間、すなわち午後九時頃まで続くと説明されている。

山の端《は》に　月かたぶけば　漁《いざり》する　海人《あま》の燈火《ともしび》　沖になづさふ

万葉集　三六二三　遣新羅使人

（山の端に月が沈みかかると、沖で魚を取っている海人たちの漁火《いさりび》が遠くちらちらとゆれ動くのが見える）

月明を失うことによって漁火が鮮やかに見える。

吾のみや　夜船は漕《こ》ぐと　思へれば　沖辺《おきへ》の方《かた》に　楫《かぢ》の音《おと》すなり

万葉集　三六二四　遣新羅使人

（自分だけが海上に出て船を漕いでいるのかと思っていたら、さらに、沖の方で、もう一つの船の櫂の音がしてくる）

鏡のような海上をすべるように船は進む。夜の船旅は自分たちだけがしていると思い込んでいたのに、沖の方から櫓の音が聞こえてくる。驚きと同時に共感を覚えて心打たれたのである。

七　古歌および属物発思歌　五首

1　挽歌

題詞

「古き挽歌《ばんか》　一首并《あは》せて短歌」

夕《ゆふ》されば　葦辺《あしへ》に騒《さわ》き
明け来《く》れば　沖になづさふ
鴨すらも　妻と副《たぐ》ひて
わが尾には　霜な降《ふ》りそと
白妙《しろたへ》の　羽《はね》さし交《か》へて
打ち払《はら》ひ　さ寝《ぬ》とふものを
行《ゆ》く水の　還《かへ》らぬ如く
吹く風の　見えぬが如く
跡《あと》も無き　世の人にして
別れにし　妹《いも》が着せてし
褻《な》れ衣《ごろも》　袖《そで》片敷《かたし》きて
一人かも寝む

万葉集　三六二五　丹比大夫《たぢひのまへつきみ》

(夕方になると葦のほとりに鳴きたてて
夜明けと共に沖に飛んでいっては波間に漂う鴨よ

鴨でさえ妻と連れだって
尾羽に霜よ降るなと
白妙の羽をさし交わし
払い合っては寝るというものを
流れゆく水がもどらないように
吹く風が目に見えないように
残る跡とてない世間の人間として
死んでいった妻、その着せてくれた
古衣の袖を片側だけ敷いて
私は一人で寝るのかなあ）

鴨長明の『方丈記』の有名な書き出し部分、

「ゆく河の流れは絶えずして、しかももとの水にあらず……」

は、この長歌の第七節「行く水の　還らぬ如く」が、また大伴家持の四一六〇番歌の中に

「……逝く水の留《とま》らぬ如く……」、同じく四二一四番歌の長歌の中の「……逝く水の留《とど》みかねつと……」が影響しているのではなかろうか。

題詞

「反歌　一首」

鶴《たづ》が鳴き　葦辺《あしへ》をさして　飛び渡る　あなたづたづし　一人さ寝《ぬ》れば

万葉集　三六二六　丹比大夫

（鶴が鳴いて葦辺をさして飛び渡ってゆく。ああ心細いことよ。一人寝をしていると）

左注

「右は丹比大夫《たぢひのまへつきみ》の亡《みまか》りし妻《め》を悽愴《いた》める歌」

とある。丹比大夫は丹比真人《たぢひのまひと》笠麿《かさまろ》のことであろうか。「大夫」は四位、五位の人に対する敬称である。五〇九、五一〇番歌の題詞に、

「丹比真人笠麿の筑紫国《つくしのくに》に下《くだ》りし時に作れる歌　一首并せて短歌」

とある。笠麿は柿本人麿と同時代の人であるから、この遣新羅使一行（七三六年）より四〇〜五〇年前の歌である。

なお、この五〇九、五一〇番歌は笠麿が難波津から出航し、九州へ航行する時の妻恋いの長歌、短歌であるから、彼の妻はその時は生きていた。三六二五、三六二六番歌は五〇九、五一〇番歌の後に丹比真人笠麿が作ったことになる。

2　属物発思歌

題詞

「物に属《つ》きて思《おもひ》を発《おこ》せる歌　一首并《あは》せて短歌」

（物に寄せて思いを述べた歌一首と短歌）

朝されば　妹《いも》が手に纏《ま》く

鏡《かがみ》なす　御津《みつ》の浜びに
大船《おほぶね》に　真楫《まかぢ》繁貫《しじぬ》き
韓国《からくに》に　渡り行《ゆ》かむと
直《ただ》向かふ　敏馬《みぬめ》をさして
潮《しほ》待ちて　水脈《みを》びき行《ゆ》けば
沖辺《おきへ》には　白波高み
浦廻《うらま》より　漕《こ》ぎて渡れば
吾妹子《わぎもこ》に　淡路の島は
夕《ゆふ》されば　雲居《くもゐ》隠《かく》りぬ
さ夜ふけて　行方を知らに
吾《あ》が心　明石の浦に
船泊《ふなと》めて　浮寝《うきね》をしつつ
わたつみの　沖辺《おきへ》を見れば
漁《いざり》する　海人《あま》の少女《をとめ》は
小《を》舟《ぶね》乗《の》り　つららに浮けり
暁《あかつき》の　潮満《しほみ》ち来《く》れば

葦辺《あしべ》には　鶴《たづ》鳴き渡る
朝凪《あさなぎ》に　船出《ふなで》をせむと
船人《ふなびと》も　水手《かこ》も声よび
鳰鳥《にほどり》の　なづさひ行《ゆ》けば
家島《いへしま》は　雲居《くもゐ》に見えぬ
吾《あ》が思《も》へる　心和《こころな》ぐやと
早く来て　見むと思《おも》ひて
大船を　漕《こ》ぎわが行けば
沖つ波　高く立ち来《き》ぬ
外《よそ》のみに　見つつ過ぎ行き
玉の浦に　船を停《とど》めて
浜びより　浦磯《うらいそ》を見つつ
泣く児なす　哭《ね》のみし泣かゆ
海神《わたつみ》の　手纏《たまき》の玉を
家苞《いへづと》に　妹《いも》に遣《や》らむと
拾《ひり》ひ取り　袖には入れて

返し遣る　使無《つかひな》ければ
持てれども　験《しるし》を無みと
また置きつるかも

万葉集　三六二七　遣新羅使人

（朝になると妻が手にとる
鏡のような御津「見つ」の海辺で
大船に楫を一面にとりつけ
韓国に行こうとして
真向いの敏馬《みぬめ》を目指し
潮ぐあいを見ながら水脈《みお》ぞいに行くと
沖の方は白波が高いので
海岸を伝って漕いでゆくと
いとしい妻に逢うという淡路島は
夕暮れの雲に隠れてしまった。
夜が更けて行先がわからないので
私の心も明石「明し」の海岸に

船を泊めて船上に漂いつつ身を横たえ
大海の沖を眺めると
漁をする海人の娘たちが
小さな舟に乗って点々と浮かんでいる。
暁《あかつき》の潮が満ちて来ると
葦のほとりに鶴が鳴いて飛ぶ。
朝の凪に船出をしようとして
船に乗る人も船頭も声をかけ合い
かいつぶりのように浮き沈みしてゆくと
名もしたわしい家島が雲の方に見えてきた。
この物思いに沈む心も柔らぐかと
早く行って見ようと思いつつ
大船を漕いで行くと
沖からの波が高々と寄せてきた。
仕方なく遠目にだけ見ながら過ぎて行き
玉の浦に船を泊めて

海岸から浦の磯を見ていると
子供が泣くようにさめざめと泣けてしまう。
せめて海の神が手にまき持つという白玉を
土産《みやげ》として妻にやろうと思って
拾い取り袖には入れたのだが
さて帰してやる使いの者もいないので
持っていても仕方がないと
また捨てることだ）

題詞
「反歌　二首」

玉の浦の　沖つ白珠《しらたま》　拾《ひり》へれど　またそ置きつる　見る人を無み

万葉集　三六二八　遣新羅使人

（玉の浦の沖から寄せる白珠を拾ったのだが、また捨てたことだ。見る人もないので）

秋さらば　わが船泊《は》てむ　忘れ貝　寄せ来《き》て置けれ　沖つ白波

万葉集　　三六二九　　遣新羅使人

（秋になったら、帰京の船をここに泊めよう。その時には忘れ貝を寄せて置いておけ。沖の白波よ）

この属物発思歌の長歌一首、短歌二首は、直前の丹比某の古挽歌、長歌一首、反歌一首と共に、旅日記風に難波から玉の浦までの詠であり、『万葉集』編纂者の手によって配列され、遣新羅使人歌群中に挿入されている特異な歌である。

三六二七番歌の長歌は御津の浜辺から船出し、順次、敏馬、淡路島、明石の浦、家島、玉の浦と地名をあげ、旅日記風の歌になっている。その中でも、家島諸島（兵庫県）が見えてくると家が懐かしく思われ、玉の浦（岡山県）では玉を拾って妻を思う旅情は、我々を古代の旅へ誘う。

反歌では「**秋さらば　わが船泊《は》てむ**」といって、秋には帰朝できるものと思っている。しかし、旅の苦難はこれからなのだ。

八　周防《すおう》（山口県南東部）での歌　一四首

1　麻里布《まりふ》の浦　八首

題詞
「周防国《すはのくに》の玖河郡《くがのこほり》の麻里布《まりふ》の浦を行きし時に作れる歌　八首」

真楫貫《まかぢぬ》き　船し行《ゆ》かずは　見れど飽《あ》かぬ　麻里布《まりふ》の浦に　やどりせましを

万葉集　三六三〇　遣新羅使人

（左右に楫をそろえて船足も速く通り過ぎないで、いつまでも見飽きない麻里布の浦に船宿りしたいものを）

「長門の浦」（倉橋島の桂浜）を夜のうちに船出した一行は、月明かりと潮流を利用して次の泊地、周防国の「麻里布の浦」を目指した。「麻里布の浦」は後述する三六三二番歌、三六三五番歌にも詠まれている。この三首のうち二首で「見れど飽かぬ」と表現されているように、白砂の浜に清澄な波が寄せ、心を洗われるような絶景で、こんなすばらしい浜辺に宿ってみたいと作者は思う。しかし一行はここに宿ることもなく、その美しさに溜息をもらしながら通過したのである。ただ、現在はその景観を見ることはできない。場所は広島県岩国市の海岸一帯を当時「見れど飽かぬ」ほど賞翫《しょうがん》できたのであったが、今は干拓が進み、当時の海岸線をはるかに越えて海が埋め立てられてしまった。JR岩国駅周辺を見ても工場が林立する一大工業地帯であり、また一大住宅地域であって、さらに海に面しては岩国飛行場の滑走路があり、当時の景観を想起させるような個所は何ひとつない。ただJR岩国駅のすぐ北西側に「麻里布町」の地名が残っている。

いつしかも　見むと思ひし　安波島《あはしま》を　外《よそ》にや恋ひむ　行《ゆ》くよしを無み

万葉集　三六三一　遣新羅使人

（いつかは見たいと思ってきた安波島、その安波島もよそ目に恋うばかりで立ち寄るあてもない）

「安波島」は周防国のどの島をさすのか未詳。

大船に　戕牁《かし》振《ふ》り立てて　浜清《はまきよ》き　麻里布《まりふ》の浦に　宿りかせまし

（大船を繋《つな》ぐ杙《くい》を打ち立てて、浜清らかな麻里布の浦に船宿りをしたいものを）

実際には船宿りできないことを惜しんでいる。

安波島《あはしま》の　逢はじと思ふ　妹《いも》にあれや　安寝《やすい》も寝《ね》ずて　吾《あ》が恋ひ渡る

万葉集　三六三三　遣新羅使人

（どうして安波島のごとく逢うまいと思う妻であろう。安眠もできずに私は恋い続けることよ）

筑紫道《つくしぢ》の　可太《かだ》の大島　しましくも　見ねば恋しき　妹《いも》を置きて来《き》ぬ

万葉集　三六三四　遣新羅使人

（九州へ至る道の途次にある可太の大島、暫くの間も見ずにはいられない妻を、私は後に残して来てしまったことだ）

「可太の大島」は山口県岩国市南方の屋代島（周防大島）のことをいい、次項の「大島の鳴門二首」で触れる。

妹《いも》が家道《いへぢ》　近くありせば　見れど飽《あ》かぬ　麻里布《まりふ》の浦を　見せましものを

万葉集　三六三五　　遣新羅使人

（妻の家がすぐ行けるところにあるのなら、いつまでも見飽きない麻里布の浦を見せようものを）

この項は題詞に「**……麻里布《まりふ》の浦を行きし時に作れる歌　八首**」となっている。上記六首は「麻里布の浦」の歌であるが、七首目、八首目の三六三六、三六三七番歌は祝島《いわいしま》の歌であるから、地理的に次項の「大島の鳴門」を過ぎ、さらにその次の「熊毛の浦」の最後の歌に配置されなければならない。従ってこの二首は「熊毛の浦」で解説することとする。

『万葉集』の完成は七七〇～七八〇年頃と推測されているが、『万葉集』編纂に最も大きく係わったとされる大伴家持《おおとものやかもち》（七一八～七八五年）は、この遣新羅使がこれらの歌を詠んだ時（七三六年）はまだ一八歳。この頃より家持は和歌の研鑽《けんさん》を積み、その後四〇年ほどを経て『万葉集』を完成させたものと思われる。その間、歌の分類、配置に大きな努力が払われているが、この遣新羅使の歌にも古歌を挿入するなど、多くの工夫がなされている。正確な地図のない時代であるから、『万葉集』編纂時、歌の順序が行程通りにならない部分も生ずることは致し方のないことであり、文学性から見れば問題のないことと思われる。

2　大島の鳴門　二首

題詞

「大島の鳴門《なると》を過ぎて再夜《ふたよ》を経《へ》し後に、追ひて作れる歌　二首」

「大島の鳴門」とは、現在の山口県柳井市と屋代島（大島郡周防大島町）との間の海峡を指すと考えられている。航路の難所とされ、大畠《おおばたけ》瀬戸ともいわれ、潮の干満の差によって発生する渦潮は、日本三大潮流の一つに数えられている。

これやこの　名に負《お》ふ鳴門《なると》の　渦潮《うづしほ》は　玉藻《たまも》刈るとふ　海人少女《あまをとめ》ども

万葉集　三六三八　田辺秋庭《たなべのあきには》

（これがあの名高い、大島の鳴門で渦潮につかって藻を刈る海人乙女なんだなあ）

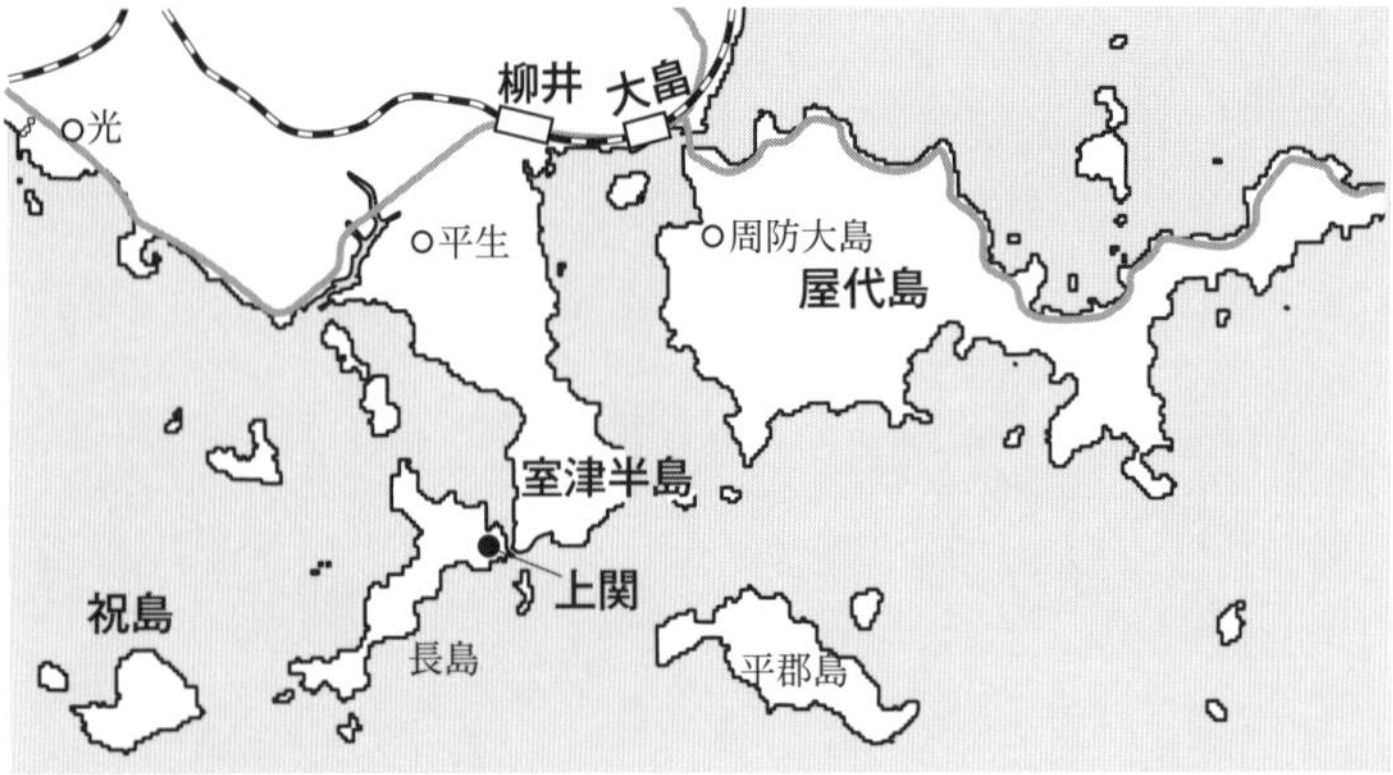

屋代島、室津半島、上関、祝島の地図

作者、田辺秋庭は遣新羅使の一員であることは明確であるが、『万葉集』にはこの一首があるのみで、どういう人物であるかは未詳である。

大島とは周防大島ともいい、正式には屋代島という。この島は瀬戸内海では淡路島、小豆島に次ぐ三番目の面積を持つ島である。山陽本線大畠駅で列車を降りるとすぐ目の前が大島の鳴門であり、風もないのに海峡は白波を立てて流れている。潮は月の引力の関係で一日四回流れが変わるが、素人目には今、この白波を立てる海流がどちらの方向に流れているのかわからない。川なら上流から下流に流れることは一目瞭然であるが、海は潮の干満によって流れが変わるので、初めて訪れた者にとっては簡単には見分けがつかないのである。

それはさておき、この大島には大島大橋という橋が架けられているので、早速車で大島に渡ってみた。橋を渡って大島に着いてすぐ左の斜面に瀬戸公園があり、山を背に海峡を前にしてこの田辺秋庭の「**これやこの　名に負《お》ふ……**」の歌碑がある。揮毫は万葉学者の武田祐吉。

この高台から、大型船がこの海峡を東から西へ航行してゆくのが見えた。若葉萌える対岸の山々をバックに、紺碧の海峡には白い航跡が印象的であった。

波の上《うへ》に　浮寝《うきね》せし夜《よひ》　何《あ》ど思《も》へか　心悲しく　夢《いめ》に見えつる

万葉集　三六三九　遣新羅使人

（波の上に浮いたまま船に寝た夜、何を思ってのことだろうか、心に切実に思われるほどに、家なる妻が我が夢の中に立ち現れたことだ）

大島の鳴門は明石海峡ほど速い潮流ではないが、明石海峡の幅が四キロに対し、大島の鳴門の幅は一キロほどしかない。それだけに危険も伴ったことであろう。ここを乗り切るまでは歌を作る余裕などなかったものとみえる。題詞に「**大島の鳴門《なると》を過ぎて再夜《ふたよ》を経《へ》し後に、追ひて作れる**」とあるように、難所の通過は船に乗っている全員にとって命がけの時だった。

こうした彼らの歌をみると、時折、初めて見る景観に好奇の目を輝かし、驚きの声をあげてはいるが、一貫しているのは郷愁と妻恋いのほかの何物でもなかったのである。

この遣新羅使の一行は麻里布の浦を出て沿岸づたいに南下し、この大島の鳴門を過ぎて熊毛の浦へと向かっている。

私は大島に渡って万葉歌碑を見、そこから引き返し、再び大島大橋を渡って橋上から大島の鳴門を見つつ、熊毛の浦に向かった。

3　熊毛《くまげ》の浦　四首

題詞
「熊毛《くまげ》の浦に船泊《ふなはて》せし夜に作れる歌　四首」

「熊毛の浦」は山口県熊毛郡平生《ひらお》町の西の海をいうものと考えられている。古代の熊毛郡はかなり広大な郡であったようだが、近代の町村合併で東部は柳井市に、西部は光市に吸収され、現在の熊毛郡として存在するのは平生町、上関《かみのせき》町、田布施《たぶせ》町の三町のみとなった。本州側から南の瀬戸内海に向かって長く延びている室津《むろつ》半島の西側が平生町であり、半島の先端の室津と、さらにそこより西南に延びる長島、祝島を含む地域が上関町である。本州西端にある下関《しものせき》に対する上関で、船の荷を検査する番所が置かれていたので上関、下関の地名が残る。上、下の関係は都に近い方を上、遠い方を下とした。国別では上野国《こうづけのくに》（群馬県）、下野国《しもつけのくに》（栃木県）がその好例であろう。

私は前述の大島で万葉歌碑を見た後、柳井市の中心を通り、平生町の室津半島西岸を上関の室津に向かって南下した。その西方海上に展開する多島美は、目を見張るばかりの奇観絶景である。

都辺《みやこへ》に　行《ゆ》かむ船もが　刈薦《かりごも》の　乱れて思ふ　言告《ことつ》げやらむ

万葉集　三六四〇　羽栗《はぐり》

（都の方へ行く船があったらなあ。刈り取った薦《こも》のように乱れたこの思いを妻に言付けしようものを）

この歌の左注に「**右の歌は羽栗《はぐり》**」とだけあって名前が付けられていない。

この時代の日本の正史である『続日本紀』には、羽栗《はぐり》という姓を持つ人は羽栗吉麿《よしまろ》、羽栗翼《つばさ》、羽栗翔《かける》の三名が記録されている。羽栗吉麿は七一七（霊亀三）年三月、遣唐使船に乗って唐に留学する阿倍仲麿《あべのなかまろ》の従者として唐に渡った。吉麿は唐に到着して唐の女性と結婚し、二人の男子を儲《もう》けた。長男が翼で次男が翔である。そして次の遣唐使が派遣されたのは一六年後の七三三（天平五）年四月であった。阿倍仲麿はこの遣唐使船の帰り船で帰国するつもりでいた。しかし、唐の玄宗《げんそう》皇帝の懐《ふところ》深く入っていた阿倍仲麿の帰国を玄宗皇帝は認めなかった。そこで仲麿は従者である羽栗吉麿を自分の代わりとして帰国させることにした。この時、羽栗吉麿の妻は既に亡くなっていたのであろう。息子の翼、翔を連れて三人で日本に帰国した。七三四（天平六）年一一月のことである。唐の女性を母とする翼、翔であるが、兄の翼はどんなに早く生まれたとしてもこの時一六歳、弟の翔は当然それより一歳以上若い。

この遣新羅使が任命されたのは七三六年二月二八日のことであるから、羽栗吉麿親子が帰国してから一年三ヵ月しか経っていない。三六四〇番歌の作者を弟の羽栗翔とする高名な万葉学者の説があり、江戸時代前期の僧契沖《けいちゅう》による『万葉代匠記』（一六九〇年）の影響によるらしいが、それは間違っている。これは兄の翼にしても日本に来てまだ一年、しかも一〇代である。翼も翔も唐語はできても新羅語はできない。そして日本に住んでまだ一年余である。すると、可能性があるのは父の羽栗吉麿であるが、仲麿の従者として一六年も唐に居て無名の吉麿が、帰国後一年で遣新羅使に任命される可能性も極めて低い。従って羽栗吉麿親子ではなく、羽栗という姓を持つ他の人であろう。日本人の姓の八割は地名から来ているが、羽栗という地名は日本各地にある。

ところで羽栗翼、翔の兄弟は優秀で官人として活躍し、弟の翔はこの時（七三六年）より二三年後の七五九（天平宝字三）年の遣唐使の一員として、七五三（天平勝宝五）年に帰国に失敗して唐に残っている大使藤原清河《きよかわ》と阿倍仲麿の救出に向けて、渡唐している。兄の翼はこの時より四一年後の七七七（宝亀八）年の遣唐使の一員として唐に行っている。

暁《あかとき》の　家恋《いへこひ》しきに　浦廻《うらま》より　楫《かぢ》の音《おと》するは　海人少女《あまをとめ》かも

万葉集　三六四一　遣新羅使人

（夜の明け方に家を恋しく思っていると、さらに旅愁をかきたてるように、海岸から楫の音が聞こえて来る。舟を漕ぐのは海人の娘かなあ）

沖辺《おきへ》より　潮満《み》ち来《く》らし　可良《から》の浦に　あさりする鶴《たづ》　鳴きて騒《さわ》きぬ

万葉集　三六四二　遣新羅使人

（沖の方から潮が満ちて来るらしい。可良の浦に餌を求める鶴が鳴き騒いでいる）

「可良の浦」は、山口県熊毛郡平生町の小郡《おぐに》から尾国《おくに》にかけての湾入部を「可良の浦」と呼んだものと考えられる。平生町の西海岸に沿って上関室津に近い平生町大字尾国四六三の二

上盛山展望台より東方を望む

に平生町佐賀地域交流センター尾国分館があり、その横にこの歌の歌碑がある。

沖辺《おきへ》より　船人《ふなびと》のぼる
呼び寄《よ》せて　いざ告《つ》げ遣《や》らむ
旅《たび》の宿《やど》りを

万葉集　　三六四三

遣新羅使人

（沖の方を都に向かってのぼって行く船がある。その船人を呼び寄せて、妻に言付けをしたい。旅の宿りのこのわびしさを）

左注
「一《ある》は云はく、旅の宿りをいざ告げ遣《つや》らな」
（旅の宿りなど書いて、妻に言付けをしたい）

車が室津半島の南端に着くと目の前に長島が横たわる。ここにも橋が架けられていて車で長島に渡る。長島の最高峰、上盛山《かみさかりやま》は標高三一四メートルの山で上盛山展望台があり、ここまで車で行ける。この展望台は瀬戸内海の周辺の島々と海、そして本州の海岸を含めて三六〇度の大パノラマであり、天下の絶景である。眼下東方には今渡ってきた上関大橋が小さく見え、北方には本土を背景に佐合島《さごうじま》、北西には牛島《うしま》、そして西方の長島の先端の先に祝島《いわいしま》が見える。山々、島々の緑と紺碧の海、そしてその大空のもと、太古の息吹《いぶき》を秘めて圧倒的な風景に立ち尽くすばかりであった。

家人《いへびと》は　帰り早来《はやこ》と　伊波比島《いはひしま》　斎《いは》ひ待つらむ　旅行くわれを
万葉集　三六三六　遣新羅使人
（家では父母や妻子らが早く帰ってくれと、祝島のその名のように祝って、身を忌みつつしんで祈りながら自分を待ってくれていることであろう）

「伊波比島」は山口県熊毛郡上関町に属する祝島である。繰り返しになるが室津半島の西南に続いて長島があり、その西方にあるのが祝島である。

草枕《くさまくら》　旅行く人を　伊波比島《いはひしま》　幾代経《いくよふ》るまで　斎《いは》ひ来にけむ

万葉集　三六三七　遣新羅使人

（祝島の神はどんなに長い間、付近を航行する旅人の無事を祈って忌みつつしんできたことであろう）

我もまた祝って欲しい、の意がある。

万葉の歌は祈りであり、必死の思いの願望である。旅の歌に地名を詠み込むことは、土地の神々への航路安全祈願である。

祝島にはこの二首の歌碑があるが、祝島への連絡船は本数が少ないので、上盛山展望台や平生町小郡の海岸から祝島を眺めてこの旅を一旦終えることにした。それにつけても特に上盛山展望台からの眺めは脳裏に焼き付いて、生涯忘れることはないであろう。

以下無用のことながら

新幹線ができてから、中、長距離の旅客は皆新幹線を利用するようになって久しい。自家用車の普及もあいまって、かつて日本の大動脈であった山陽本線も今は全くのローカル線となり、各駅停車の列車だけとなってしまった。今回、大島の鳴門や熊毛の浦を見るために広島駅から山陽本線に乗り換え、各駅停車で大畠駅、柳井駅へ行ってきた。広島駅から一時間半ほどかかる。しかも通勤時間帯を除けば一時間に一本しかない。この列車は各駅停車であるから、二、三分おきに停車する。停車する前に次の駅名を車内アナウンスする。日本語で「次の駅は○○」とアナウンスしたあと必ず英語で「Attention please, the next stop is ○○. Thank you」という。駅名はいいとして、そのあとのサンキュウを二、三分おきに聞かされるのだ。広島からの一時間半の間に三十数回聞かされる。往復七〇回にもなろうというもの。何のありがたみもないし、せっかくの旅情を壊してしまっている。呉線で長門島（倉橋島）へ行った時も同様であった。英語のサンキュウは日本語の「ありがとう」よりもっと軽い言葉のようである。大都市の地下鉄では次の駅を英語でもアナウンスするが、サンキュウは付けない。後述する遣新羅使一行の九州本土の最後の寄港地である佐賀県の神集島《かしわじま》へ私が行った時、博多から西唐津駅までの筑肥線に乗るが、博多から筑前前原《まえばる》までは地下鉄で、そこからＪＲに乗り換えて西唐津までの列車は英語のアナウンスさえない。ＪＲ西日本は不要なサンキュウをつけているのに対し、ＪＲ九州はそれをしない。ＪＲ西日本に一考してもらいたいが、これは余計なお節介か。

Thank you と同様に英語の日本語訳でズレていると思われるものは、God を神と訳したことであろう。キリスト教は一神教であるから神はひとつしかないが、日本は多神教であるから八百万《やおよろず》の神々がある。そのために欧米人が God という場合と日本人が神という場合では、無意識ながらその観念は大きく異なり、文化の面でいろいろとトラブルのもとになる。日本人にとってキリスト教の神は one of them ととらえる。しかし、キリスト教徒にとっては God は唯一神だから God の G は大文字で書くし、他の神など原則として認めない。

ところで、『万葉集』には遣唐使を送り出す次の歌がある。

海若《わたつみ》の　いづれの神を　祈《いの》らばか　行くさも来《く》さも　船の早けむ

万葉集　一七八四　作者未詳

（海のどの神を祈ったなら、行きも帰りも船は早いだろうか）

気象知識も、海流の知識も、造船技術も全く未発達の時代、渡海する遣唐使の旅は危険極まりなく、ただ無事を祈るしかない。我々日本人は素直にこの歌を受け入れ、同感するのであるが、一神教徒にとっては「いづれの神を祈らばか」が受け入れられないのである。一神教では神はひとつのみ。それを「いづれの神を祈らばか」とは唯一神を冒瀆《ぼうとく》する不埒《ふらち》な輩《やから》の歌となり、排除されるであろう。「いづれの神を祈らばか」の神をGodと解したら英訳できないことになる。

一方、もとの英語より日本語の訳の方が優れているものもある。英語のblack teaを黒茶と訳さず紅茶と訳したのはまことに見事で、英語の方が間違っている。間違っているのにアングロサクソンは傲慢で直そうとしない。

また、アメリカの南北戦争（一八六一～一八六五年）は英語ではcivil warで、直訳すれば内戦となってどの国にもありそうな言葉になってしまう。これを南北戦争と訳したから、アメリカの出来事であることが明瞭にわかる。

さらに余計なことを付け加えれば、南北戦争は南北合わせて戦死者は五〇万人とされている。日本における最後の内戦である西南戦争（一八七七年）はアメリカの南北戦争より十数年後であるが、戦死者は両軍合わせて一万三〇〇〇人とされている。当時の人口は岩倉使節団（一八七一～一八七三年）の記録である『米欧回覧実記』（岩波書店）によると、日米とも三〇〇〇万人ほどであるから、南北戦争がいかに過酷なものであったかがうかがわれる。西南戦争はわずか八ヵ月で終わっているが、アメリカの南北戦争は足かけ五年にわたり、同じ人口の国ということで比較すると、南北戦争の戦死者は日本の西南戦争の戦死者の四〇倍であり、一般の市民も巻き込まれて六〇万人も死んでいるので、その比率は五〇倍ほどになってしまう。

日本が開国をせまられたのは一八五三年、アメリカのペリーが率いる四隻の黒船からであるが、幕末の最後の数年から明治初年にかけて英・仏・露が仕掛けてきた強い圧力に対し、日本がなんとか独立を保ち得たのは、アメリカが南北戦争で疲弊し、植民地獲得競争に加わる余裕がなかったことも、ひとつの要因として考えてよいのかもしれない。

なお、勝海舟や福沢諭吉が乗り組んだ咸臨丸《かんりんまる》が初めて太平洋を横断してアメリカに行ったのは一八六〇年で、南北戦争が起きる一年前であった。

一九三六年に出版されたマーガレット・ミッチェルの『風と共に去りぬ』は南北戦争下のジョージア州アトランタ市を背景にした小説であるが、戦後七〇年も経つのにアトランタの荒廃の跡がなお続いていることが書かれている。

以上は余計なお話。

九　豊前《ぶぜん》（大分県）での歌（漂流後）　八首

題詞

「佐婆《さば》の海中《わたなか》にして忽《たちま》ちに逆風に遭ひ、漲《たた》へる浪《なみ》に漂流す。経宿《ひとよへ》て後に、幸《さきはひ》に順風を得、豊前国下毛郡《とよのみちのくちのくにしもつみけのこほり》の分間《わくま》の浦に到着す。ここに艱難《かんなん》を追ひて悼《いた》み、悽惆《かなしみ》て作る歌八首」

（佐婆の海の中で突然逆の風が吹いてきて、浪にもまれて漂流した。一夜が明けると、幸いに順風が吹いて来て、豊前国下毛郡の分間の浦に着くことができた。そこで後からつらかったことを嘆き、悲しんで作った歌八首）

「佐婆」は周防の国の国府が置かれたところである。現在の山口県防府《ほうふ》市で、「佐婆の浦」は万葉以前から栄えたようである。『日本書紀』巻八の仲哀天皇八年春一月四日の条に、天皇筑紫《つくし》行幸のとき、岡の県主《あがたぬし》の祖《おや》熊鰐《わに》が九尋《ここのひろ》の船の舳《へさき》に賢木《さかき》を立て、その枝に鏡、剣、玉を掛け「周防《すは》の佐婆の浦」に迎えた、とある。ここは早くから瀬戸内海の海上交通の要衝《ようしょう》であった。

遣新羅使一行がこの泊地を出航してから間もなく、強い逆風にあおられて広漠たる周防灘の荒波に翻弄《ほんろう》され、漂流することとなる。

一夜漂流を続けた後、風は順風となって、何とか大分県の分間《わくま》（中津市）に到着することができた。本来は佐婆の浦から陸岸沿いに下関を経て筑紫に至る予定であった。万葉時代の旅は、瀬戸内海の旅であっても命がけの旅であったのである。

この時の逆風とは、台風による可能性が高い。難波津出航が予定よりかなり遅れてしまったので台風シーズンとなり、彼ら一行が山口県沖を通過する時、台風が近畿地方に上陸した可能性がある。台風は中心に向かって左廻りに風が吹くから、台風の左側は強い西風、西北風となって遣新羅使船に襲い掛かったものと推測される。そのため、陸沿いに航行して下関方面に向かっていた遣新羅使船は、広い周防灘に押し流され、激浪にもまれ、為すすべもなく、生きた心地もなかったであろう。上陸した台風は速度を速めて日本海に出る。台風が過ぎれば、その吹き返しで東風となり、順風になって豊前国《ぶぜんのくに》分間の浦に漂着することができたものと思われる。彼ら一行が何とか無事に漂着できたのは、大分県中津市の田尻または今津と考えられている。その地の東隣りに宇佐神宮がある。歌にはないが、想像を逞しくすれば彼らは上陸直後に宇佐神宮に参拝し、海難から免れた御礼と、これからの航海の無事を祈って参拝したのではないか。宇佐神宮は日本全国の八幡社の総本社である。通常、神社の参拝方式は二礼二拍一礼であるが、ここ宇佐八幡宮は二礼四拍一礼である。

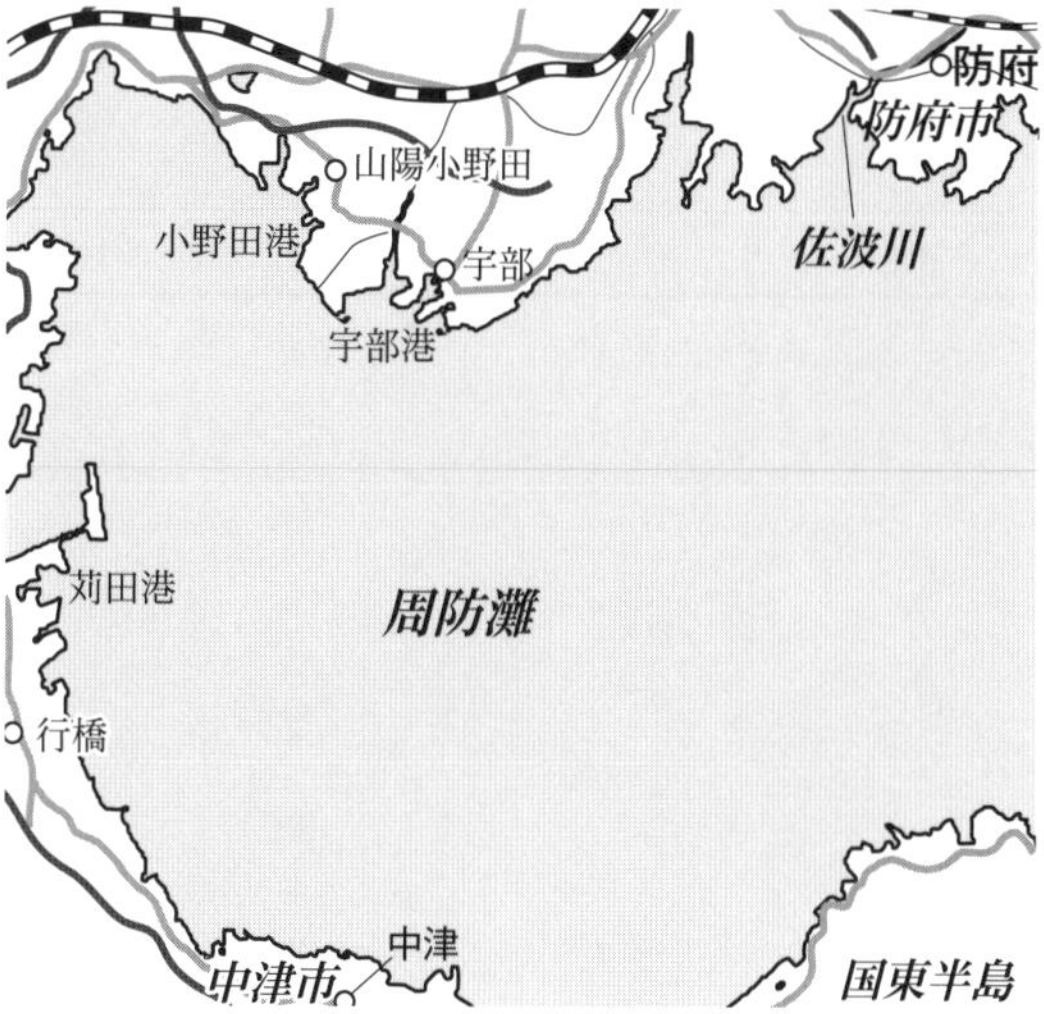

周防灘の地図　防府と中津

ちなみに大分県中津市について少し道草をする。

江戸時代末の中津は奥平《おくだいら》藩一〇万石の城下町で、福沢諭吉の生育地である。父の福沢百助《ひゃくすけ》は、中津藩の財政を担当する下級藩士で大坂に常駐していて、諭吉は一八三五（天保六）年、中津藩の大坂蔵屋敷で生まれた。生まれて一年半後に父は他界したので、母と五人の子は中津へ帰り、諭吉は一九歳までそこで育った。現在、中津市には茅葺《かやぶ》きの福沢諭吉旧居が福沢記念館と共にあり、中津市内には「福沢通り」という名の広い道路が南北に通じている。

さて、本題にもどる。

大君《おほきみ》の　命恐《みことかしこ》み　大船の　行《ゆ》きのまにまに　宿りするかも

万葉集　　三六四四　　雪宅麿《ゆきのやかまろ》

（大君の命令を承《うけたまわ》って、大船の進み行くままに旅の宿りを重ねることよ）

左注に「**右の一首は雪宅麿《ゆきのやかまろ》**」とある。雪宅麿は後述する玄海灘沖の壱岐の島において病没し、三六八八〜三六九〇番歌は彼を悼《いた》む挽歌である。「行きのまにまに宿りするかも」には運を天に任す気配を十分感得できる。この一行の歌の中で悲しみを歌わず、自負心のみを歌った唯一の例外としてこの歌がある。

吾妹子《わぎもこ》は　早《はや》も来ぬかと　待つらむを　沖にや住まむ　家付かずして

万葉集　　三六四五　　遣新羅使人

（妻は早く帰って来ないかと待っているだろうに、私は沖にとどまるのだろうか。家から遠く離れたまま）

浦廻《うらま》より　漕《こ》ぎ来《こ》し船を　風速《はや》み　沖つ御浦《みうら》に　宿りするかも

万葉集　　三六四六　　遣新羅使人

（海岸に沿って漕いで来た船なのに、風が激しくて遠く離れた沖の岸辺で夜を過ごしていることだ）

沿岸航路となっていた山口県側から見れば、流された先の大分県の海岸は「沖」にあたる。沖に漂流して夜を明かしたことをさしている。

吾妹子《わぎもこ》が　如何《いか》に思へか　ぬばたまの　一夜《ひとよ》もおちず　夢《いめ》にし見ゆる

万葉集　　三六四七　　遣新羅使人

（妻が私をいかに思慕しているからか、夜ごとの夢に欠かすことなく現れることよ）

海原の　沖辺《おきへ》に燭《とも》し　漁《いざ》る火《ひ》は　明《あか》して燭《とも》せ　大和島《やまとしま》見む

万葉集　　三六四八　　遣新羅使人

（大海の沖の方に火を灯《とも》して漁をする漁火は、あかあかと灯せよ。その輝きの中で大和の島山を見よう）

この歌は既述の柿本人麿の次の歌を念頭に置いて詠まれている。

天離《あまざか》る　夷《ひな》の長道《ながぢ》ゆ　恋ひ来《く》れば　明石の門《と》より　大和島《やまとしま》見ゆ
万葉集　二五五　柿本人麿

鴨《かも》じもの　浮寝《うきね》をすれば　蜷《みな》の腸《わた》　か黒き髪に　露《つゆ》そ置きにける
万葉集　三六四九　遣新羅使人
（鴨のように浪に漂いつつ寝ると、蜷《にな》の腸のごとき我が黒髪にも露がおりたことだ）

「蜷《みな》の腸《わた》」は巻き貝の一種「にな」のはらわたで、黒いので「か黒き髪」にかかる。同様の使用例は『万葉集』一二七七番歌の旋頭歌にもある。

ひさかたの　天照《あまて》る月は　見つれども　吾《あ》が思《も》ふ妹《いも》に　逢はぬ頃《ころ》かも
万葉集　三六五〇　遣新羅使人
（天上はるかな月は見られるのだが、私が恋しく思う妻には逢えないこの頃よ）

暴風雨で月も見られなかったのが、再び美しい姿を現した。久しぶりに見る美しい月の姿を示している。

ぬばたまの　夜渡る月は　早《はや》も出《い》でぬかも
海原《うなばら》の　八十島《やそしま》の上《うへ》ゆ　妹《いも》があたり見む　旋頭歌なり
万葉集　三六五一　遣新羅使人
（真っ黒な夜空を照らし渡る月は早く出ないかなあ。海原の多くの島々越しに、妻のいる辺りを見ように）

分間の浦（大分県中津市）は茫洋たる周防灘に面していて、周辺に島はない。従って佐婆の浦で遭難する前の瀬戸内海の島々を思い浮かべて詠んでいる。難破をまぬがれて心に余裕ができた様子がうかがえる。

一〇　筑前《ちくぜん》（福岡県）での歌　二九首

1　筑紫《つくし》の館《むろつみ》　四首

題詞

「筑紫《つくし》の館《むろつみ》に至りて遥《はる》かに本郷《もとつくに》を望み、悽愴《いた》みて作れる歌　四首」

「筑紫の館」は筑紫に設けられた外国使節や官人の接待用の館で、博多湾沿岸の荒津《あらつ》（福岡市中央区西公園付近）にあった。「本郷」は都のある大和をさす。

「筑紫の館」が初めて記録されているのは、この時より四八年前の『日本書紀』六八八（持統二）年九月二三日に新羅の耽羅《たんら》（済州島）からの使者を筑紫館で饗応した旨が記されている。

志賀《しか》の海人《あま》の　一日《ひとひ》も落ちず　焼く塩《しほ》の　辛《から》き恋をも　吾《あれ》はするかも

万葉集　　三六五二　　遣新羅使人

（志賀島《しかのしま》の海人が毎日焼く藻塩のように、辛《つら》い［苦しい］こがれ心を自分は持つことだ）

博多湾の入口には、能古《のこ》、玄海、志賀と美しい門のように並ぶ三つの島が見える。志賀島は、博多湾を囲むように博多湾頭の右手の突端に握りこぶし状につき出した島である。行政上は福岡市東区に属し、周囲はおよそ一一キロの小島で、博多湾を玄海灘の荒波から守るかのように延びた「海の中道」との間に当時は水路があったようだが、今は陸続きになっている。

『万葉集』には志賀島の塩焼く海人を詠んだ歌が五首ある。

志賀《しか》の浦に　漁《いざり》する海人《あま》　家人《いへびと》の　待ち恋ふらむに　明《あか》し釣《つ》る魚《うを》

万葉集　三六五三　遣新羅使人

（志賀の海岸で漁をする海人が、家の妻が待ち恋うているだろうに、夜通し休みなく魚を釣っている）

可《か》之《し》布《ふ》江《え》に　鶴《たづ》鳴き渡る　志賀《しか》の浦に　沖つ白波　立ちし来《く》らしも

一《ある》は云はく、満《み》ちし来《き》ぬらし

万葉集　三六五四　遣新羅使人
（可之布江の入江に鶴が鳴いて飛来する。志賀の浦には沖からの白波が立って来るらしいよ。　異伝歌　満ちて来るようだ）

「可之布江」は明確になっていないが、香椎潟《かしい》のことらしい。博多湾東部の香椎神宮の辺りの浜であろうか。香椎潟を詠んだ万葉歌は歌番号九五八、九五九の二首がある。

今《いま》よりは　秋づきぬらし　あしひきの　山松陰《やままつかげ》に　ひぐらし鳴きぬ
万葉集　三六五五　遣新羅使人
（もうこれからはすっかり秋になるらしい。この山の松蔭でひぐらしが鳴いている）

「今よりは秋づきぬらし」とは七月になったことを示している。この年七三六（天平八）年の七月一日は太陽暦の八月一一日にあたる。既述したように、陰暦では陽暦より一ヵ月半ほど遅れる。
陰暦では一、二、三月が春、四、五、六月が夏、七、八、九月が秋、一〇、一一、一二月が冬である。七月一日からは秋である。

「都を出てから既に長い時間が経ってしまった。予定では秋に都へ帰るはずだったのに、まだ筑紫にいる。いつ故郷に帰れるだろうか」という望郷の念、妻子恋しさの念がよく表されている。再会できると考えていた秋が来たことを嘆いた歌である。

この歌の歌碑が福岡市中央区の舞鶴公園内、旧平和台野球場と陸上競技場の間の林の中にある。

横長の大きな石にこの歌が五行で書かれているが、その右端にこの歌に先立ち、やや小さな字で題詞の「筑紫の館に至り……」の文字が三行で書かれている。

博多湾の地図

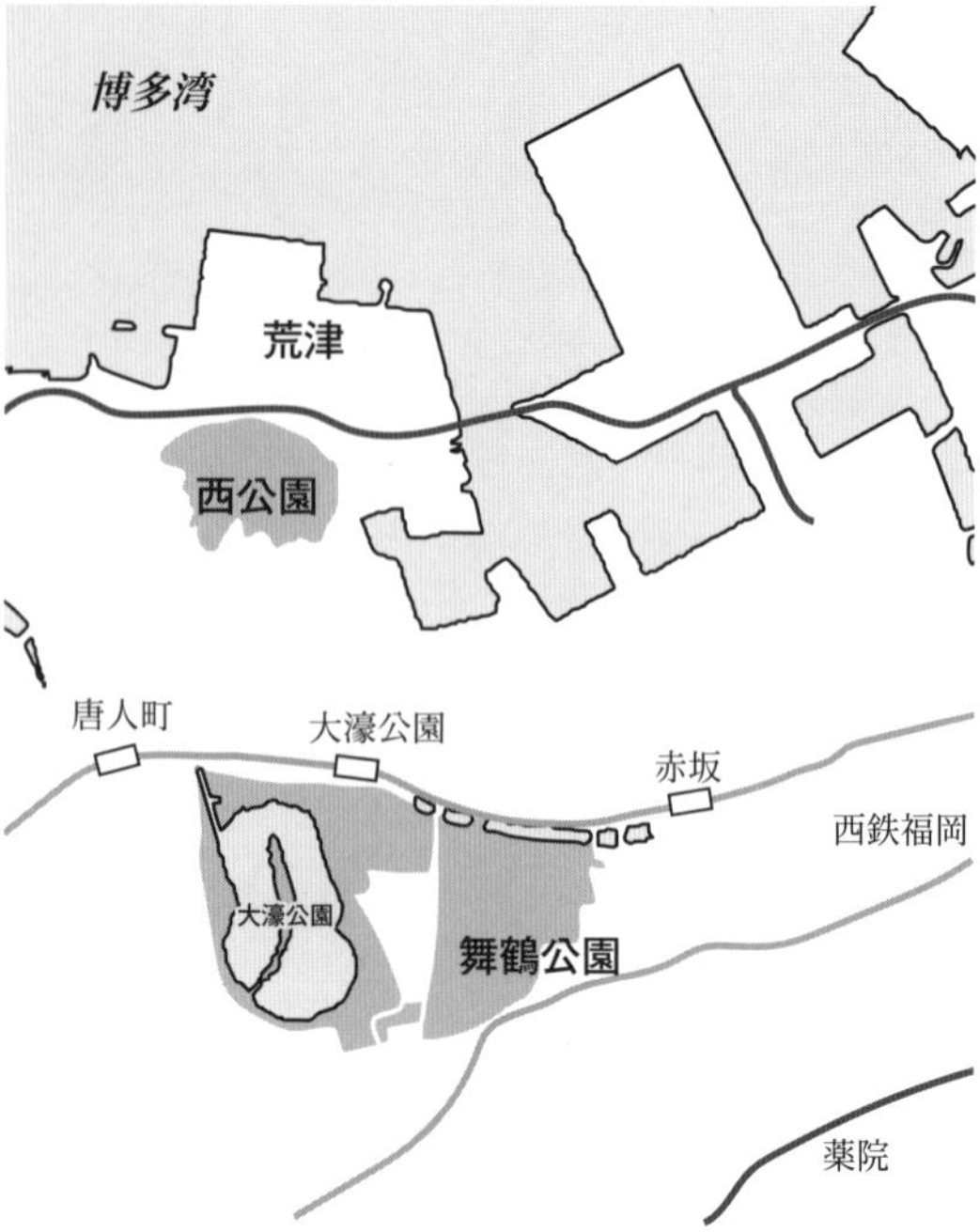

博多市　舞鶴公園と西公園の地図

舞鶴公園内の万葉歌碑

筑紫《つくし》の館《むろつみ》に至り
遥《はる》かに本郷《もとつくに》を望み
悽愴《いた》みて作れる歌

今よりは
秋づきぬらし
あしひきの
山松かげに
ひぐらし鳴きぬ

万葉集
三六五五
遣新羅使人

2　七夕の歌　三首

題詞

「七夕《たなばた》に天漢《あまのがは》を仰ぎ観《み》て、各々所思《おもひ》を陳《の》べて作れる歌　三首」

『万葉集』の歌は万葉仮名で書かれているが、序文、題詞、左注は全て漢文である。よって「天の川」は序文では「天漢」という字が使われている。「天漢」は中国伝来の七夕説話の天漢で天上の漢水の意、銀河をさす。

なお、地名としては大阪府枚方《ひらかた》市と交野《かたの》市一帯を流れる「天野川《あまのがわ》」があり、桜の名所として、また平安貴族の狩場として知られ、多くの歌が詠まれており、『伊勢物語』および『古今和歌集』に在原《ありわら》業平《のなりひら》の七夕の歌が記されている。

狩り暮らし　たなばたつめに　宿からむ　天《あま》の河原に　我は来にけり

伊勢物語　八二段

古今和歌集　四一八　在原業平朝臣

（一日中狩りをして日暮れになってしまったので、今夜は織姫に宿を借りることにし

よう。天の川の河原に私は来たのだから）

秋萩《あきはぎ》に　にほへるわが裳《も》　濡《ぬ》れぬとも　君が御船《みふね》の　綱《つな》し取りてば

右一首は大使

万葉集　　三六五六　　阿倍朝臣継麿

（秋萩の色に美しく染まった私［織女］の裳が濡れましょうとも、川に入ってあなたさま［牽牛］のお船の綱を取ることができてうれしゅうございます）

既述したように、大使阿倍朝臣継麿はこの歌を含む五首の歌をこの遣新羅使一行の歌の中に残しているが、新羅からの帰途、対馬で天然痘により没している。

年にありて　一夜《ひとよ》妹《いも》に逢ふ　彦星《ひこぼし》も　われにまさりて　思ふらめやも

万葉集　　三六五七　　遣新羅使人

（一年に一夜だけ妻と逢う彦星だって、私以上に妻を慕っていることは、どうしてあろう）

夕月夜《ゆふづくよ》　影《かげ》立《た》ち寄《よ》りあひ　天《あま》の川《がは》　漕《こ》ぐ舟人《ふねびと》を　見るが羨《とも》しさ

万葉集　　三六五八　　遣新羅使人

（夕月の中に浮かぶ影が寄りあって、天の川を漕いでゆく舟人の姿を見ることの羨しさ）

七夕については、中国大陸において隋が統一（五八九年）する前の六朝《りくちょう》時代に殷芸《いんうん》が著わした文章の中に、

「天の河の東に織女あり、天帝の女《むすめ》なり。年々に機《はた》を動かす労役につき、雲錦の天衣を織り、容貌を整える暇なし。天帝その独居を憐れみて、河西の牽牛郎《けんぎゅうろう》に嫁することを許す。嫁してのち機織《はたお》りを廃すれば、天帝怒りて、河東に帰る命をくだし、一年一度会うことを許す」

という一節があり、これが遣隋使などによって我が国にもたらされ、七夕の話が急速に一般化したのであろう。『万葉集』中に七夕に関する歌は一三四首ともいわれ（この遣新羅使の歌三首もその中に数えられる）、当時の日本の風習は男が女のもとへ通う通い婚であったから、彦星は小舟に乗って天の河を渡り、織女《しょくじょ》に会いに行くという歌が大部分で、女が男のもとへ

来るという中国的発想の歌は三首しかない。

なお、『万葉集』より先にできた日本人の漢詩集『懐風藻《かいふうそう》』（七五一年）の中には、七夕を歌ったものが六詩あるが、鵲《かささぎ》が七夕の夜、天の川に翼を重ねて橋を架け、織女が乗り物に乗ってその橋を渡って牽牛郎《けんぎゅうろう》のもとに来るという筋である。すなわち『懐風藻』に登場する乗り物は「鳳蓋《ほうがい》」、「鳳駕《ほうが》」、「龍車《りゅうしゃ》」、「仙駕《せんが》」、「仙車《せんしゃ》」、「神駕《しんが》」であり、織女はこれらのいずれかに乗って天漢《あまのがわ》を渡り、牽牛郎のもとに行く。漢詩であるから中国的発想で作詩されていることは明白である。

ところで、『万葉集』の編纂に大きく係わったとされる大伴家持も『万葉集』に七夕の歌を一三首載せているが、「小倉百人一首」には六番歌に彼の作とされる歌があり、それは『新古今和歌集』にもある。

鵲《かささぎ》の　渡せる橋に　置《お》く霜の　白きを見れば　夜ぞ更《ふ》けにける

小倉百人一首　六
新古今和歌集　六二〇

（七夕の日、牽牛と織女を逢わせるために、鵲が翼をつらねて渡したという橋——天の川にちらばる霜のようにさえざえとした星の群の白さを見ていると、夜もふけた

のだなあと感じてしまうよ）

この歌を「百人一首」と『新古今和歌集』では家持の歌としているが、『万葉集』に鵲の用例はない。鵲は中国の鳥（漢詩に詠まれる鳥）である。『万葉集』において、七夕と鵲の結びつきは皆無である。従って家持は鵲を使った歌を一首も作っていない。『新古今和歌集』の完成は『万葉集』より四〇〇年以上も後（一二〇五年）である。『新古今和歌集』の選者の筆頭でもある藤原定家は、家持の歌を『万葉集』からは採らず、九五〇年頃に作られたとされる『家持集』からこの歌を採り出し、家持の歌として『新古今和歌集』六二〇番歌、「百人一首」六番歌とした。しかしこれは大きな間違いで、家持の歌ではなく後世の偽作歌である。

藤原定家が『万葉集』に不案内であったかというと、決してそうではなく、『新古今和歌集』一九七九首の中で最高にランクされている次の歌は『万葉集』の歌を本歌取りしている。

駒とめて　袖うち払ふ　かげもなし　佐野のわたりの　雪の夕暮
新古今和歌集　六七一　藤原定家
（乗っている駒をとめて、袖の雪をはらう家蔭もない。佐野の辺りの雪の夕暮よ）

この歌は『万葉集』の二六五番歌、長忌寸奥麿《ながのいみきおきまろ》の歌を本歌とした作品である。

苦しくも　降り来る雨か　神《みわ》の崎　佐野の渡《わたり》に　家もあらなくに
万葉集　二六五　長忌寸奥麿
（不本意にも降って来る雨よ、三輪の崎の佐野の渡しに家もないことだのに）

本歌の「雨」を定家は「雪」に替え、本歌を上回る絵画的な名歌を作っている。ことほどさように定家は『万葉集』に精通していた。しかるに、何ゆえに『万葉集』に四七三首もある家持の歌から採らず、根拠不明な『家持集』から取り出して家持の歌としたのか、理解に苦しむ。後世、「百人一首」はカルタとして一般化したが、家持歌ではない「百人一首」六番歌が家持の歌として人々に暗唱されることになったのはまことに遺憾で、正岡子規が定家をあまり評価しない所以でもある。

先に述べたごとく、『万葉集』に載る七夕の歌は一三四首ほどもあるが、「かささぎの橋」が登場する歌は一首もない。家持の七夕の歌は一三首あるが、その中で織女が牽牛郎のもとに来るという、この新古今六二〇番歌に近い歌は、次の題詞がある三九〇〇番歌である。

題詞
「天平十年（七三八年）の七月七日の夜に、独り天漢《あまのがは》を仰ぎて聊《いささ》かに懐《おもひ》を述べたる一首」
織女《たなばた》し　舟乗りすらし　真澄鑑《まそかがみ》　清き月夜《つくよ》に　雲たち渡る
万葉集　三九〇〇　大伴家持
（織女は今しも舟に乗るらしい。真澄の鏡のように清らかな月夜だのに、雲が立ち渡るよ）

織女は舟で来るのであって、「かささぎの橋」ではない。『新古今和歌集』の六二〇番歌は「よみ人しらず」とすればそれで成立するが、「百人一首」では家持の他の名歌を採用すべきであった。家持ファンの一人として私は残念に思う。

3　海辺の月の歌　九首

題詞
「海辺にして月を望みて作れる歌　九首」

秋風は　日《ひ》にけに吹きぬ　吾妹子《わぎもこ》は　何時《いつ》とかわれを　斎《いは》ひ待つらむ
大使の第二男《なかちこ》

万葉集　　三六五九　　大使の第二男《なかちこ》

（秋風が日増しに強く吹くようになってきた。私の妻は今頃、私がいつ帰って来るだろうかと祈りながら待っていることだろう）

「海辺」は博多の海辺。「大使の第二男」は大使阿倍継麿の次男。名前は明記されていない。

神さぶる　荒津《あらつ》の崎に　寄する波　間無《まな》くや妹《いも》に　恋ひ渡りなむ

万葉集　　三六六〇　　土師稲足《はにしのいなたり》

（神々しい荒津の崎に寄せてくる波のように、絶え間なく妻を恋い続けるだろう）

「神さぶる」は年を経て神々しく神秘的な様子をいう。

「荒津の崎」は福岡市中央区西公園付近の海岸で、西公園は一名「荒津山」ともいい、その突出した岬角が「荒津の崎」である。西公園の一番西にある西側展望広場にこの歌の歌碑がある。

土師稲足はこの遣新羅使一行の一人であるが、伝未詳。ただ同族の土師宿禰豊麿《とよまろ》が一二年前の七二四（神亀元）年八月二二日に遣新羅大使に任命されており、翌七二五（神亀二）年五月二三日に任務を終えて帰国したことが『続日本紀』に記録されている。

博多港は古来、那津《なのつ》、那大津《なのおおつ》、博多津、博多大津といわれてきたが、『万葉集』にはこれらの言葉はなく、「荒津」が使われている。「荒津」、「荒津の浜」、「荒津の海」、「荒津の崎」としてその地名が出てくる『万葉集』の歌番号を次に示す。

荒津　三二一六
荒津の浜　三二一五
荒津の海　三二一七、三八九一
荒津の崎　三六六〇

なお、現代の福岡市内における「荒津」の地名としては、中央区西公園の北側を荒津地区として中央区荒津一丁目、二丁目がある。

西公園は林に覆われた複雑な地形の丘で、道が幾筋もあり、曲がりくねっていて、坂道が多い。西側展望台からようやく荒津山の最高地に行きついたが、ここは海抜四八メートル。展望台となっているが多くの樹木があり、その隙間にかすかに博多湾の海が見える。

風のむた　寄せ来《く》る波に　漁《いざり》する　海人《あま》少女《をとめ》らが　裳《も》の裾《すそ》濡れぬ
一《ある》は云はく、海人《あま》の娘子《をとめ》が裳《も》の裾《すそ》濡れぬ

万葉集　三六六一　遣新羅使人

（風と共に寄せてくる波のしぶきで漁をする海人少女たちの裳裾が濡れてしまうことだ。　異伝歌　海人の少女の裳裾が濡れてしまうことだ）

「風のむた」は「風といっしょに」という意味。

天《あま》の原　ふり放《さ》け見れば　夜《よ》そ更《ふ》けにける

よしゑやし　一人寝《ぬ》る夜《よ》は　明けば明けぬとも
万葉集　　三六六二　　遣新羅使人

（天空を振り仰ぐと夜がふけてしまった。ままよ、一人寝の夜は明けたら明けたでかまわない）

左注
「右の一首は旋頭歌なり」

「よしゑやし」はある事態をやむをえないと容認するさまを表す語。「ええままよ、どうなってもかまわない」という意。

「天の原　ふりさけ見れば」と歌い出す最も有名な歌は、阿倍仲麿が三六年間、唐の玄宗皇帝に仕え、七五三年、帰国に当たり唐土で詠んだとされる次の歌である。

天の原　ふりさけ見れば　春日《かすが》なる　三笠の山に　いでし月かも
古今和歌集　　四〇六　　阿倍仲麿

遣新羅使の三六六二番歌は、阿倍仲麿より一七年も前に詠まれた歌である。
再び遣新羅使の「海辺の月の歌」にもどる。

わたつみの　沖つ縄海苔《なはのり》　来《く》る時と　妹《いも》が待つらむ　月は経《へ》につつ

万葉集　三六六三　遣新羅使人

（海の沖の縄海苔を繰るように、帰って来る時として妻が待っているだろう今月は、どんどん過ぎていくよ）

志賀《しか》の浦に　漁《いざり》する海人《あま》　明け来《く》れば　浦廻《うらま》漕《こ》ぐらし　楫《かぢ》の音《おと》聞《きこ》ゆ

万葉集　三六六四　遣新羅使人

（志賀の海辺で漁をする海人は、夜が明けると海岸の入江を漕ぐらしい。楫の音が聞こえる）

「志賀の浦」は既に述べた三六五三番歌、「志賀の海人」は三六五二番歌を参照していただければ幸いである。

妹《いも》を思ひ　寝《い》の寝《ね》らえぬに　暁《あかとき》の　朝霧隠《ごも》り　雁《かり》がねそ鳴く

万葉集　　三六六五　　遣新羅使人

（妻を思って寝るに寝られないでいるのに、明け方朝霧の中に雁の鳴き声がする）

「雁がね」という言葉はこの歌より三七年前の六九九（文武三）年七月、弓削皇子《ゆげのみこ》が薨《こう》じた時、柿本人麿が三首の挽歌を献じている時に使われている。

さ夜中と　夜《よ》は更《ふ》けぬらし　雁《かり》が音《ね》の　聞こゆる空に　月渡る見ゆ

万葉集　　一七〇一　　柿本人麿の歌集に出づ

（もはや真夜中と、夜もふけてしまったらしい。雁の鳴き声の聞こえる空に月の渡り傾くのが見える）

妹《いも》があたり　茂《しげ》き雁《かり》が音《ね》　夕霧に　来《き》鳴きて過ぎぬ　すべなきまでに

万葉集　　一七〇二　　柿本人麿の歌集に出づ

（妻の家の辺りにしきりに鳴く雁が、夕霧の中にやって来て鳴き過ぎて行った。ああ、

せつないことよ）

雲隠《がく》り　雁《かり》鳴く時は　秋山の　黄葉《もみち》片待つ　時は過ぐれど

万葉集　一七〇三　柿本人麿の歌集に出づ

（雲に隠れて雁が鳴く時は、秋の黄葉があればよいと思う。既に黄葉の時は過ぎてしまったのだが）

弓削皇子は天武天皇の第九皇子。『万葉集』に八首の歌が収録されている。

雁は晩秋にシベリアから日本に渡って来て、年が明けて早春、またシベリアへ帰って行く。その飛ぶさまは群をなして、三角形の二辺のごとく、先頭の雁を中心に左右に分かれて飛行機の三角翼のような形をして編隊で飛ぶ。

古来、多くの人々が飛ぶ雁を題材にして詠っているが、近世では一九〇一（明治三四）年、土井晩翠《どいばんすい》が「荒城の月」の二番で次のように詠っている。

秋陣営の　霜の色
鳴きゆく雁《かり》の　数みせて

これには本歌があって、それは一五七七（天正五）年、上杉謙信が織田信長と対峙していた時に作った「九月十三夜　陣中の作」という漢詩（七言絶句）の前二句を応用したものである。

霜は軍営に満ちて秋気《しゅうき》清し　　霜満軍営秋気清
数行《すうこう》の過雁《かがん》　月三更《つきさんこう》　　数行過雁月三更

三更とは真夜中の午前零時頃をいう。無粋なことをいうと、三更とは二三時六分から午前零時三九分までをいう。
さらにこの漢詩にも本歌があって、それは『古今和歌集』にある次の歌である。

白雲に　羽《はね》うちかはし　飛ぶ雁《かり》の　数さへ見ゆる　秋の夜の月
古今和歌集　一九一　よみ人しらず
（白雲に羽をすれすれに交えて飛ぶその雁の数までが、さやかに見えるこの秋の夜の月よ）

敗戦後、ソ連によって満州にいた日本人はシベリアに抑留され、強制労働に従事させられた。異国の地で望郷の念に駆られた同胞の気持ちを一九四八（昭和二三）年、野村俊夫作詞、古賀政男作曲の「シベリヤエレジー」という歌が作られた。その中の一節。

雁《かり》が飛ぶ飛ぶ　日本の空へ
俺もなりたや　ああ　あの鳥に
……
せめて一言《ひとこと》　故郷の妻へ
音信《たより》たのむぞ　ああ　渡り鳥

4　韓亭《からとまり》での歌　六首

題詞

「筑前国《つくしのみちのくちのくに》の志麻郡《しまのこほり》の韓亭《からとまり》に到りて船泊《ふなはて》して三日を経たり。時に夜の月の光皎皎《けうけう》として流照《りうせう》す。奄《たちま》ちにこの華《ひかり》に対して旅情悽噎《せいいつ》し、各々心緒《おもひ》を陳《の》べて聊《いささ》かに裁《つく》れる歌六首」

（筑前国志麻郡の韓亭に到着して碇泊、三日を過ごした。折しも夜の月光が輝いて辺りを照らす。するとその光に対して旅愁がこみあげ、それぞれ心中を述べて少々作った歌六首）

「筑前国の志麻郡の韓亭」とは、博多湾の西の端、糸島半島の先端に近い東岸にある唐泊《からどまり》港のことで、福岡市西区宮浦唐泊である。博多駅から車で一時間ほど行くと、唐泊漁港に到着する。山が海に迫り、平地はほとんどない。

遣新羅使一行は、博多の荒津の浜を出航したが海が荒れていたため、唐泊の港で三日間停泊した。その時、彼らが遠く都を偲んで詠んだ歌である。

歌は万葉仮名を使った大和言葉であるから、やわらかい表現となるが、題詞、左注は既述したごとく漢文であるから漢語を使い、四角張った表現となっている。

大君《おほきみ》の　遠《とほ》の朝廷《みかど》と　思へれど　日《け》長くしあれば　恋ひにけるかも

万葉集　三六六八　阿倍朝臣継麿

（ここは大君の統治なさる、はるか遠くの政庁だとわかっているけれど、旅の月日が

長く経ったので、都を恋いこがれていることだ）

左注

「右の一首は大使」

「遠の朝廷」とは大宰府のことで、九州全域を統治するために筑前国に設置された機関である。この歌は一行がまだ日本国内にいることを示している。

旅にあれど　夜《よる》は火《ひ》燭《とも》し　居《を》るわれを　闇《やみ》にや妹《いも》が　恋ひつつあるらむ

万葉集　三六六九　壬生使主宇太麿《みぶのおみうだまろ》

（私は旅にあっても夜は火を灯《とも》しているが、家に残した妻は闇の中で私のことを恋い慕っていることであろう）

左注に**「右の一首は大判官《だいはんぐわん》」**とある。大判官は大使、副使に次ぐ三番目の使人で、壬生使主宇太麿のことであるが、帰国の際、大使は対馬で没し、副使は病で帰京が遅れ、翌七三七（天平九）年正月二七日に大判官である壬生使主宇太麿を筆頭とする一行が入京した旨、『続日本紀』に記録されている。

韓亭《からとまり》　能許《のこ》の浦波　立たぬ日は　あれども家に　恋ひぬ日は無し

万葉集　三六七〇　遣新羅使人

（韓亭の能許の浦に波が立たない日はあっても、故郷の家のことを恋しく思わない日はない）

「韓亭」は現在の福岡市西区にある唐泊地区のことである。

「亭」は船の停泊するところ、またはそこの宿舎をいう。

「有り」と「無し」を巧みに対応させて、家郷への旅愁を述べている。

この歌の歌碑は唐泊漁港の西側の山中にある。車を唐泊漁港の道端に停めておき、人が一人やっと擦れ違えるほどの坂道を登って行くと、やがて東林寺に至る。この寺院の境内に、この歌の歌碑があり、能古島《のこのしま》、志賀島、玄界島など博多湾が一望のもとに見渡せる景勝の地である。

それにしてもこの遣新羅使一行は、博多湾内の筑紫《つくし》の館《むろつみ》、荒津の崎、韓亭と風待ちをしながら幾日も停泊し、玄界灘へ乗り出すことができず、この後も後述する糸島半島の西側にある引津《ひきつ》の浦、唐津市にある狛島《こましま》（神集島《かしわじま》）に停泊して風待ちして多くの歌を詠んでいる。
さて、話をこの三六七〇番歌にもどそう。
「能許《のこ》」とは、現在の博多湾の中央に浮かぶ能古島のことで周囲一二キロメートル、唐泊から六キロメートル東にあり、能古島へ行くには福岡市姪浜《めいのはま》港からフェリーで一〇分ほどである。能古島の北端に行くと、北に志賀島が見え、山上憶良の『万葉集』三八六六番歌の歌碑が建っている。この能古島と西にある唐泊の間にある内海を「能許の浦」といったのであろう。

ぬばたまの　夜《よ》渡る月に　あらませば　家なる妹《いも》に　逢《あ》ひて来《こ》ましを

万葉集　三六七一　遣新羅使人

（もしも私が夜空を渡る月であったなら、家にいる妻に逢いに行って、またここに来ることもできように）

ひさかたの　月は照りたり　いとまなく　海人《あま》の漁《いざり》は　燭《とも》し合へり見ゆ

万葉集　三六七二　遣新羅使人

（月は皓々と照りわたっている。ちょっとの暇もなくいそがしく海人の漁火は、火を

ともしあっているのが見える）

風吹けば　沖つ白波　恐《かしこ》みと　能許《のこ》の亭《とまり》に　数多夜《あまたよ》ぞ寝《ぬ》る

万葉集　　三六七三　　遣新羅使人

（風が吹くと沖からの白波が恐ろしいとて、能許の港に多くの夜を寝たことだ）

「沖つ白波　恐みと」は海人の恐怖をいったもので、行き先への不安といらだちを含んだ調べとなっている。

5　引津《ひきつ》の亭《とまり》での歌　七首

題詞

「**引津《ひきつ》の亭《とまり》に船泊《ふなはて》して作れる歌　七首**」

「引津の亭」は福岡県糸島市の引津湾内にあり、遣新羅使一行は福岡市西区の糸島半島の東側の唐亭を出て糸島半島の北端を回り、半島の西側の引津の亭で風待ちしてここに停泊した。

草枕《くさまくら》　旅を苦しみ　恋ひ居《を》れば　可也《かや》の山辺《やまへ》に　さを鹿鳴《しか》くも

万葉集　三六七四　壬生使主宇太麿《みぶのおみうだまろ》

（旅の苦しさに故郷を恋しく思い出していると、可也の山辺で牡鹿が妻を呼ぶように鳴きたてている）

「可也《かや》の山」は糸島市にある可也山《かやさん》で、糸島半島の西部に位置しており、唐津湾に接している。標高三六五メートル。高い山ではないが、富士山に似ているところから筑紫富士、糸島富士、小富士とも呼ばれている。

この地域の海岸線は非常に複雑で、「引津の亭」の位置が確定されているわけではないが、糸島市船越地区の龍王崎が最も有力視され、綿積《わたつみ》神社の海側に「万葉の里」という小さな公園があって、ここに万葉歌碑が二つある。本書ではこの三六七四番歌の歌碑に注目する。揮毫は元首相の福田赳夫《たけお》（一九〇五～一九九五年）で、その右横にはこの時の遣新羅使の航路を表す地図の看板がある。

可也の山

草《くさ》枕《まくら》
旅を苦しみ
恋ひ居《を》れば
可《か》也《や》の山辺《やまへ》に
さを鹿《しか》鳴くも

万葉集　三六七四
壬《み》生《ぶの》使主《おみ》宇《う》太《だ》麿《まろ》

糸島半島の地図

もう一首の歌碑は『万葉集』一二七九番歌で、この地域を示す「引津の辺」という言葉が入っている。

この公園と綿積神社の境はなく、公園は神社の境内ともいえる。

「わたつみ」という言葉は本来「海神」と書くのが普通で、全国に海神神社があり、なぜわざわざ「綿積神社」と名乗っているのか不思議に思って調べたら、結構全国に綿積神社がある。さらに「綿津見神社」、「綿都美神社」もある。後述する対馬には海神神社と和多都美《わたづみ》神社がある。そこで最も古い文献として『古事記』を調べてみると、最初のイザナキとイザナミの二神が次々と神生みをしていく中で「……海の神、名は大綿津見神《おほわたつみのかみ》を生み……」と出ている。また、海幸彦《うみさちひこ》と山幸彦《やまさちひこ》の条で山幸彦が海幸彦の釣り針を失くして困っている時、山幸彦が舟に乗って海上を進むと「……それ綿津見神《わたつみのかみ》の宮なり。……その海《わたつみ》の神の女《むすめ》見て……」とあり、さらに「……

ここに海神《わたつみのかみ》の女《むすめ》……」とある。従って『古事記』に「綿津見神」、「海神」とあるので、どちらも神代の時代から根拠があることになる。ただワタツミのツミが「都美」、「積」という字は『古事記』に見当たらないので、「都美」、「積」の根拠は今のところ不明である。

沖つ波　高く立つ日に　あへりきと　都の人は　聞きてけむかも

万葉集　　三六七五　　壬生使主宇太麿

（沖からの波が高くうねり立つ日に遭遇していたと、都の人たちは聞き知っていたろうか）

「沖つ波高く立つ日」は佐婆の海で逆風に遭い、漂流した日の体験をいっている。来し方の嘆きなので、いくらか余裕があるように感じられる。

左注に「**右の二首は大判官《だいはんぐわん》**」とある。大判官とは壬生使主宇太麿のことであるから、三六七四、三六七五の歌の作者は彼の名を記した。

天飛《あまと》ぶや　雁《かり》を使《つかひ》に　得てしかも　奈良の都に　言告《ことつ》げ遣《や》らむ

万葉集　　三六七六　　遣新羅使人

（大空を飛ぶ雁を使いとして手に入れたいものだ。奈良の都に、我が言葉を告げてやろう）

雁の歌については既に述べたが、「雁を使に」は「蘇武《そぶ》の故事」による。前漢の時代（紀元前一〇〇年頃）、漢の武帝の使者として蘇武は北方の匈奴《きょうど》に赴くが、捕らえられて幽閉されてしまった。匈奴は蘇武が死んだと言い張るので、帝となった昭帝は「射落とした雁の足に蘇武が生きているとの手紙が付いていた」と匈奴に伝えたところ、一九年間幽閉されていた蘇武は漢にとりもどされて、祖国に帰ることができた。『漢書』「蘇武伝」の故事による。

その故事から手紙や音信のことを「雁の使い」、「雁書《がんしょ》」、「雁信《がんしん》」などという。

秋の野を　にほはす萩は　咲けれども　見るしるし無し　旅にしあれば

万葉集　三六七七　遣新羅使人

（秋の野を美しく彩る萩は咲いているけれども、観賞する甲斐もない。旅にある身なので）

妹《いも》を思ひ　寝《い》の寝《ね》らえぬに　秋の野に　さ男鹿《をしか》鳴きつ　妻思ひかねて

万葉集　三六七八　遣新羅使人

（妻を思って寝ることができないでいると、秋の野に男鹿が鳴く。鹿も思慕に堪えかねて）

大船《おほふね》に　真楫繁貫《まかぢしじぬ》き　時待つと　われは思へど　月そ経《へ》にける

万葉集　三六七九　遣新羅使人

（大船の両舷にたくさんの櫓を取り付け、いつでも出発できると機をうかがっているつもりでいるうちに、いつの間にか月替わりしてしまった）

「大船に真楫繁貫き」と詠みかける歌は『万葉集』中に六首あり、その中で最も有名なのは、この時より一四年後の七五〇（天平感宝二）年、光明皇后が奈良の春日野の社《やしろ》で、遣唐使の大使を務める甥の藤原清河《きよかわ》に贈った次の歌である。

大船《おほふね》に　真楫繁貫《まかぢしじぬ》き　この吾子《あこ》を　唐国《からくに》に遣《や》る　斎《いは》へ神たち

万葉集　四二四〇　藤原大后《ふぢはらのおほきさき》

（大船に左右の楫を一面に通して、この子を唐へ遣わす。祝福を与えよ、神々たちよ）

再び遣新羅使の歌にもどる。

夜《よ》を長《なが》み　寝《い》の寝《ね》らえぬに　あしひきの　山彦響《やまびことよ》め　さ男鹿《をしか》鳴くも

万葉集　三六八〇　遣新羅使人

（夜が長いので寝るに寝られないでいると、やまびこを轟かせて牡鹿が鳴き立てる）

二　肥前《ひぜん》（佐賀県）での歌　七首

題詞

「肥前国《ひのみちのくちのくに》の松浦郡《まつらのこほり》の狛島《こましま》の亭《とまり》に船泊《ふなはて》せし夜に、遥かに海の浪を望み、各々旅の心を慟《いた》ましめて作れる歌　七首」

（肥前国［佐賀県］松浦郡の狛島の港に停泊した夜、遠く海上の波を見て、それぞれ旅情を感じて作った歌七首）

遣新羅使一行は筑前の「引津《ひきつ》の亭《とまり》」を出航し、次にこの肥前の唐津湾の入口にある「狛島《こましま》の亭」に停泊した。「狛島の亭」とは現在の佐賀県唐津市北西部にある神集島《かしわじま》と考えられている。

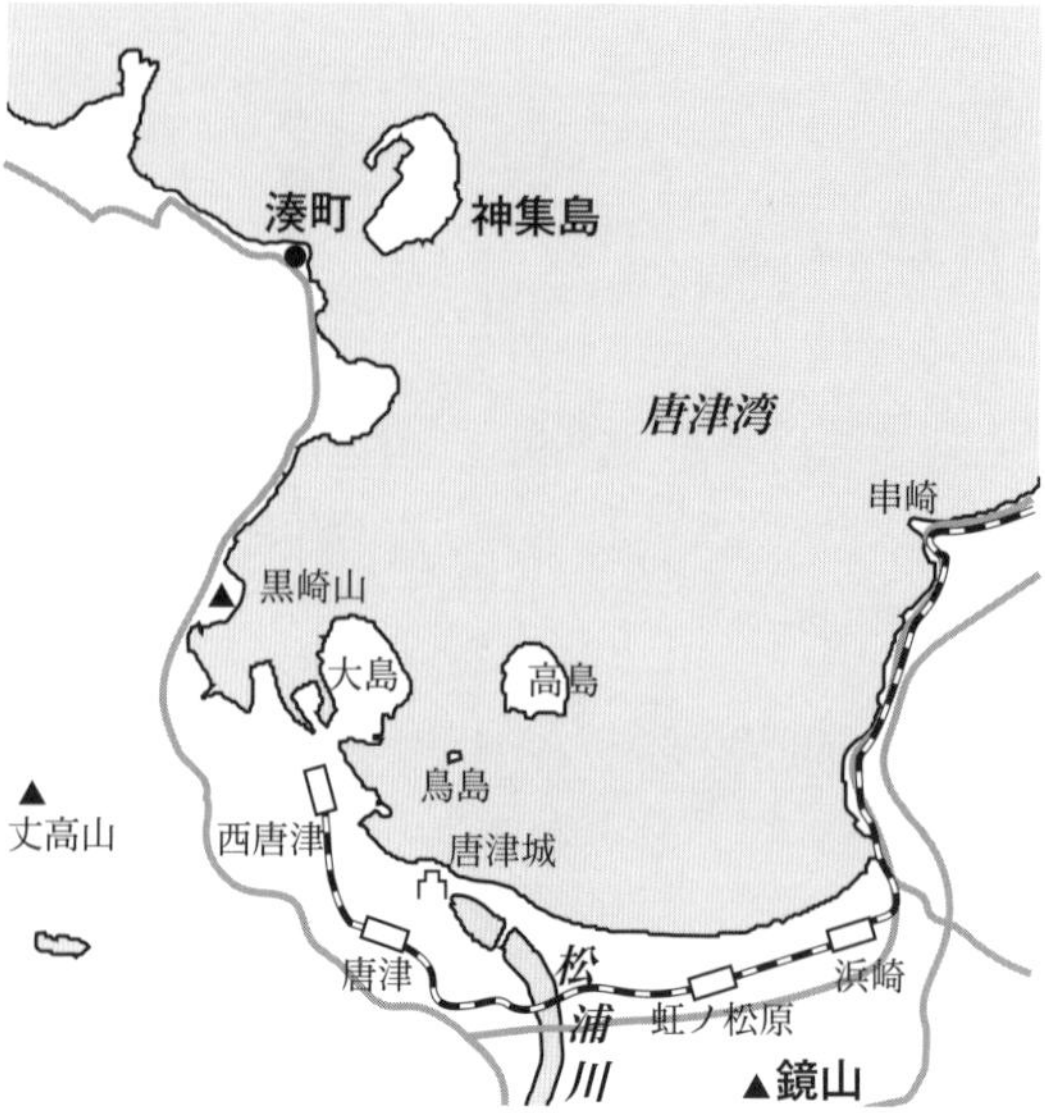

神集島の地図

神集島の名前の由来は、神功皇后が新羅遠征の際、神々を集めて「豊《とよ》の明《あか》り」（酒宴）を催し、航海の安全を祈願したことによるとされる。場所は唐津湾の入口に位置し、周囲はわずか六・五キロメートルほどの小さな島であるが、古代は風待ちをする船の泊地として栄えた。遣新羅使一行もここで詠んだ七首の歌を『万葉集』に載せている。

神集島に渡るべく、博多から筑肥線に乗り、終点の西唐津駅で降りる。こ

神集島の住吉神社。境内より湾を隔てて島の中心部を望む

こより車で一五分ほど海岸線に沿って北上し、唐津市湊町の港に行く。神集島へ渡る定期船は一日に七便しかない。ＪＲ西唐津駅とはかなり離れているので、定期船の発着はＪＲの発着時間とも無関係である。そこで神集島へ渡る方法を調べていたら、海上タクシーという手段が見つかった。前もって湊町渡船場の岸壁に着く時間を電話で知らせ、かつ神集島内にある七つの万葉歌碑を訪れてみたい旨を話しておいたら、港に海上タクシーが待っていてくれた。やや大型のモーターボートのような舟で、神集島まで八分で着く。神集島の港には軽乗用車が待ってくれていて、既に海上タクシーから連絡してくれて

いたのか、島内の七ヵ所ある万葉歌碑を一時間かけて巡ってくれた。島内の道は軽乗用車が一台しか通れないほどの狭い道で、対向車が来たら困るなと思っていたところ、この一時間の間に対向車は来なかった。当然のことながら島内には軽乗用車しかなく、このタクシーの運転手も本業は別にあって、今回、私のために運転してくれた。五月中旬のよく晴れた昼間であったので三〇度近い気温であったが、軽乗用車のためか車内にクーラーはなく、少々暑さに閉口した。

過疎地はいずこも同じであるが、島の人口の減少は著しく、現在は二八〇人ほどで、鉄筋二階建ての小、中学校は廃校となり、現在数名の小、中学生は定期船で本土の唐津市の学校に通っているとのこと。古代から近代まで大いに栄えたこの島も眠りについたようである。

この島で遣新羅使が詠んだ七首の万葉歌の歌碑は、島内の各所に一首ずつ置かれ、全て犬養孝博士の揮毫によるもの。犬養先生の万葉歌碑は全国に百数十ヵ所あるが、全て原文の万葉仮名で書かれているので、読みやすくするためにここでは万葉歌碑の横に漢字仮名交じりの小さな歌碑も並置されている。

歌碑巡りを終えて島の港に帰ってきたら、タクシー運転手が連絡しておいてくれたのか、海上タクシーが私を待っていてくれた。再び唐津市湊町に上陸し、効率良く神集島の万葉歌碑巡りができたことに感謝した。以下、「狛島の亭」の歌七首を挙げる。

帰り来《き》て　見むと思ひし　わが宿《やど》の　秋萩薄《あきはぎすすき》　散りにけむかも

万葉集　三六八一　秦田麿《はたのたまろ》

（無事帰国してから見ようと思っていた私の家の秋萩や薄は、もう散ってしまったかなあ）

左注に「**右の一首は秦田麿《はたのたまろ》**」と記してあるが、「秦田麿」は伝未詳。目的地の新羅にも着かないうちに、帰る約束の「秋」も終わろうとしていることを嘆いている。

天地《あめつち》の　神を祈《こ》ひつつ　吾《あれ》待たむ　早来《はやき》ませ君　待たば苦しも

万葉集　三六八二　娘子《をとめ》

（天地の神々にあなたのご無事を祈って待っています。どうか早く帰っておいでなさい。こうして待つのは苦しゅうございます）

左注に「**右の一首は娘子《をとめ》**」とある。娘子とは狛島の遊行女婦《うかれめ》であろう。宴会の歌である。

優雅な歌を詠める遊行女婦が狛島に居たということは、この地が相当賑やかであったのであろう。遊行女婦は娼婦ではない。今でいうホステスであろうか。技芸を提供する人間であり、さらに口承歌をたくわえていた人びとである。地方においてはこういう人びとを媒介として、古代の歌が伝えられていった。

教養ある遊行女婦として『万葉集』に載っているのは、後述する対馬の竹敷《たかしき》の浦の玉槻《たまつき》という名の娘女《おとめ》（三七〇四、三七〇五）や、この時より六年前の七三〇（天平二）年、大宰府の長官、大伴旅人が京《みやこ》へ帰る時、水城《みずき》の別れで歌（九六五、九六六）を贈った児島《こじま》がいる。

この「娘子」と記されている歌碑は、神集島の西北端、住吉神社境内にある。ここの住吉神社には、四つの石の鳥居が海から奥の拝殿に向かって順に並んでおり、一番外の鳥居は満潮時、柱の下部が海中に没する。

君を思ひ　吾《あ》が恋ひまくは　あらたまの　立つ月ごとに　避《よ》くる日もあらじ

万葉集　　三六八三　　遣新羅使人

（あなたのことを思って恋いこがれる気持ちは、新しく月が変わってもその苦しみから逃れようがありません）

前歌三六八二に続けた遊行女婦（娘子）の立場に立った遣新羅使人の一人が、その宴会の場で詠んだ戯《ざ》れ歌。

秋の夜《よ》を　長みにかあらむ　何《な》そここば　寝《い》の寝《ね》らえぬも　一人寝《ひとりぬ》ればか

万葉集　三六八四　遣新羅使人

（秋の夜が長いせいであろうか、どうしてここは寝るに寝られないのか、いやいや一人で寝るからだろうか）

足姫《たらしひめ》　御船泊《みふねは》てけむ　松浦《まつら》の海《うみ》　妹《いも》が待つべき　月は経《へ》につつ

万葉集　三六八五　遣新羅使人

（足姫［神功皇后］の御船が泊まったという松浦の海よ、その名のように妻が帰りを待っているに相違ない。月も無情に去っていく）

「足姫」は気長足姫尊《おきながたらしひめのみこと》の略で、神功皇后のことをいう。年代は四世紀末の頃と思われる。神功皇后の三韓（新羅、百済、高句麗）遠征の時、『日本書紀』巻九に次のようにある。

「夏四月三日、北の方、火前国《ひのみちのくちのくに》（肥前）松浦県《まつらのあがた》に到りて玉島里《たましまのさと》の小河《をがは》の側《ほとり》に進食《みおしたてまつる》」
（四月三日、北方の肥前国松浦県に行き、玉島里の小川のほとりで食事をされた）

『日本書紀』は三〇巻から成るが、巻九は神功皇后のことで一巻となっており、天皇以外で一巻となっているのは神功皇后だけである。また、『古事記』では神功皇后のことを「息長《おきなが》帯日売命《たらしひめのみこと》」（別の漢字を使っていることに注意）としており、新羅遠征の項では、「また筑紫の末《まつ》羅県《らのあがた》の玉島里《たましまのさと》に到りまして、その河の辺に御食《みおし》したまひし時、四月《うづき》の上旬《はじめのころ》に当たりき」（また筑紫の松浦県の玉島里においでになって、玉島川のほとりで食事を召し上がった時、四月の上旬の頃であった）と記されている。

旅なれば　思ひ絶《た》えても　ありつれど　家にある妹《いも》し　思ひがなしも
万葉集　三六八六　遣新羅使人
（旅の身なのでたいていのことは諦めがつくのだが、家に残してきた妻のことだけは思うと悲しい）

あしひきの　山飛び越《こ》ゆる　雁《かり》がねは　都に行《ゆ》かば　妹《いも》に逢《あ》ひて来《こ》ね

遣新羅使人
万葉集　三六八七

（山を飛び越えていく雁よ、奈良の都に飛んでいったなら、妻に逢ってきておくれ）

「山飛び越ゆる雁がね」は既述の三六六五番歌の解説参照。

当時の船の帆は布製ではない。船の帆に使えるほどの丈夫な布はまだ発明されていなかった。そのため竹を半分に割ってこれを横に並べて帆にしたのである。従って風を受けて帆走するには不十分で、手漕ぎが主であり、帆は従である。それゆえ海の波が高いと手漕ぎはむずかしく、海が荒れていては外洋に漕ぎ出すことが困難であった。台風シーズンは荒い波の日が続く。そのためにこの一行は風待ちというよりは海の波がおさまるのを待つべく、幾日も北九州沿岸で停泊し、玄界灘に乗り出す機会を待つ日が多くなってしまったのであろう。

一二　壱岐《いき》（長崎県）での歌　九首

1　雪宅満《ゆきのやかまろ》への挽歌

遣新羅使一行は肥前国狛島《こましま》（神集島《かしわじま》）の亭《とまり》を出て、玄界灘を北上し、やがて到着した壱岐の島で最初の死者を出すという悲劇に出遭った。聖武天皇の七三六（天平八）年、一行の一人であった雪連宅満《ゆきのむらじやかまろ》は雄図空しく、一一月八日、病により死去。石田野《いわたの》とよばれる地に里人たちの手によって葬られたといい伝えられている。

題詞

「壱岐《いき》の島に到りて、雪連宅満《ゆきのむらじやかまろ》の忽《たちま》ちに鬼病《かみのやまひ》に遇《あ》ひて死去《みまか》りし時に作れる歌　一首（幷《あは》せて短歌）」

天皇《すめろぎ》の　遠《とほ》の朝廷《みかど》と
韓国《からくに》に　渡るわが背《せ》は

家人《いへびと》の　斎《いは》ひ待たねか
正身《ただみ》かも　過《あやま》ちしけむ
秋さらば　帰りまさむと
たらちねの　母に申《まを》して
時も過《す》ぎ　月も経《へ》ぬれば
今日《けふ》か来《こ》む　明日かも来《こ》むと
家人《いへびと》は　待ち恋ふらむに
遠《とほ》の国　いまだも着かず
大和《やまと》をも　遠く離《さか》りて
岩《いは》が根の　荒き島根に
宿《やど》りする君

万葉集　三六八八　遣新羅使人

（天皇が支配する遠い朝廷として
韓国に渡ろうとするあなたは
家の人が潔斎して待たないからか
あるいはあなた自身が何か過ちをしたからか

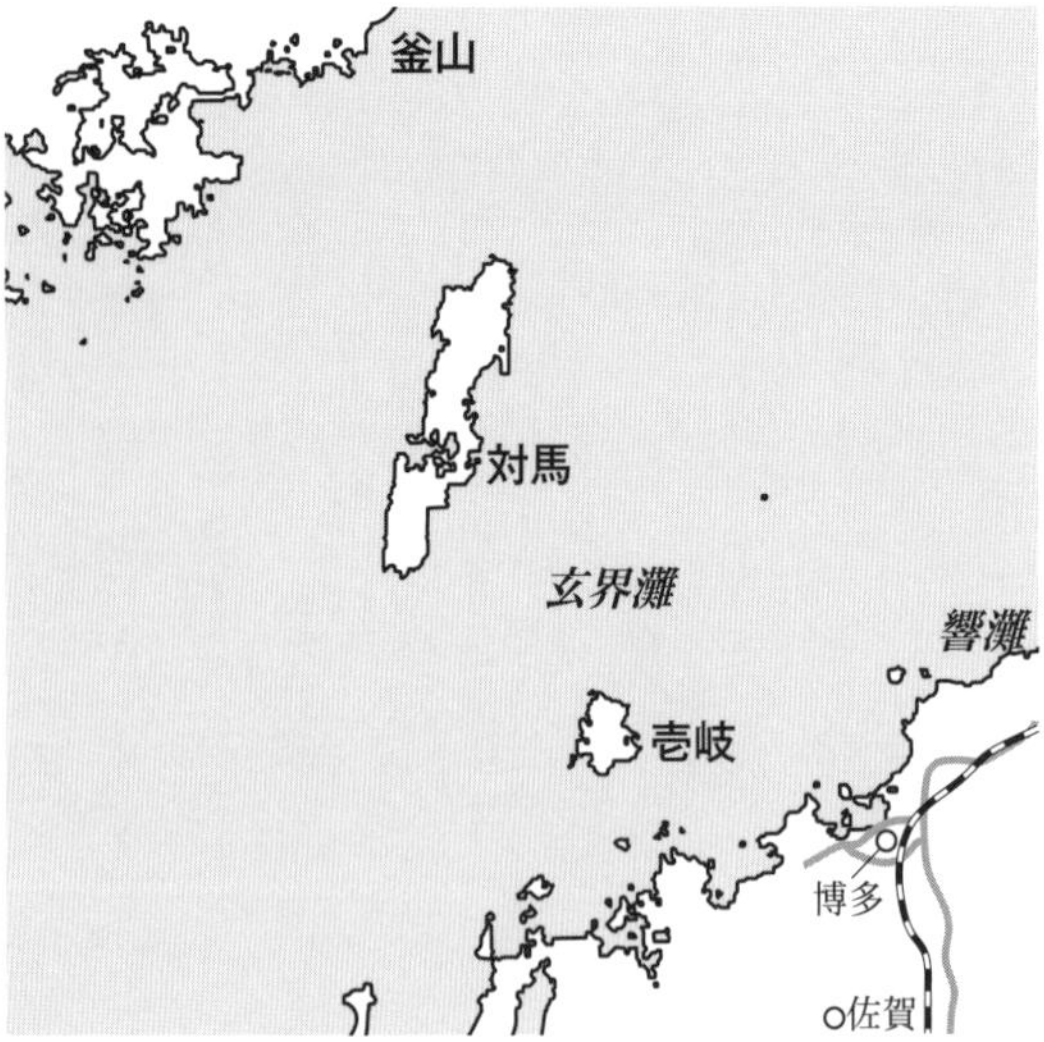

壱岐・対馬・九州北部の地図

秋になったら帰りましょうと
たらちねの母上にも申し上げ
時もたち、月も過ぎていったので
今日帰るだろうか、明日は帰って来るだろ
うかと
家人が待ち遠しく思っているのに
遠い韓国にまだ着きもせず
一方、大和をも遠く離れて
この岩石も荒々しい島に
旅宿りする、そんなあなたよ）

雪連宅満の先祖は壱岐出身でその祖先がト占《ぼくせん》をもって官人となり、平城京に住んだ。宅満の代になって新羅に派遣されるに当たり、本来壱岐（伊伎）という姓を中国風に一字姓の「雪」にし、雪宅満としたのであろう。宅満も中国風であるから、「宅麿」が本当であろうと思われる。従来の名前は壱岐（伊伎）宅麿ではなかったか。

せっかく先祖の地の壱岐の島までたどり着いたのに、「鬼病」に襲われて急死するという悲運が生じた。
「鬼病」はこの年前後に日本中に猖獗《しょうけつ》をきわめた天然痘の可能性が高い。
雪連宅満には、分間の浦（大分県中津市）で詠んだ既述の三六四四番歌がある。

題詞

「反歌　二首」

岩田野《いはたの》に　宿《やど》りする君　家人《いへびと》の　いづらとわれを　問はば如何《いか》に言はむ

万葉集　三六八九　遣新羅使人

（岩田野に葬られた宅満の家人が、あの人はどこにどうしているかと、帰国した時、この私に尋ねたら何と答えたらいいだろう）

「岩田野」は現在の壱岐市石田《いしだ》町と呼ばれる地域で、島の南東に位置している。宅満の墓は小さな丘陵地の頂の畑に囲まれた小森の中の墓地の一番奥にある。土盛りの上に長さ三三センチ、幅二〇センチほどの円筒状の石が立てられている。文字は刻まれていないので近隣の一般の人の墓石に比べるとまことに見劣りするが、はるか昔から「けんとうしの墓」といって、今も地元の里人たちによって大切に守られている。宅満は遣新羅使人なのに「けんとうし」とされているのは、どういう経過からこうなったのであろうか。

さすがに近年は「遣新羅使の墓」という看板が建っていて、英訳も付いているので横書きの看板である。

近くに万葉公園があり、その中にこの歌の歌碑がある。この歌碑は大きな石の表面を四角に削った上に、達筆な文字で書かれており、こちらは堂々たるものである。

世間《よのなか》は　常《つね》かくのみと　別れぬる　君にやもとな　吾《あ》が恋ひ行《ゆ》かむ

万葉集　三六九〇　遣新羅使人

(世の中はいつもこんな風に別れが来るものなのか。いなくなったあなたに空しく恋いつつ……私は旅を続けなければならないのか)

左注

「右の三首は挽歌《ばんか》」

天《あめ》地《つち》と　共にもがもと
思ひつつ　ありけむものを
はしけやし　家を離《はな》れて
波の上《うへ》ゆ　なづさひ来《き》にて
あらたまの　月日も来《き》経《へ》ぬ
雁《かり》がねも　継《つ》ぎて来《き》鳴《な》けば
たらちねの　母も妻らも
朝露に　裳《も》の裾《すそ》ひづち
夕霧《ゆふぎり》に　衣手《ころもで》濡《ぬ》れて
幸《さき》くしも　あるらむ如《ごと》く
出《い》で見つつ　待つらむものを
世間《よのなか》の　人の嘆《なげ》きは
相《あひ》思《おも》はぬ　君にあれやも
秋萩の　散らへる野辺の
初《はつ》尾《を》花《ばな》　仮《かり》廬《ほ》に葺《ふ》きて
雲《くも》離《ばな》れ　遠き国《くに》辺《へ》の

露霜《つゆしも》の　寒き山辺《やまへ》に
宿《やど》りせるらむ

万葉集　三六九一　葛《ふぢ》井《ゐの》連《むらじ》子《こ》老《おゆ》

（天地と共に長く生きたいと
あなたは思い続けていただろうのに
いとしい家を離れて
波の上を苦しみながらやって来て
あらたまの月日を迎えてはまた送ったことだ
雁もしきりにやって来て鳴く季節となったので
たらちねの母も妻も
朝には露に裳裾を濡らし
夕べには霧に衣手が濡れながら
無事でいるかのように
門に出て見ては帰りを待っているだろうのに
世間の人間の嘆きなど
思いやろうともしないあなただからか

秋萩の花が散ってしまった野のほとりの
初尾花を仮廬に葺いて
雲流れゆく遠い国の
露霜の寒々とおりる山べに
旅宿りしているのだろうか）

はしけやし　妻も子どもも　高高《たかだか》に　待つらむ君や　島隠《がく》れぬる
万葉集　三六九二　葛井連子老

（ああ、いたわしや。妻や子供が今か今かと待っているだろうに、この島で君は亡くなってしまった）

黄葉《もみちば》の　散りなむ山に　宿りぬる　君を待つらむ　人し悲しも
万葉集　三六九三　葛井連子老

（黄葉が散り敷く山に眠っている君を帰ってくるものと信じて待っている人こそ悲しい）

左注

「右の三首は葛《ふぢ》井《ゐの》連《むらじ》子《こ》老《おゆ》」

「葛井連子老」は『万葉集』のこの三首以外に記録はないが、高橋庄次『万葉集　巻十五の研究』（桜楓社）では葛井連子老は都から壱岐に派遣されていた官人で、壱岐守であった可能性がある、としている。

わたつみの　恐《かしこ》き路《みち》を
安けくも　なく悩《なや》み来て
今だにも　喪《も》無く行《ゆ》かむと
壱岐《ゆき》の海人《あま》の　上手《ほって》の占《うら》へを
かた灼《や》きて　行《ゆ》かむとするに
夢《いめ》の如《ごと》　道の空路《そらぢ》に
別れする君

万葉集　三六九四　六《む》鯖《さば》

（大海の恐ろしい道のりを

一時《いっとき》の平穏もなく苦しみつつやって来て
今からだけでも無事に行こうと思って
ここ壱岐の海人の巧みな占いを
かた焼きに占いつつ行こうとしているのに
まるで夢のように旅路の空で
別れゆく君よ)

題詞
「反歌　二首」

昔より　言《い》ひける言《こと》の　韓国《からくに》の　辛《から》くも此処《ここ》に　別れするかも
万葉集　三六九五　六鯖

(昔からいわれてきた韓国に渡るつらさのように、つらくもここで君と別れることになるとは)

新羅《しらぎ》へか　家にか帰る　壱岐《ゆき》の島　行《ゆ》かむたどきも　思ひかねつも

万葉集　　三六九六　　六鯖

（新羅へ行こうか、それともいっそ家に帰ろうか。ここの名前は壱岐の島だが、どちらへ行けばいいのか手段も思いつかない）

左注

「右の三首は、六鯖《むさば》の作れる挽歌」

「六鯖」は六人部連鯖麿《むとべのむらじさばまろ》の略記ではないかとされている。七六四（天平宝字八）年正月七日、六人部連鯖麿は正六位上から外従五位下に叙されていることが『続日本紀』に記されている。五位以上は貴族であるから、鯖麿も貴族になったことになる。

2　壱岐と河合曽良《かわいそら》

歴史上、最初に壱岐が出てくるのは『魏志倭人伝』であるが、この書の内容は曖昧模糊《あいまいもこ》の最たるものであるからしばらく差し置き、芭蕉の紀行作品『おくのほそ道』の旅にただ一人随伴した河合曽良という男と壱岐の島について少し述べてみたい。

河合曽良は一六四九（慶安二）年、信濃国《しなののくに》下桑原村（現長野県諏訪市）に生まれ、一七一〇（宝永七）年壱岐国勝本（現長崎県壱岐市勝本町）で没している。享年六二。

松尾芭蕉と河合曽良は一六八九（元禄二）年、『おくのほそ道』の旅に出発した。『おくのほそ道』の出版は芭蕉の死（一六九四年）より八年後の一七〇二（元禄一五）年である。曽良は師匠の芭蕉の死後一五年目に当たる一七〇九（宝永六）年、幕府の西海道（九州の九国と壱岐・対馬）派遣使随員（書記官）となり、壱岐までやってくるが、ここ壱岐の勝本浦で病没した（一七一〇年）。

一九九四（平成六）年五月二四日に旧勝本町と諏訪市が河合曽良の終焉の地と生誕の地としての縁で友好都市提携を結び、旧勝本町が他の三町と合併して壱岐市となった今も友好都市提携は受け継がれている。

私が壱岐の島を訪れたのは二〇〇二（平成一四）年で、タクシーを半日借り切り、「雪宅満の墓」や「原《はる》の辻《つじ》」など名所を見て回っている最中に、運転手から「曽良の墓に行ってみますか？」といわれた。私は当時、曽良の墓が壱岐にあるとは知らなかったので「是非行ってみたい」と答え、墓の近くで車を停め、歩いて墓のある方へ近づいて行くと、禅宗の読経の声が聞こえてきた。樹々に囲まれた一〇〇坪ほどの台地には、三〇名ほどのネクタイに背広姿の比較的年配の男たちが神妙に読経に聞き入っている。テレビカメラもこの状況を映している。さらに近づいたら、幹事とおぼしき女性から花を渡され、彼らと共に供花、焼香することとなってしまった。その日は五月二二日で曽良の二九二回目の命日で、友好都市である諏訪市や壱岐勝本町の議員たちが法事を行っていたところへ、私が迷い込んだことになる。供花、焼香が終わると、近くに諏訪大社の御柱《おんばしら》が一本立てられていて、一同そちらへ移動した。諏訪市から訪れた一行の中にいる白い和服と黄色の袴を着た男二人は、諏訪大社の禰宜《ねぎ》であろう。私はキリのいいところで抜け出して次の観光地の猿岩に向かったが、後日、この縁で長野県の諏訪大社を訪れることになった。

『おくのほそ道』で芭蕉に同伴した河合曽良は、その道中を詳しく記録した。その『曽良旅日記』が一般に知れ渡ったのは一九四三（昭和一八）年である。『おくのほそ道』とこの『曽良旅日記』を照らし合わせると、内容に食い違いがある。一例をあげると、芭蕉の最も有名な句のひとつ、

荒海《あらうみ》や　佐渡《さど》によこたふ　天河《あまのがは》

は一六八九（元禄二）年七月四日、新潟県の出雲崎辺りで得た印象を七月七日夜、直江津の俳席で「七夕」の句として発表したものとされているが、『曽良旅日記』の七月四日の条では、

「……出雲崎ニ着、宿ス。夜中、雨強降」

七月七日の条では、

「……夜中、風雨甚」

となっている。すなわち、芭蕉のこの名句が作られた時の天候は非常に悪く、天の川は見ることができず、佐渡もおそらく見えなかったであろうということになる。

『おくのほそ道』は芭蕉が江戸に帰ってから作品として創作を加えているのに対し、『曽良旅日記』は旅の最中に毎日克明に書いた記録である。この日記が発見されるまでは『おくのほそ道』は芭蕉のノンフィクションとされていたが、この日記の発見により『おくのほそ道』の評価が一時割れた。しかし、現在は芭蕉の文学的な創意工夫を凝らした紀行文として、や

はり高く評価されている。

私が二一年前にここを訪れた時は、この法要に巻き込まれ、逃げ出すことに気を取られていたために、肝心の曽良の墓を参拝しないで、待たせてあったタクシーに乗ってそこを去ってしまった。いや、その時は法要に参加したので、曽良の墓を参拝したつもりでいた。後日、私は曽良の墓を見ていないことに気付き、今回、遣新羅使の行程を追って壱岐に来たので、曽良の墓を参拝するべく曽良の墓地にやって来たのである。今回は二〇二三（令和五）年五月二四日、曽良の三一三回目の命日の二日後である。まず前回来た時の法要があった台地に行ってみると、所々に二〇センチほどの草が生えており、踏まれた形跡がないので、今年は諏訪市で法要が営まれたのであろう。今回初めて曽良の墓の前に立った。その墓は一般墓地の一隅にある。ただその墓石は上半分が折れて欠損してしまったのか、「ナントカ居士」と書いてあるらしいが、全体はよく読めない。曽良の墓の囲いの背後に、曽良の墓石よりはるかに大きく、そして高い碑がある。

「賢翁宗臣居士
曽良翁三百年忌記念塔」
と大きな文字で刻まれている。同じく右側には、

「曽良二百八十回忌記念塔」も建っている。今回の私は命日の二日後に来たので、墓前に溢れんばかりの花が供えられているのが印象的であった。

墓参の後、すぐ近くにある小公園に行くと、諏訪大社から贈られた一本の御柱が建っていて、その横に曽良が芭蕉と共に旅した『おくのほそ道』の中にある曽良の句、

行《ゆ》き行《ゆ》きて　たふれ伏《ふ》すとも　萩《はぎ》の原

の句碑が二つあり、一つはこの句のみであるが、もう一つの句碑はこの句の由来が書かれており、最後に、

「曽良翁二百八十年忌記念事業実行委員会」

と書かれている。

『おくのほそ道』におけるこの句が出ている個所は、芭蕉と曽良が江戸を出て、松島・象潟《きさかた》を経て北陸路をとり、加賀（石川県）の山中温泉に来た時の条に、

「曽良は腹を病《やめ》て伊勢の国長島《ながしま》と云ふ所にゆかりあれば、先立《さきだち》て行《ゆ》くに

行き行きて　たふれ伏すとも　萩の原　　曽良

と書置たり。行《ゆく》ものの悲しみ、残《のこる》もののうらみ、隻鳧《せきふ》のわかれて雲にまよふがごとし

……」

御柱と曽良の句碑

とある。この部分の久富哲雄氏による現代語訳（『おくのほそ道　全訳注』講談社学術文庫）を次に記しておく。

「曽良は腹を悪くして伊勢の国の長島という所に関係の者がいるので、そこへ一足先に行くことになり、その際、自分は師翁に別れて先立って行くが、病身なので、歩き歩いた末に行き倒れになるかもしれない。しかし私には不安も後悔もない。今の季節、そこは萩

の花咲く美しい花野原であろうから。

という句を書き置いて行った。先立って行く曽良の悲しみ、後に残る私の残念さ、それはあたかも一羽の鳧《けり》が、これまでいっしょに飛んでいた友鳥に別れて雲間に迷うようなつらい思いであった」

曽良の墓

また、芭蕉は『おくのほそ道』の「日光」の条で、曽良について次のように書いている。
「曽良は河合氏《かはひうぢ》にして惣五郎《そうごらう》と云へり。芭蕉の下葉《したば》（深川芭蕉庵の辺り）に軒をならべて、予が薪水《しんすゐ》の労をたすく。このたび松しま・象潟《きさがた》の眺《ながめ》共にせん事を悦《よろこ》び、且《かつ》は羈旅《きりよ》の難をいたはらんと、旅立暁《たびだつあかつき》髪を剃《そり》て墨染《すみぞめ》にさまをかへ、惣五《そうご》を改《あらため》て宗悟《そうご》とす」

幕府は将軍の代替わりごとに巡見使を出し、全国の直轄領、藩領を問わずその治世の現状を見て歩いた。曽良が六一歳の時、五代将軍綱吉《つなよし》が死去し、六代将軍家宣《いえのぶ》が跡を継いだ。曽良はこの時の西海道（九州の九国と壱岐・対馬）派遣使の書記官に雇われ、一行三五人は壱岐勝本に来たのであるが、病身の曽良をここに残し、一行は勝本に一泊しただけで翌朝船に乗って対馬へ向かった。

曽良の師匠の芭蕉は五一歳で亡くなったが、体の弱かった曽良は芭蕉より一〇年以上長生きして、ここ勝本の海産物問屋の中藤家で病床につき、そのまま亡くなった。そのため、曽良の墓は中藤家の墓所内に建てられている。

当時、中藤家の人々は曽良がどういう人物であるかはわからなかったであろう。ただ幕府の巡見使の一員として曽良を看取り、中藤家の墓地の中に中藤家の一員であるかのごとく墓を作った。爾来三〇〇有余年、中藤家の曽良に対する好意が諏訪市と壱岐市の姉妹都市提携の端緒となり、壱岐市と諏訪市が曽良の命日五月二二日には毎年交代で法要を営んでいる。そして一般人の我々は、曽良が確かに成仏したことに安堵を催すのである。

一三　対馬《つしま》（長崎県）での歌　二一首

遣新羅使一行は壱岐を出航し、対馬へ向かった。対馬は壱岐の北北西約六〇キロにあるが、対馬海峡は潮流渦巻く風浪の高い海路の難所である。周防灘で遭難の経験のある一行の人々にはこの海路の難所は不安と恐怖にかられたことであろう。

1　浅茅《あさじ》の浦　三首

題詞

「対馬島の浅茅《あさぢ》の浦に到りて船泊《ふなはて》せし時に、順風を得ず、経停《とど》まれること五箇日《いつか》なり。ここに物華《ぶつくわ》を瞻望《せんぼう》し、各々慟《いた》める心を陳《の》べて作れる歌　三首」

（対馬の島の浅茅の浦に着いて停泊した時に、順風に恵まれず、滞在すること五日。そこで美しい風景を見やり、各自悲しみの心を述べて作った歌）

百船《ももふね》の　泊《は》つる対馬《つしま》の　浅茅山《あさぢやま》　時雨《しぐれ》の雨に　もみたひにけり

万葉集　三六九七　遣新羅使人

（多くの船が泊まる港の対馬の浅茅山は時雨の雨に美しく紅葉したことよ）

今、浅茅《あそう》湾を訪ねても、実におだやかで、吸い込まれるような静かな海だ。「浅茅山」は、対馬の上島と下島の間の浅茅湾の東方の大山岳《おおやまだけ》（一八八メートル）を指すものとみられる。浅茅の浦一帯は紅葉の美しいところであるから、時雨の雨で日一日ともみじの色が濃くなっていく実景を詠んでいる。

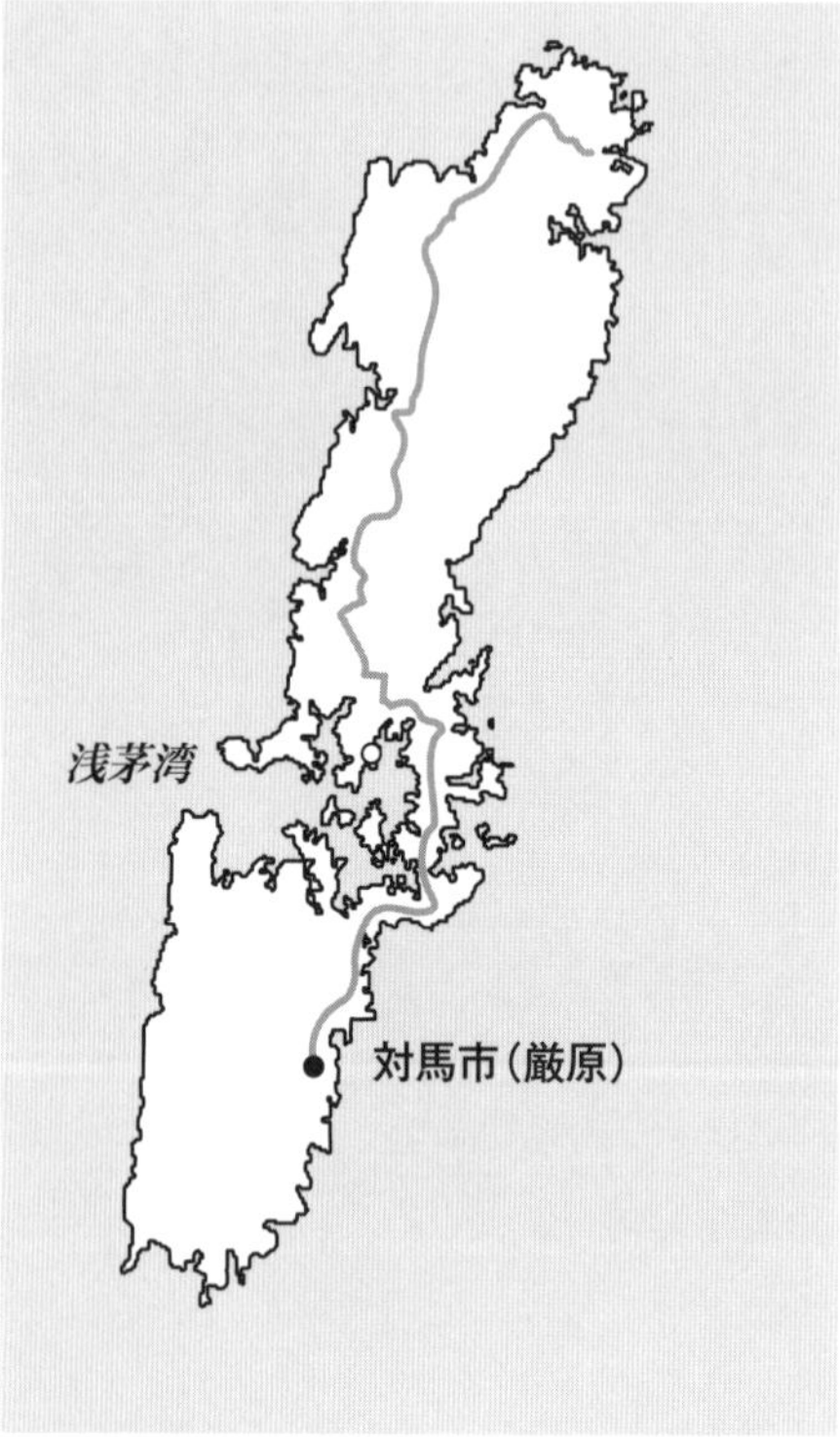

対馬市の地図

グリーンパーク内の万葉歌碑

この七三六（天平八）年の遣新羅使は対馬で二一首の歌を詠んでいるが、対馬にはそのうちの八首の歌の碑が九基ある。すなわちそのうちの一首、この三六九七番歌の歌碑が二ヵ所にある。一つは対馬市美津島町鶏《け》知《ち》の対馬グランドホテルの前にあり、もう一つは同じく美津島町鶏知のグリーンパーク内にある。前者は大きな石の表面を削って平らにし、その平面に名筆で書かれた普通の歌碑であるが、後者は六、七本の縦に長い、高さの異なる角柱の黒い石に一本ずつ、五句の文字を金色に彫りこんだ歌碑であり、その台座を囲む台石は均一の高さだが、五角形の角石で二〇個ほどあるように見える。

ちょっと趣向を変えて芸術性を高めたか。

今回私が再び対馬を訪れた目的は、この万葉歌碑を見て回り、浅茅湾を主とする絶景を見ることにある。前もって自宅から対馬のタクシー会社にこの旨を伝えておき、早朝、厳原《いずはら》のホテルに私を迎えに来てくれたタクシーの運転手に、インターネットで調べたこの九ヵ所の場所を印刷した用紙を渡した。まずはホテルの近くにある、後述する雨森芳洲《あめのもりほうしゅう》の墓を私が参拝している間に、運転手にこの九ヵ所を効率的に五時間で回るコースを作ってもらうことにした。雨森芳洲一族の墓はこの地区の最奥にあり、曲がりくねった石段を登りつめたところにある。大きな墓石で「雨森芳洲先生墓」と彫られており、真新しい花がいっぱいに供えられていた。往復一五分ほど要したであろうか。運転手はこの間に九ヵ所の順番を決めてくれて、直ちに出発した。

天離《あまざか》る　鄙《ひな》にも月は　照れれども　妹《いも》そ遠くは　別れ来《き》にける

万葉集　三六九八　遣新羅使人

（都から遠く離れた対馬にも月は照っているが、妻とは遠く別れて来たことだ）

月明の夜ともなれば、皓々と照る対馬の月が海上に映えて月光を散らし、はるけくも来つるものかな、の気持ちをひとしお強くさせる。

秋されば　置く露霜《つゆしも》に　堪《あ》へずして　都の山は　色づきぬらむ

万葉集　三六九九　遣新羅使人

（秋になると降りる露や霜に抗しきれず、故郷の都の山は紅葉してきたことだろう）

浅茅の浦の晩秋に都を想い、切々たる旅愁をうたいあげている。

この歌の歌碑は、美津島町大山の大山岳登山道入口にある。大山岳は既述の三六九七番歌にある浅茅山のことであり、この浅茅山の紅葉を見て都の山の紅葉に想いをはせている。

閑話休題

対馬に行ってみると、観光客の大部分は日本人ではなく、韓国人なのである。対馬は山ばかりの島で平地は極めて少なく、本来漁業の島であるが、それが振るわない今日、観光が主な産業である。

対馬の北端と韓国は五〇キロしか離れていない。従って韓国からみれば、対馬は最も近い外国の地となるので、観光客が押し寄せる結果となるのだが、韓国と日本は万葉時代以前から、対馬は日本、済州島《チェジュ》は韓国と住み分けてきた。対馬は日本の国土として防人《さきもり》が派遣され、日本の最前線として大陸からの侵攻を防ぐべく、守られてきた土地でもある。対馬の現在の最大の問題は、対馬の土地を韓国企業や韓国の富裕層が買ってしまっていることである。このままこの傾向が続けば、対馬の存在が危うくなる。対馬は日本の原点のひとつでもあるから、日本人が多く訪れる観光地にする政策が必要であろう。

とにかく韓国人旅行者は年間約四一万人を超し、対馬の住民三万八〇〇〇人の一〇倍以上になっている。既に対馬は韓国人旅行者によってコリアタウン化しつつあることは、大きな問題である。一例をあげると、対馬の名所である和田都美《わたづみ》神社、海神《わたつみ》神社に韓国人の団体客が押しかけ、傍若無人に「対馬は韓国のもの」と書いた絵馬を多数掛けていくことは、我々日本人を侮辱するものである。難しい問題ではあるが、安易に韓国からの観光客を受け入れるべきではない。

また、対馬は国定公園である以上、国は対馬の土地を買い上げて国有地化しておく必要があることは、喫緊の課題である。

さらに付け加えるとすれば、元帝国が日本に攻めてきた一二七四（文永一一）年、一二八一

（弘安四）年の役《えき》で対馬は壊滅的打撃を被《こうむ》ったが、それに触れると長くなるのでここでは飛ばし、幕末の対馬に触れることとする。

鎖国日本が欧米列強により開国を迫られ、米、英、仏、露、蘭と結んだ安政五ヵ国条約は、一八五八（安政五）年のことである。そして、大老井伊直弼《なおすけ》が吉田松陰や橋本左内を斬罪に処したのは翌一八五九（安政六）年であり、その反動として大老井伊直弼が桜田門外で暗殺されたのは一八六〇（万延元）年である。

まさに風雲急を告げる時、すなわち翌一八六一（文久元）年二月のロシア艦・ポサドーニクにより対馬は占領された。既にロシアは沿海州の要所ウラジオストク周辺を獲得していたが、冬季この沿岸の海域は結氷して航行できない。そこでロシアは東方経営に当たって英、仏よりも先に対馬を領有しようとしたが、イギリスはこれを黙って見ていたわけではない。七月にイギリス東洋艦隊司令長官ホープは対馬でロシア艦ポサドーニクの艦長のビリリョーフに会い、八月にはロシア人を退去させてひとまず決着した。最終的には英露衝突を恐れたロシアのアレクサンドル二世の判断である。日本の領土主権に関わる重大事件が江戸を無視して、ロシアのサンクトペテルブルクとイギリスのロンドンで決着が図られたのである。倒幕だ、佐幕だといって国内で本気で争っている場合ではなかったのだ。

2　竹敷《たかしき》の浦　一八首

題詞
「竹敷《たかしき》の浦に船泊《ふなはて》せし時に、各々心緒《おもひ》を陳《の》べて作れる歌　十八首」

一行は順風を得ずして「浅茅《あさぢ》の浦」に碇泊していたが、一度は外海に出たものと思われる。しかし海が荒れていたので進むことができず、再び浅茅《あそう》湾にひき返し、竹敷の浦に碇泊したのであろう。この竹敷の浦で一八首という多くの歌を残している。この一八首は三七〇七番歌以前と三七〇八番歌以降との二群に分れる。二歌群とも宴席歌とみられ、それぞれの冒頭歌は大使の歌で始まっている。

第一歌群　八首

あしひきの　山下《やました》光る　黄葉《もみちば》の　散りの乱《まが》ひは　今日《けふ》にもあるかも
万葉集　三七〇〇　阿倍朝臣継麿《あべのあそんつぎまろ》
（山裾まで照り輝くばかりのもみじ葉、その散り交う、真っ盛りは今日の日なのだ）

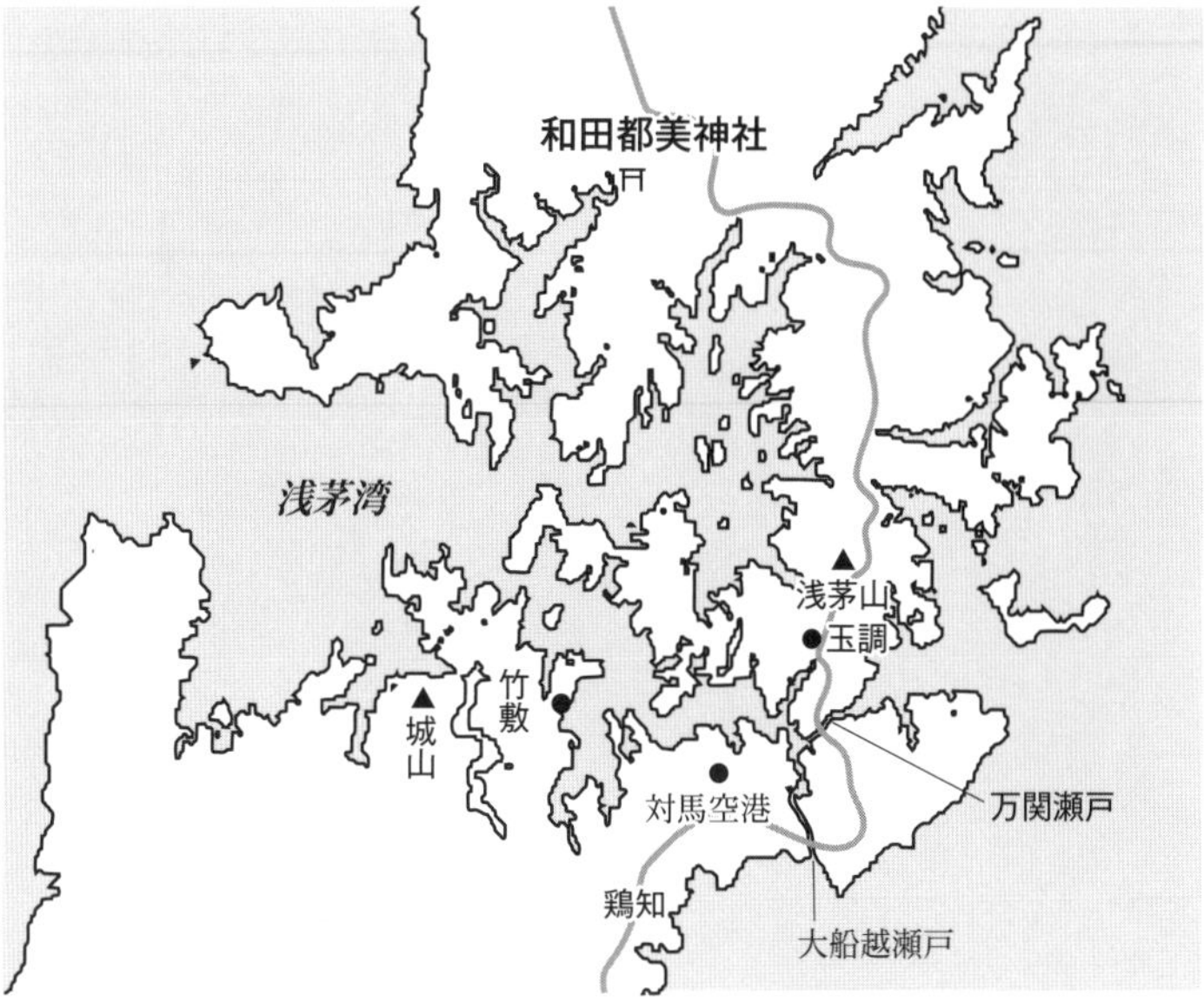

浅茅湾の地図

左注

「右の一首は大使」

大使阿倍継麿はこの時はまだ元気で、右のような見事な歌を作っているが、彼は新羅からの帰りに、この対馬で病没する。

竹敷《たかしき》の　黄葉《もみち》を見れば
吾妹子《わぎもこ》が　待たむといひし
時そ来《き》にける

万葉集　三七〇一　大《おほ》伴《ともの》宿禰《すくね》三《み》中《なか》

（竹敷の山の黄葉を見ると、妻が帰りを待とうと言った時が来ていること

だ。まだ往路の途中であるというのに）

左注

「右の一首は副使」

『続日本紀』の七三七（天平九）年の項によると、副使、大伴宿禰三中は帰途、病気となり、帰京は第一陣の同年正月二七日に対し、彼を含む第二陣四〇人は三月二八日にずれ込んでいる。第一陣は大判官、少判官らと書かれているが、人数の記録はない。

竹敷《たかしき》の　浦廻《うらま》の黄葉《もみち》　われ行《ゆ》きて　帰り来《く》るまで　散りこすなゆめ

万葉集　三七〇二　壬生使主宇太麿《みぶのおみうだまろ》

（竹敷の海岸の黄葉よ、私が新羅に行って帰って来るまで、決して散ってくれるな）

左注

「右の一首は大判官《だいはんぐわん》」

この遣新羅使一行が新羅へ行って平城京に帰って来た第一陣のトップは、大判官壬生使主宇太麿で、前述のごとく大使は帰途、対馬で病没、副使も病にかかり、二ヵ月遅れて平城京にもどった。

この歌の歌碑は上見坂《かみざか》展望台の横、美津島町鶏知《けち》にある。

竹敷《たかしき》の　宇敵可多山《うへかた》は　紅《くれなゐ》の　八《や》しほの色に　なりにけるかも

万葉集　三七〇三　大蔵忌寸麻呂《おほくらのいみきまろ》

（竹敷の宇敵可多山は紅花《べにはな》で幾度も染めたような濃い色になったことだ）

左注

「右の一首は少判官《せうはんぐわん》」

少判官は大蔵忌寸麻呂で、大判官壬生使主宇太麿と共に七三七年正月二七日に帰京している。「宇敵可多山」は、現在の対馬市美津島町の竹敷《たけしき》港背後の城山《じょうやま》（二七三メートル）が想定されている。

この歌の歌碑は、美津島町竹敷の金毘羅神社前にある。

黄葉《もみちば》の　散らふ山辺《やまへ》ゆ　漕《こ》ぐ船の　にほひに愛《め》でて　出《い》でて来《き》にけり

万葉集　三七〇四　対馬の娘子《をとめ》　玉槻《たまつき》

（しきりにもみじ葉が舞い散る山の裾を漕いで来る遣新羅使船の色鮮やかさに心惹かれて、こちらにやって来たのです）

透明な藍色の海を滑るようにして、使人らの船が全山色づいた山辺を行く。使人らの船は散り乱れる紅葉に染まり、豊かな真珠の海に映えて美しい。当時の官船は赤く塗られている。海の青と山のもみじの間に漕ぎ行く船が、一幅の絵のように感じられたのであろう。この地の遊行女婦《うかれめ》が歓迎の宴で品のいい美しい叙景歌を詠んでいる。

竹敷《たかしき》の　玉藻靡《たまもなび》かし　漕《こ》ぎ出《で》なむ　君が御船《みふね》を　何時《いつ》とか待たむ

万葉集　三七〇五　対馬の娘子　玉槻

（竹敷の玉藻を靡かせながら新羅へと漕ぎ出して行かれるあなた様のお船、お帰りはいつになるかわかりませんがお待ちしております）

左注
「右の二首は対馬の娘子《をとめ》　名は玉槻《たまつき》」

遣新羅使一行がこの島の浅茅湾の竹敷に泊まった時、玉槻という乙女がその宴に侍《はべ》った。いよいよ祖国の最後の土地にたどり着いた傷心の都の貴人たちは、この島の自然そのもののような乙女の黒髪や、やわらかな物腰にどれほど慰《なぐさ》められたことであろうか。女もまた、荒ぶる運命の中に出てゆかねばならない男たちに、帰りを待つと告げている。動かない樹のような姿で。

玉槻は対馬の玉調《たまつき》郷出身の遊行女婦と思われる。対馬の風土に密着した鄙《ひな》にもこのようなすぐれた歌を詠める娘女《おとめ》がいたのだ。今も浅茅湾東岸の美津島町玉調《たまづけ》にその地名が残っている。

前述した三六八二番歌の松浦郡狛島の娘女、九六五、九六六番歌の筑前水城《みずき》の児島《こじま》という遊行女婦の名と共に、その教養の高さゆえにその名は千載を越えて今日に伝わっている。

玉敷《し》ける　清き渚《なぎさ》を　潮満《しほみ》てば　飽《あ》かずわれ行《ゆ》く　帰《かへ》るさに見む

万葉集　三七〇六　阿倍朝臣継麿

（玉を敷き詰めたような美しい渚に潮が満ちてくる。その光景を見飽きることなく新羅へ向かう。帰りにも見よう）

左注

「右の一首は大使」

秋山の　黄葉《もみち》を挿頭《かざ》し　わが居《を》れば　浦潮《うらしほ》満ち来《く》　いまだ飽《あ》かなくに

万葉集　三七〇七　大伴宿禰三中

（秋山の黄葉をかざして眺めているうちに浦に潮が満ちて出航の時が来た。いまだ見飽きないというのに）

左注

「右の一首は副使」

第二歌群　十首

物思《ものも》ふと　人には見えじ　下紐《したひも》の　下《した》ゆ恋《こ》ふるに　月そ経《へ》にける

万葉集　三七〇八　阿倍朝臣継麿

（物を思うと人にはわからないようにしているが、心密かに恋し続けているうちに月が経ってしまった）

左注

「右の一首は大使」

家《いへ》づとに　貝を拾《ひり》ふと　沖辺《おきへ》より　寄せ来《く》る波に　衣手《ころもで》濡《ぬ》れぬ

万葉集　三七〇九　遣新羅使人

（家への土産に貝を拾おうとしたら沖から寄せてきた波に着物の袖が濡れてしまった）

潮干《しほひ》なば　またもわれ来《こ》む　いざ行《ゆ》かむ　沖つ潮騒《しほさゐ》　高く立ち来《き》ぬ

（潮が引いたらまたこの海岸に来よう。沖の潮騒が高くなってきたので、さあ船にもどろう）

万葉集　三七一〇　遣新羅使人

この歌の歌碑は美津島町久須保、万関橋（万関運河に架かる橋）の北側にある。

わが袖は　手本《たもと》通りて　濡《ぬ》れぬとも　恋忘《こひわす》れ貝　取らずは行《ゆ》かじ

万葉集　三七一一　遣新羅使人

（波が手元を伝わってきて袖が濡れようと、恋の憂さを忘れさせてくれるという貝を取らないでは行かれない）

ぬばたまの　妹《いも》が乾《ほ》すべく　あらなくに　わが衣手《ころもで》を　濡《ぬ》れていかにせむ

万葉集　三七一二　遣新羅使人

（夜、妻が干してくれるだろうその妻がいない今、この濡れた着物の袖をどうしたらよかろう）

「ぬばたまの」は夜、黒などにかかる枕詞であるが、ここは夜そのものを指す。

黄葉《もみちば》は　今はうつろふ　吾妹子《わぎもこ》が　待たむといひし　時の経《へ》ゆけば
万葉集　三七一三　遣新羅使人

（美しい黄葉は今散ってゆく頃になった。秋までには帰ってくると妻に言って家を出たが、それを待つ時節も今過ぎてゆく）

「今はうつろふ」は「今散ってゆく」という意。

秋されば　恋《こひ》しみ妹《いも》を　夢《いめ》にだに　久しく見むを　明けにけるかも
万葉集　三七一四　遣新羅使人

（秋がやってくると恋しさがいっそうつのり、妻を夢にだけでも長らく見続けていたいのに、夜はさっさと明けてしまった）

一人《ひとり》のみ　着ぬる衣《ころも》の　紐解《ひもと》かば　誰《たれ》かも結《ゆ》はむ　家遠《いへどほ》くして
万葉集　三七一五　遣新羅使人

（ひとりだけで着て寝るこの着物の紐を解いたなら、いったい誰が結んでくれよう。家ははるか遠いのに）

天雲《あまくも》の　たゆたひ来《く》れば　九月《ながつき》の　黄葉《もみち》の山も　うつろひにけり
万葉集　三七一六　遣新羅使人
（天雲のように漂いながらここまでやって来たが九月の黄葉した山もいつか落葉と変わったことだ）

この九月は陰暦であるから、現在の太陽暦に合わせれば、一ヵ月半遅い一〇月中旬から一一月中旬に相当する。歌の内容から一一月中旬とみるべきであろう。

旅にても　喪《も》無く早来《はやこ》と　吾妹子《わぎもこ》が　結びし紐は　褻《な》れにけるかも
万葉集　三七一七　遣新羅使人
（旅立つにしても何事もなく、早く帰って来てくださいね、と妻が言いつつ、しっかり結んでくれた着物の紐もすっかりしおれてしまった）

新羅への往路の歌はこの詠をもって終わる。そして一行は対馬から朝鮮海峡を越えて、新羅へと旅立って行った。

3　対馬について

地図で示したように、対馬はもともと南北に八〇キロもある一つの島である。ちょうど、島の中ほど辺りに西から大きくくびれ、浅茅湾《あそうわん》が入り込んでいる。浅茅湾は多島海である。沿岸の海岸線は典型的なリアス式海岸で極めて複雑であり、多くの入江と小島から成る。天候が悪化した時、あるいは風待ちをする時にとっては絶好の泊地でもある。『万葉集』に詠まれた「浅茅《あさぢ》の浦」、「竹敷《たかしき》の浦」は浅茅湾内のどの地域を指すかははっきりしていない。地名としては、浅茅湾の南東部の一番奥まったところに対馬市美津町竹敷《たけしき》が残っている。対馬空港の滑走路の北端から海を隔てて西側にある海岸である。「浅茅の浦」は、それらしき地名はないが、三六九七番歌「百船《ももふね》の泊《は》つる対馬の浅茅山《あさぢやま》……」の浅茅山は、対馬空港の滑走路の北にある大山岳（浅茅山）と見られる。

前述したように、対馬はひとつの島である。北九州や壱岐から対馬の浅茅湾に入るには、近世まで島の南端部を西から回って入るしかなかった。東側から入る水路はなかったのである。これは不便であるから一六七二（寛文一二）年、対馬藩は大船越瀬戸《おおふなこし》という運河を作り、さらに一九〇〇（明治三三）年、海軍が万関瀬戸《まんせき》という運河を作って、船舶は対馬の東側の海岸から浅茅湾に入ることができるようになった。この時より島は二つの島に分かれたことになり、浅茅湾の北側を上島、南側を下島というようになった。万関瀬戸は東西を貫くわずか五〇〇メートルの運河で、万関橋という赤く塗ったアーチ式の橋が南北に架けられている。この橋は橋長二一〇メートル、海面からの高さは二五・五メートルで、橋の東側に歩道が付けられ、さらに橋の下を覗けるようにステージが二ヵ所作られている。このステージから運河を見おろすと水面は青く、底が見えないのでかなり深いように思われる。

二一年前、この橋の歩道のステージから運河を見おろした時、海面は確かに青かったが、運河は人が掘ったものであり、さほど大きな船が通ることもないので、その時はたまたま青く見えただけで本当は底が見えるのではないかと、今回もこのステージから海面を覗いて見たが、やはり青く、底は見えなかった。

対馬は近年の町村合併で今は島全体を対馬市という。島は南北に八〇キロもあるのに一市であり、近年の過疎化で人口は二万八〇〇〇人しかいない。対馬は山また山の島であり、平地は極めて少なく、下島に猫の額ほどの平地があって、ここを厳原《いずはら》といい、対馬の中心地であり、玄関口であった。厳原は対馬の中心地として古くから全国にその名が知られていたが、現在は対馬市厳原町となってしまった。

厳原は今も対馬の中心地であることに変わりはなく、江戸時代、対馬藩一〇万石の城下はここにあった。対馬藩は表向きには一〇万石であっても、実質は二万石程度しかない。一〇万石の格式で毎年参勤交代をしたら、財政破綻は火を見るよりも明らかである。そこで対馬藩は幕府と交渉して、参勤交代は三年に一度にしてもらった。そして、宗氏率いる対馬藩は朝鮮との中継貿易で潤沢な財力を持ち、幕末まで継続することができた。幕府も李氏朝鮮との実務を対馬藩にまかせるようなところがあり、対馬藩は偽書の国書まで作って幕府と李氏朝鮮との間の決裂を防いだこともある。

徳川時代、二〇〇年間、李氏朝鮮は徳川の将軍が代わる度に四〇〇～五〇〇名からなる朝鮮通信使を一二回、対馬を経由して江戸まで送り込んだ。完全な朝貢外交で、日本から李氏朝鮮への派遣使はない。

さて、その厳原である。厳原の東の山裾にある日吉の長寿院に雨森芳洲《あめのもりほうしゅう》の墓がある。厳原の中心地より少し北の山の中を登って行くと、竹林の中に芳洲の墓を中心にして、一族の墓が四角に並んで建てられている。

雨森芳洲（一六六八～一七五五年）は近江国《おうみのくに》（滋賀県）伊香郡雨森村（現在の長浜市高月町雨森）

に生まれ、一八歳頃江戸に出て、朱子学者木下順庵《じゅんあん》の門下に入った。同門に新井白石《はくせき》がおり、彼とはライバルの関係にあった。白石は幕府に五〇〇石で召し抱えられ、芳洲は対馬藩に二〇〇石で仕官した。

曽良が六代将軍家宣就任の西海道巡見使の一員として壱岐に来て、壱岐勝本で病没したのは一七一〇（宝永七）年。翌一七一一年、家宣就任を祝う朝鮮通信使が来日し、この使節の対馬から江戸までの往復に、雨森芳洲は対馬藩士として随行した。

この時代、新井白石は幕府の財政を建て直すため、金、銀の貨幣の純度を上げる政策を実行したが、これは当然為すべきことであった。一方、米の採れない対馬藩は、藩財政の活路を朝鮮交易に求めざるを得ず、貨幣

雨森芳洲の墓

の純度を上げることは藩の財政を圧迫することとなり、白石と芳洲は鋭く対立した。また、日本という国の体面を守ろうとする白石と、朝鮮国に対する対馬藩の立場を悪くしたくないという芳洲とでは、軽重の判断基準が違い過ぎていた。

対馬藩は苦しい立場に置かれたが、八代将軍吉宗《よしむね》の就任により白石は失脚した。吉宗就任祝賀の朝鮮通信使は一七一九（享保四）年再び来日し、使節が対馬・江戸間を往復する七ヵ月、芳洲は誠心誠意で随行した。

「朝鮮交接《かうせつ》の儀《ぎ》は、第一に人情《にんじやう》・事勢《じせい》を知り候事《さうらふこと》、肝要《かんやう》にて候。互いに欺《あざむ》かず争はず、真実を以て交はり候を、誠信とは申し候」

これは芳洲が対馬藩主に上申した対朝鮮外交の指針書である。

相手国の歴史・言葉・習慣・人情や作法などよく理解し尊重して、「誠信の交わり（まごころの外交）」を行うべきである、という実直な心構えで何事も誠心誠意を尽くせば、必ず報われる、話せばわかる、の方針で朝鮮通信使一行に尽くした。

しかし、これが相手に十分通じたかというと、実はそうでもないらしい。

この時の朝鮮通信使の製述官であった申維翰《しんいかん》が帰国後に著わした『海游録《かいゆうろく》・朝鮮通信使の

日本紀行』（東洋文庫）が参考になる。

雨森芳洲は朝鮮通信使一行に誠心誠意を尽くし、別れに際しては涙を流し、胸襟を開いて別れを惜しんだのであるが、申維翰はその著書の中で雨森芳洲のことを徹底的に馬鹿にし、侮辱し、けなしている。

雨森芳洲の誠実さと純粋さは、単に申維翰の嘲笑を招いただけのことであった。「誠心誠意をもって話し合えばわかる」というのは国内で通じることであって、国が違い、民族が異なれば価値観が異なり、発想が異なる。芳洲のいうことは間違ってはいないが、外交においてはその上に駆け引きが基本であり、時には狡猾さも必要とすることがある。その上で教養がものをいうであろう。例えば今日、福島の原発の処理水を太平洋に放出するにあたり、中国は日本の数倍のトリチウムを含む処理水を海に放出しながら、日本の国際基準に合った処理水放出に反対し、日本の風評被害を世界に煽《あお》っている。このような外交手法には断固たる態度で反論し、相手国の非を堂々と非難しなければならない。外交の基本については一五巻からなる塩野七生著『ローマ人の物語』（新潮社）の七巻に次のような名言が載っている。

「戦争は武器を使ってやる外交であり、外交は武器を使わないでやる戦争である」

芳洲が対馬藩主に上申すべき第一は、この原則であった。芳洲がいかに学識をもち、清廉潔白であっても、外交官としては不十分であったといわざるを得ない。

今日、新井白石の名を知らぬ人はいないが、雨森芳洲の名を知っている人はごく少数であろう。

閑話休題

司馬遼太郎氏が『街道をゆく　一三　壱岐・対馬の道』を発刊したのは一九八一（昭和五六）年のことである。私はこの本を読んで壱岐・対馬へ行こうと思い、二一年前、旅行代理店へ行き、往復の切符やホテルの手配を依頼した。対馬のホテルについては、司馬遼太郎氏が泊まったというホテルを希望した。代理店は直ちに手配してくれて、往復の切符などを入手できたが、ただひとつ、対馬厳原《いずはら》のそのホテルと連絡が取れないという。そこで現地に着いたら直接申し込もうと、気軽に出かけて行った。そして、現地の対馬厳原のそのホテルの住所に行ってみた。そうしたら、現地にそのホテルがない。そのホテルは既に倒産していたのである。仕方がないから別のホテルにチェックインしたが、まだ夕方であったので万松《ばんしょう》院《いん》という対馬藩主宗家累代の菩提寺へ行き、住職に面会して対馬の歴史を語ってもらった記憶がある。厳原市街の西側の山手にあり、一〇〇段を超す石段の両側に同じ形をした石灯籠が沢山立ち並び、鬱蒼たる杉の林の中にあって幽玄な雰囲気を醸《かも》し出していた。日も暮れかかっていたので、奥にある壮大な宗家の墓所を見ずに帰ってしまったことは、壱岐・対馬旅行を終えて帰宅後に気付き、少々残念に思った。ただ、この時宿泊したホテルについては、全く記憶がない。

壱岐は平坦な島で、島の中がことごとく耕され、農業の島である。弥生時代の遺跡がある「原《はる》の辻《つじ》」は「田原《たばる》の野」にあり、ここは長崎県下では諫早《いさはや》平野に次ぐ二番目に大きい平野で、ことごとく耕され、一支国《いきこく》博物館の屋上の展望台からは、この平野が一望に見渡せる。まことにまとまりのある風景で、今回、特に印象に残ったが、前回、壱岐に来た時はこの博物館はまだできていなかった。

司馬さんのこの本による壱岐と対馬を比較した文章の要点を記すと、壱岐の基底は農村文化であり、対馬のそれは漁村文化であるという。

農は勤勉でさえあれば、ある程度なりたつ。勤勉は農の徳であり、勤勉でさえあればある程度なりたつ。基本的には人間が作物を製作するのではなく、自然が稲や麦を伸ばしてゆく。あとは村内の人間関係に多くの時間と神経を農民たちは使う。人事文化の基本は言葉遣いの鄭重さや他人への気配りであるという。

一方、対馬は漁村文化が基本になっているという。漁民は「板子《いたご》一枚下は地獄」というが、波の上にあって魚をとるとき、くそ丁寧な言葉を使い合ってはいられない。従って敬語はほ

一支国博物館展望台から見た壱岐の田園風景

とんどない、と書かれている。

一般に壱岐人と対馬人は仲が良くない、といわれている。私が一回目の壱岐・対馬の旅をした時、壱岐で観光タクシーの運転手、私を曽良の墓に誘ってくれた運転手に、「私はこれから対馬に行くが、対馬はどういうところか」と尋ねたところ、彼曰く「沖縄へ行ったことはありますが、対馬に行ったことはありません」という答えが返ってきた。この答えに二島間の仲が悪いことが垣間見える。

司馬さんの本では、彼が対馬の厳原港に着き、宿までタクシーに乗った時のことを次のように書いている。「乗ってから行く先を告げても運転手さんは返事をしなかった。わずか十分ばかりの距離であったが、城下町の名残りをのこす小路から小路をすさまじい勢いで暴走した。曲がり角など、あっというまに曲がってしまう。……彼は客を人間としては遇さなかった。一言も発せず、爆音を残して走り去った」と。

司馬さんは小説家だから事を少々大袈裟に表現していると思ったが、私が一回目に対馬に来た時は、タクシーで午後の半日を下島めぐりとし、翌日午前中は上島めぐりをした。海岸の曲がりくねった道路は別として、できて新しい山中の道は相当なスピードで疾走した。ただ山中で人家もなく、対向車もなく、さらに信号もなかった。かなりのスピード運転ではあったが、名所に着いたら丁寧に説明してくれたことを記憶している。

今回、再び対馬に来てタクシーで万葉歌碑を巡ったのであるが、タクシー会社で前もって調べておいてくれたのか、道に迷うこともなく、また浅茅湾に面したところが大部分であったのでゆっくり走り、そして運転手と車内で語り合った。壱岐のタクシーと同様、対馬のタクシーも丁寧で礼節があった。司馬さんが対馬を訪れてから四〇年以上経っている。その土地の人々の性格は時間が経ったからといって、そう変わるものではない。ＤＮＡは必ずその血の中に受け継がれていく。私は二回の壱岐・対馬の旅から、司馬さんはたまたま運が悪くタクシー運転に肝を冷やしたことを誇張したのではないかと思う。

一四　帰途、播磨《はりま》（兵庫県）での歌　五首

既述したように苦難に満ちた航行を続け、ようやく新羅に上陸した一行であるが、外交使節としての待遇を受けられず、険悪な状況に置かれ、追い返されてしまった。新羅滞在中の一行はよほど緊迫した状況下に置かれたに違いなく、歌など作る余裕はなかったのであろう。一首も残していない。

追い返され、任務を果たせなかった一行は、無念至極の感を抱きつつ、往路と同じ航路をとって帰国を目指すのであるが、この時期、天然痘が猖獗《しょうけつ》を極め、大使阿倍朝臣継麿は帰国途上、対馬で天然痘により病没する。そして副使も罹病。

題詞

「筑紫《つくし》に廻《かへ》り来《きた》りて海路《うなぢ》より京《みやこ》に入らむとし、播磨国《はりまのくに》（兵庫県）の家島《いへしま》に到りし時に作れる歌　五首」

（新羅から筑紫に帰って来て、海路、都に入ろうとして播磨国の家島に着いた時に作った歌五首）

「家島」とは、瀬戸内海東部、播磨灘、姫路市の沖合に浮かぶ家島諸島である。

家島《いへしま》は　名にこそありけれ　海原《うなはら》を　吾《あ》が恋ひ来《き》つる　妹《いも》もあらなくに

万葉集　三七一八　遣新羅使人

（家島なんてただの名だけの島だったなあ。海原を私が恋しく思いつつ来た妻もここにはいないのに）

新羅における屈辱の任務の帰途、対馬、壱岐、筑紫を経て瀬戸内海の播磨の家島に着いて、ようやく歌を詠める気分の余裕ができたのである。

草枕《くさまくら》　旅に久しく　あらめやと　妹《いも》に言ひしを　年の経《へ》ぬらく

万葉集　三七一九　遣新羅使人

（これから旅に出るが、そんなに長くはあるまいと、妻に言って家を出てきたが、いや、もう年を越してしまった）

吾妹子《わぎもこ》を　行《ゆ》きて早《はや》見む　淡路島　雲居《くもゐ》に見えぬ　家つくらしも

万葉集　　三七二〇　　遣新羅使人

（妻のもとに行って早く逢おう。淡路島が雲の中に見えてきた。家が近くなってきたらしい）

淡路島まで来れば、難波の津も生駒山も見えるから、故郷の大和に帰るその歓びはひとしおであったろう。

ぬばたまの　夜明《よあか》しも船は　漕《こ》ぎ行《ゆ》かな　御津《みつ》の浜松　待ち恋ひぬらむ

万葉集　　三七二一　　遣新羅使人

（夜が明けてきたらしい。が、船はこのまま漕ぎ進めよう。御津の浜松の、あの松並木も我らを待ちこがれているだろうから）

下二句の「御津の浜松　待ち恋ひぬらむ」は、この時より三三年前の七〇四（慶雲元）年、山上憶良が遣唐使の一員として唐に渡り、任務を終えて帰国する際に、唐土で大使に代わって遣唐使一同に向かって詠んだ歌、

いざ子ども　早く日本《やまと》へ　大伴《おほとも》の　御津《みつ》の浜松　待ち恋ひぬらむ
万葉集　六三　山上憶良

を本歌取りしている。「御津の浜松」は大阪湾の白砂青松の地を意味している。「いざ子ども」とは、遣唐使一同に向かって「さあ、みんな」と呼びかけた言葉である。憶良の歌が当時、愛誦されていたことを示すものであろう。

大伴の　御津《みつ》の泊《とまり》に　船泊《ふねは》てて　龍田《たつた》の山を　何時《いつ》か越え行《い》かむ
万葉集　三七二二　遣新羅使人
(大伴の御津の港に船を泊め、大和に入る、あの龍田の山をもうすぐ越えるところまで来た)

新羅での任務を果たせぬままに、ようやく筑紫までもどってきた。既に日本の地を踏んでいるだけに、ふるさと奈良への思郷の心はやみがたかったであろう。龍田の山が大和のシンボルとしてとらえられている。

七三六（天平八）年に出発した遣新羅使一行の歌一四五首は、この歌で終わっている。往路には一四〇首あるが、復路はこの五首のみである。帰路は心身共に疲れ果て、この五首のみとなった。

なお、この歌の「龍田の山」については第五章で詳述する。

第四章　帰国

一　帰国の状況

前回（七三二年）の遣新羅使《けんしらぎし》が五ヵ月半を要して帰国できたのに対し、今回（七三六年）の遣新羅使は、出発が予定より二ヵ月近く遅れたために季節風をうまく利用できず、また新羅に行っても使節の処遇を受けられず、任務は達成できなかった上に、天然痘《てんねんとう》大流行の渦中に巻き込まれて散々苦労し、九ヵ月半を要してようやく翌七三七（天平九）年正月二七日に帰国、入京した。大使、副使を欠き、大判官壬生使主宇太麿《みぶのおみうだまろ》・少判官大蔵忌寸麻呂《おおくらのいみきまろ》らである。そして、大使は帰る船が対馬で停泊中に死去し、副使も病気に感染して入京できなかったことが『続日本紀《しょくにほんぎ》』に記されており、その部分を引用する。

「遣新羅使大判官《けんしらぎしだいはんぐわん》従六位上壬生使主宇太麿《みぶのおみうだまろ》、少判官《せうはんぐわん》正七位上大蔵忌寸麻呂《おほくらのいみきまろ》ら京《みやこ》に入《い》る。大《たい》

使《し》従五位下阿倍朝臣継麿《あべのあそんつぎまろ》、津嶋《つしま》に泊《とま》りて卒《しゅっ》しぬ。副使従《ふくし》六位下大伴宿禰三中《おほとものすくねみなか》、病《やまひ》に染《そ》みて京《みやこ》に入《い》ることを得ず」

そして、『続日本紀』の二月一五日の条には、次のように記されている。

「十五日、遣新羅使奏《そう》すらく、『新羅国、常の礼《ゐや》を失ひて使《つかひ》の旨《むね》を受けず』とまうす。是《ここ》に五位已上并《あは》せて六位已下の官人《くわんにん》、惣《すべ》て四十五人を内裏《うち》に召して、意見を陳《の》べしむ。二十二日、諸司《しょし》、意見の表《へう》を奏《まう》す。或《ある》は言《まう》さく『使《つかひ》を遣《つかは》してその由を問はしむ』とまうし、或《ある》は『兵《いくさ》を発《おこ》して征伐《せいばつ》を加へむ』とまうす」

(二月一五日、遣新羅使が帰朝報告をし、新羅がこれまで通りの礼儀を無視し、我が使節の使命を受け入れなかったことを奏上した。そこで聖武《しょうむ》天皇は五位以上と六位以下の官人、合わせて四五人を内裏《だいり》に召し集めて、それぞれの意見を陳べさせた。

二月二二日、諸官司が意見を記した上奏文を奏上した。或る者は使者を派遣してその理由を問うべきであるといい、或る者は兵を発して征伐を実施すべきであると奏上した)

そして三月二八日、入京の遅れていた遣新羅使の副使で正六位上の大伴宿禰三中ら四〇人が聖武天皇に拝謁した旨、『続日本紀』には記されている。

なお、朝鮮三国の正史である『三国史記』は、新羅が亡んで二〇〇年以上も後の一一四五年の完成で、『続日本紀』の完成（七九七年）より三四八年後であり、全体に『続日本紀』より大幅に記録が少ないが、その「新羅」の部分には七三六年、日本の遣新羅使が来たことの記録はない。

『続日本紀』には続けて次の記事がある。

「夏四月乙巳、使《つかひ》を伊勢神宮、大《おほ》神社《みわのやしろ》、筑紫の住吉《すみよし》・八幡《やはた》の二社と香椎宮《かしひのみや》とに遣《つかは》して、幣《みてぐら》を奉《たてまつ》りて新羅の礼《ゐや》無き状《じやう》を告《まう》さしむ」

日本はせっかく派遣した使節団が、接見もされないままに、むざむざと突き返されるような事態に、大いに困惑し、新羅遠征に関してそれぞれありがたい伝承を持つ奈良県桜井市の大《おお》神《みわ》神社以下の神社や国家的規模の神社たる伊勢神宮におうかがいをたて、事態の把握と沈静化を祈願したことがうかがえる。

なお、この七三六（天平八）年の遣新羅使が突き返されたことにより、日本は以後しばらくは新羅から日本への新羅使が来ても大宰府《だざいふ》に止めて帰国させ、入京を許さなかった。

それにしても、当時の海外派遣使節は筆舌に尽くし難い苦労の連続で、それこそ命懸けの使命であった。新羅が硬直化した要因の一つに、新羅と国境を接して北にある渤海《ぼっかい》国が七二七（神亀四）年、第一回遣日使を派遣して日本との友好関係を築くべく遠交近攻策を始め、また日本も翌七二八（神亀五）年には第一回の遣渤海使を派遣していることも挙げられるかもしれない。

二　天平の疫病大流行

七三六年六月に新羅へ向けて難波津《なにわづ》を出航して行ったこの遣新羅使一行は、実は日本で大流行した天然痘（七三五～七三七年）の真っ最中の時であった。天然痘は七三五（天平七）年に大宰府管内である九州北部で発生し、徐々に全国に拡がって行った。当時の日本の人口は五〇〇万～六〇〇〇万人ほどと推定されており、今の一億二五〇〇万に比べれば二〇分の一程度になるが、当時の人口の二〇～三〇％に当たる一〇〇万～一五〇〇万人が感染により死亡したとされている。遣新羅使一行の一人である雪宅満《ゆきのやかまろ》が壱岐で鬼病にとりつかれて死亡し、九首の挽歌が詠まれたことは既述した通りであるが、多分天然痘であろう。大使の阿倍継麿《あべのつぎまろ》が新羅からの帰途、対馬で病没するのも天然痘によるものである。副使の大伴三中も罹患《りかん》して病床に伏し、帰京が二ヵ月遅れたのも天然痘によるものであろう。この遣新羅使の第一陣が入京したのは七三七年一月二七日であり、副使を含む第二陣が入京したのはこの年の三月二八日であった。この年、平城京では政界の中枢にいた藤原四兄弟が次々と天然痘により没する。『続日本紀』によると四月一七日、参議の藤原房前《ふささき》が、七月十三日参議の藤原麻呂《まろ》が、同二五日には右大臣の藤原武智麿《むちまろ》が、八月五日には参議で大宰帥《だざいのそち》である藤原宇合《うまかい》が薨《こう》じている。

また、

あをによし　奈良の都は　咲く花の　にほふがごとく　今盛りなり
万葉集　三二八　小野老《おののおゆ》

の歌で有名な小野老は大宰府の次官で、六月一一日、任地の大宰府で卒している。

なお、ここで「薨」、「卒」という字が出てくるが、身分のある人が亡くなった時に使われる言葉で、「崩御」は天皇、皇后、皇太后の死を、「薨去」は皇族、三位《さんみ》以上の人の死を、「卒去」は四位、五位の人の死に使われ、五位以上の人の死は正史（この場合『続日本紀』）に記録されている。六位以下は「死」と表現されるが、記録されることは稀である。歌聖として評価されている柿本人麿《かきのもとのひとまろ》は六位以下であったらしく、『続日本紀』にはその死が記録されておらず、従って人麿の没年は不明のままである。

この時期、唐《とう》や新羅から帰国した者は、この遣新羅使が七三七年一月〜三月、そして七三三（天平五）年の遣唐使船（四隻からなる）の第二船が第一船より遅れること二年、七三六年秋に帰国している。この遣唐使、遣新羅使の帰り船によって、天然痘が日本に持ち込まれた可能性が高いとする見方が大勢である。

この間の『続日本紀』の記録を見ると、七三五年の記事の終わりでは、

「是の歳、すこぶる稔らず、夏より冬に至るまでに天下豌豆瘡《えんどうさう》を患ひて夭死する者多し。俗に曰ふところの裳瘡《もがさ》なり」

と書かれている。凶作であってしかも天然痘がはやって、幼いまま死んでいく者が非常に多かったことを記している。

翌七三七年四月一九日の記事では、大宰府管内の諸国では瘡《かさ》のできる疫病がよくはやって、人民が多く死んだことが書かれており、さらに七三七年の最後の条には、

「是の年の春、疫瘡大《おほい》に発《おこ》る。初め筑紫より来れり。夏を経て秋に渉《わたり》て、公卿以下天下の百姓、相継《つい》で没死すること勝《あげ》て計《かぞ》ふべからず。近代以来未だこれ有らざるなり」

と記されている。

ちょうどこの時期に遣新羅使が新羅へ派遣されたので、航海の苦闘の上に、さらに天然痘の災厄も加わり、彼ら一行にとっては言語に絶する苦難に満ちた旅になったのである。

日本におけるこの時の天然痘の大流行は、『続日本紀』に右のごとく記され、ちょうど遣唐使、遣新羅使が帰国した時と重なるので、大陸から持ち込まれた可能性は極めて高い。しかし、当時の中国側の正史『旧唐書』、『新唐書』、朝鮮半島の正史『三国史記』には、この時期に天然痘の記録はない。結論としては、中国大陸ではこの時期より前に天然痘が少しずつ蔓延し、次第に免疫もできていたのであろう。そこへ免疫力のない日本の使節が大陸に行って感染し、日本に天然痘を持ち帰ってしまった。日本人も多大な犠牲を払いながら、二年強で免疫力がついてこの騒動も終わったと思われる。

再び藤原氏の話にもどる。

藤原氏の元は、六四五（大化元）年、中大兄皇子《なかのおおえのおうじ》（後の天智《てんじ》天皇）と共に大化の改新を断行した中臣鎌足《なかとみのかまたり》で、六六九年、鎌足が病没する直前、天智天皇が中臣鎌足を見舞い、それまでの功績をたたえ、大織冠《たいしょっかん》という当時の最高の位を与え、同時に藤原の姓を与えた。鎌足はこれで自分の使命は十分になしとげたと思ったのか、翌日死ぬ。従って藤原鎌足という名は彼の生涯で一日しかない。その後を継いだのが次男の藤原不比等《ふひと》で、持統《じとう》天皇のもとで右大臣を務め、自分が他にならぶ者のない第一人者であることを自覚した時から生涯右大臣のまままで過ごし、右大臣より格上の左大臣、その上の太政大臣《だいじょうだいじん》になることは控えた。その不比等の子らが藤原四兄弟としてこの時期、政界に君臨していたのである。不比等には四人の男子と四人の女子の計八人の子があった。しかるにこの七三七年の天然痘の大流行により四人の男子は全員死に、女子は光明《こうみょう》皇后をはじめ四人共生き残った。昔から生命力は男性より女性の方が強いことをここでも示しているように思える。

光明皇后は、この四人の兄たちの相次ぐ流行病による死という恐ろしい出来事を見たがゆえに、一層慈悲の心が深まり、それが悲田院《ひでんいん》や施薬院《せやくいん》の設立という事業となり、窮民の救済に尽くすことになったのであろう。

この天然痘の大流行は、翌七三八（天平一〇）年の一月までにほぼ終息した。この天然痘の流行が東大寺大仏建立（七五二年開眼）の動機のひとつとなったといわれている。

伝染病の大流行は歴史上度々起こっているが、日本におけるコレラの大流行についてもここで少し触れておきたい。

明治維新（一八六八年）より一〇年前にあたる幕末の一八五八（安政五）年、欧米五ヵ国と不平等条約（安政の五ヵ国条約）が結ばれ、正式な開国となった。この年、アメリカのミシシッピー号の長崎寄港により、日本にコレラが持ち込まれた。コレラはもともとインドの風土病であったが、イギリスがインドを支配することにより世界中に広まったのである。長崎から始まったコレラは、七月には江戸でも感染者が出ることとなった。この時代の江戸の人口は一〇〇万人といわれているが、この時のコレラにより三～四万人の死者が出たとされている。浮世絵師の歌川広重《うたがわひろしげ》もこの時の犠牲者であり、また弘前《ひろさき》藩の医師渋江抽斎《しぶえちゅうさい》もコレラ患者の手当をしているうちにコレラに感染し、死亡している。渋江抽斎が後世にその名を留めているのは、森鷗外《もりおうがい》が自分と同じ医者であり考証学者でもあった抽斎の生涯とその家族についてまとめ、史伝として最高の評価を得ている『渋江抽斎』を一九一六（大正五）年に発表していることによる。

その次は、今から一〇〇年ほど前のスペイン風邪である。第一次世界大戦は一九一四年七月二八日から一九一八年一一月一一日までで、官・民の戦死者は全世界で一六〇〇万人と推測されている。スペイン風邪は一九一八年三月頃から始まり、一九二〇年頃まで世界中に流行し、その犠牲者は五〇〇〇万人を超えると推測されている。一九一八年におけるヨーロッパの戦況は膠着状態にあったが、スペイン風邪の大流行により戦闘による犠牲者をはるかに上回る状況となり、戦争をしている場合ではなくなって第一次世界大戦は終了した。

さて、近年の伝染病としては、二〇二〇（令和二）年に始まった新型コロナウイルス感染症であるが、医学の進歩により感染者は多くても死者六九〇万人とスペイン風邪より少なくなった。二〇二三（令和五）年五月、世界保健機構（ＷＨＯ）は「国際的な公衆衛生上の緊急事態」を終了すると発表した。二〇二〇年一月三〇日に同宣言が出されて以来、三年三ヵ月を経てのことであった。

第五章　龍田越《たつたご》え

一　概要

遣新羅使《けんしらぎし》一行の帰国途中、播磨灘《なだ》の家島諸島に立ち寄って詠んだ最後の歌（一四五首目）、

大伴の　御津《みつ》の泊《とまり》に　船泊《ふねは》てて　龍田《たつた》の山を　何時《いつ》か越え行《い》かむ

万葉集　三七二二　遣新羅使人

この龍田について、ここでしばらく採り上げてみたい。

奈良時代、遣唐使《けんとうし》、遣新羅使、九州大宰府《だざいふ》へ赴任する官人、壱岐《いき》、対馬《つしま》、九州北部で防衛を担当する防人《さきもり》たちは平城京を出発し、陸路、大阪の難波津に行き、そこから船に乗り、それぞれ任地に向かって旅立って行った。その最初の経路である平城京から難波津への行程

龍田越え周辺地図

は、平城京から南西に向かい、法隆寺のある斑鳩《いかるが》の里を通り、現在の王寺付近から大和川に沿って進み、風の神・龍田大社の西側辺りから山間部に入り、いわゆる龍田越えをして大阪府の柏原市辺りに出て、難波津へ向かうコースであった。七三六（天平八）年の遣新羅使一行の歌の「家を出る時の歌」の中にある三五八九、三五九〇番歌にある生駒《いこま》越えは、最短コースではあるが道が険しいので緊急時以外は使われず、通常は龍田越えのコースをとった。そこで、この遣新羅使一行の最後に詠まれた龍田越えを調べることとする。併せて、この地が後世、歌にどのような立ち位置で、どう詠まれているか。『万葉集』、『古今和歌集』、『新古今和歌集』、その他について述べていきたい。

まずは現地へ行ってみる。JR大和路線（関西本線）の王寺駅で降りる。ここは西から近鉄の王寺駅、東からの近鉄新王寺駅も同時に乗り入れており、この地区の交通の要衝でもある。王寺駅の北側を大和川が大和平野の全ての川の水を集めて東から西へ流れている。この王寺駅の北東に竜田公園があり、春は桜の名所として、秋は紅葉の名所として、一〇〇〇年以上前から今日に至るまでその名は轟《とどろ》いている。

王寺駅の西には風の神・龍田大社があり、その西側の山地（奈良県生駒郡三郷町・大阪府柏原市）を越えることを龍田越えといったのであるが、龍田山という名前は現在残っておらず、この辺りの山塊を龍田山といったものとされている。

風の神・龍田大社は奈良県生駒郡三郷町立野《たつの》南にあり、ここより直線距離にして四キロ東にある奈良県北葛城郡河合町川合にある水の神・廣瀬大社と共に、古来風水の神として対で祭られてきた。『日本書紀』には六七五（天武天皇四）年四月一〇日、朝廷から両社を祭る使者が派遣された記録がある。

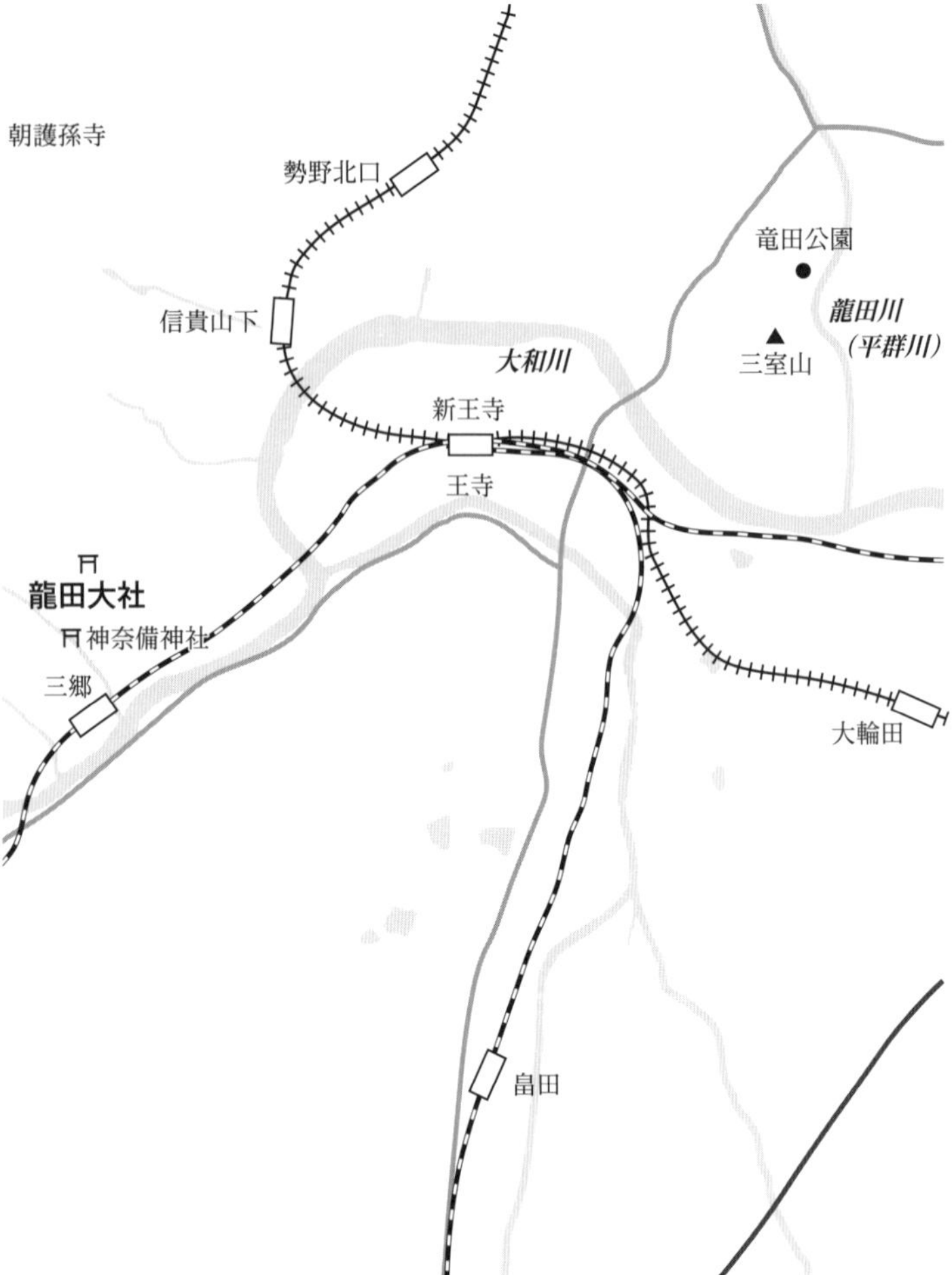
朝護孫寺
勢野北口
竜田公園
信貴山下
龍田川
(平群川)
大和川
三室山
新王寺
王寺
龍田大社
神奈備神社
三郷
大輪田
畠田

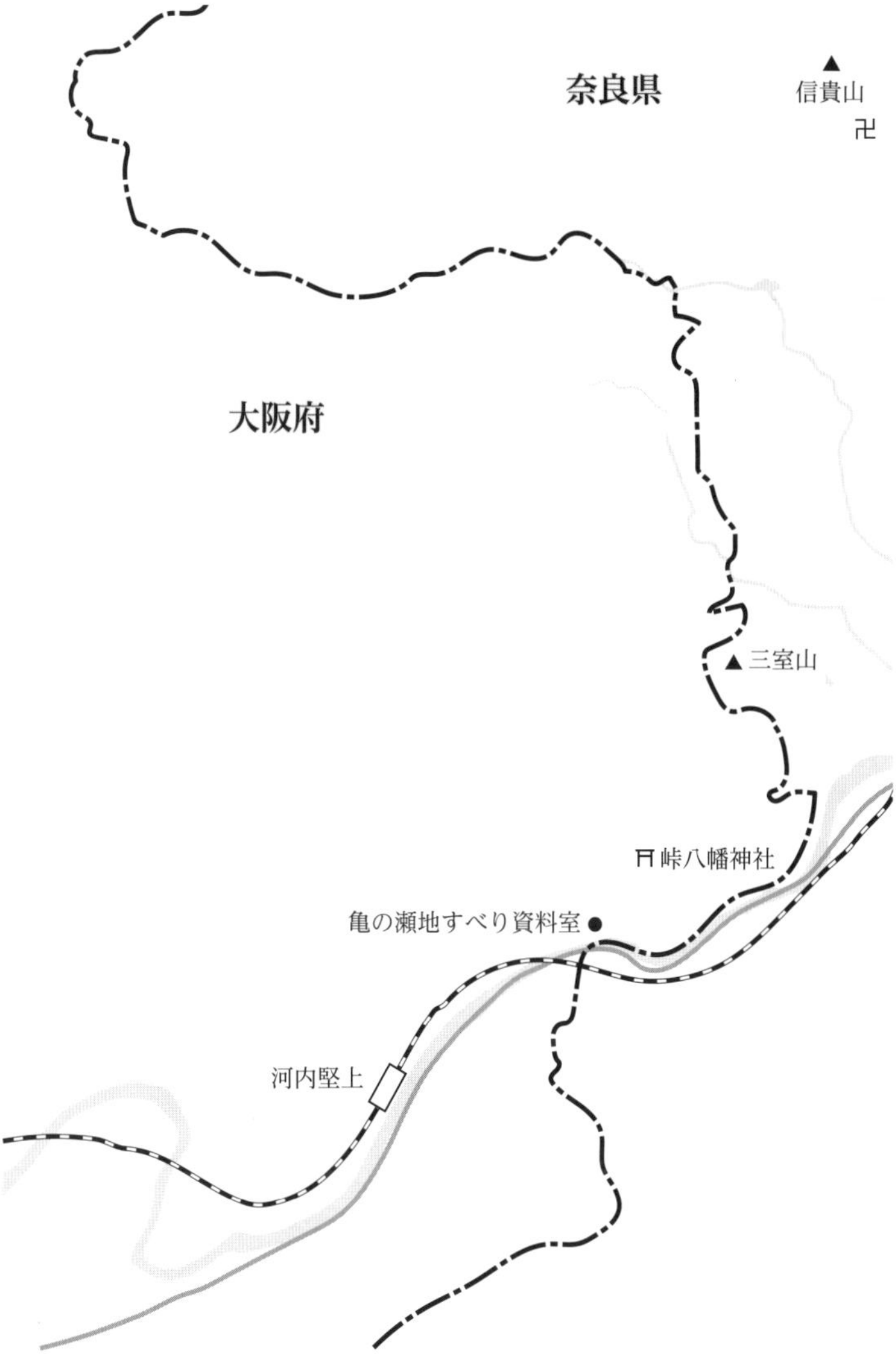
奈良県
信貴山
卍
大阪府
三室山
峠八幡神社
亀の瀬地すべり資料室
河内堅上

龍田大社付近の地図

翌六七六年四月四日、龍田の風神《かぜのかみ》・廣瀬の大忌神《おおいみのかみ》を祭り、同年七月一六日の記事にも同様に祭ったことが載っている。以後、毎年、龍田の風神・廣瀬の大忌神を四月と七月に祭ることが慣例となった。『日本書紀』にその旨が記されているので、それを一覧表にすると二六四頁のようになる。

廣瀬大社本殿

風の神・龍田大社と水の神・廣瀬大社を祭ることは左記のごとく六七五年に始まり、毎年行われて平安時代末期まで続いた。

田植えの前の四月と刈り入れの前の七月の年に二度、稲作儀礼を掌握する国家的祭祀として行われた。『日本書紀』には概ねその記事があるが、持統《じとう》天皇が孫の文武《もんむ》天皇に譲位するのは六九七年八月一日である。この

龍田大社

日を以て、神代から始まった『日本書紀』三〇巻の記録は終わる。『続日本紀《しょくにほんぎ》』四〇巻はその八月一日から始まり、七九一（延暦一〇）年一二月一七日までの日本の正史であるが、この風神・水神を祭る記載はない。

　花見の季節、天候の良い日を選んで風の神・龍田大社を参拝した。鳥居は安芸の宮島の海の中に立つ厳島《いつくしま》神社の鳥居と同様の各主柱に二本ずつ袖柱を持ち、六本足とした両部《りょうぶ》鳥居と呼ばれるもの。主柱と袖柱は上下二ヵ所で差貫を差し通し、楔締《くさびじ》めで固定している。全体は丹《に》塗《ぬ》りで屋根部分は黒である。

拝殿に向かって右、桜の木の下に『万葉集』の高橋虫麻呂《たかはしのむしまろ》の長歌の歌碑がある。

西暦	勅使派遣日	
六七五年	四月一〇日	―
六七六年	四月四日	七月一六日
六七七年	―	七月三日
六七八年	―	―
六七九年	四月九日	七月一四日
六八〇年	四月一〇日	七月八日
六八一年	四月二日	七月一〇日
六八二年	四月九日	七月一二日
六八三年	四月二一日	七月二〇日
六八四年	四月一三日	七月九日
六八五年	四月一二日	七月二一日
六八六年	―	七月一六日
六八七年	―	―
六八八年	―	―
六八九年	―	―
六九〇年	四月三日	七月一八日
六九一年	四月一一日	七月一五日
六九二年	四月一九日	七月一一日
六九三年	四月一七日	七月一二日
六九四年	四月一三日	七月一五日
六九五年	四月九日	七月二三日
六九六年	四月一〇日	七月八日
六九七年	四月一四日	七月一二日

勅使派遣日

題詞
「難波《なには》に経宿《やど》りて明日《あくるひ》還《かへ》り来《こ》し時の歌」

島山《しまやま》を　い行《ゆ》き廻《めぐ》れる
川副《かはぞ》ひの　丘辺《をかへ》の道ゆ
昨日《きのふ》こそ　わが越え来《こ》しか
一夜《ひとよ》のみ　寝《ね》たりしからに
峯《を》の上《うへ》の　桜の花は
瀧《たぎ》の瀬ゆ　激《たぎ》ちて流る
君が見む　その日までには
山下《やまおろし》の　風な吹きそと
うち越えて　名に負《お》へる社《もり》に
風祭《かざまつり》せな

万葉集　一七五一　高橋虫麻呂

(島山を行きめぐっている
川沿いの岡辺の道を通って

鏡女王
神奈備の
岩瀬の
杜の呼ぶ子鳥
痛くな鳴きそ
吾が恋

鏡女王の歌碑

ほんの昨日私は越えてきたのだ
たった一晩寝ただけなのに
峰の上の桜の花は
激流の瀬を散って流れている
あなたがご覧になるその日までは
山おろしの強い風よ吹くなと
山を越えて風の神として名高い社で
風の祭りをしよう）

難波津で一泊して、翌日帰って来た時の歌である。龍田越えの道の雰囲気がよく伝わってくる。「峯の上の　桜の花は　瀧の瀬ゆ　激ちて流る」というように桜の散るあわただしさと、それを惜しむ気持ちを「風な吹きそ」と「風祭りせな」というかたちで、知的に、美意識のまさったいい方で詠っている。

龍田比古命《たつたひこのみこと》と龍田比売命《たつたひめのみこと》は摂社として山を背にした本殿の前、拝殿の後ろにあるが、我々一般参拝者の目に触れないところにあって、写真は撮れなかった。

龍田大社を出て西に向かい、「龍田古道」の立札に従って坂道を降りて行くと、右手に石段のある神奈備《かんなび》神社が鎮まっている。ここは龍田大社の飛び地、境内地で小社ながら、「神奈備」という字のごとく、神の鎮座する雰囲気がある。さらに降りて行くと、JR大和路線の三郷《さんごう》駅前に出る。駅前には犬養孝博士揮毫《きごう》による一七四八番歌の歌碑があり、さらに駅から少し西に行ったところに「磐瀬の杜」と書いた石碑があり、そして鏡女王《かがみのおおきみ》の歌碑がある。

「磐瀬の杜」の碑

神奈備の　岩瀬《いはせ》の杜《もり》の　呼ぶ子鳥　痛くな鳴きそ　吾《あ》が恋まさる

万葉集　一四一九　鏡女王

（神奈備の岩瀬の神山で鳴く呼ぶ子鳥よ、そんなに激しく鳴いてくれるな、私の恋慕の思いがつのるばかりだから）

石碑に「磐瀬の杜」と書いてあるが、奈良県道一九五号線とＪＲ大和路線の間にある狭い土地で、森にはなっていない。古代ではこの辺りが森であったのかもしれない。

「鏡女王」は通常「鏡王女」と書かれることが多く、額田王《ぬかたのおおきみ》の実姉で、若い時は中大兄皇子と恋愛し、のち、藤原鎌足《かまたり》の正室となる。『万葉集』に五首の歌がある。藤原鎌足の晩年、夫鎌足の病気平癒を祈って山階《やましな》寺《でら》を作り、これが藤原氏の氏寺である興福寺《こうふくじ》となった。鏡女王の墓は奈良県桜井市忍坂《おっさか》にある舒明《じょめい》天皇陵より奥の山中にあり、中大兄皇子《なかのおおえのおうじ》と恋の贈答歌の歌（歌番号九二）の歌碑がその近くにある。妹の額田王の方がはるかに有名であるが、その墓は不明である。

神奈備神社

「磐瀬の杜」より西に向かっ

て「龍田古道」の立札に従って歩いていくと、住宅街を過ぎ、いよいよ山中に入る。三室山《みむろやま》（「小倉百人一首」にある能因《のういん》法師の詠った三室の山とは異なる）へ行く道と別れて、峠《とうげ》八幡神社を目指して歩く。幅一メートルほどの山路で、もちろん車は通らない。いつの間にか奈良県から大阪府に入っていた。これは龍田越えの南路にあたる。道の両側は鬱蒼たる森林で、三室山を見ないうちに峠にさしかかる。そこに峠八幡神社があり、ここを参拝し、これより下り坂となる。やがて、太古の昔から地すべりの地として有名な亀の瀬地区に至る。一九三一、三二（昭和六、七）年の地すべりによって関西本線のトンネルが崩落し、線路を付け替えたという。そこには閉鎖されたトンネルの入口があり、「亀の瀬地すべり資料室」がある。

峠八幡神社

　さらに進むと、ようやく大和川に沿って亀の瀬の峡谷を西へ向かって前進することになる。万葉時代には、この亀の瀬地区から上流の風の神・龍田大社の辺りまでの北側の山塊を龍田山といい、この地域の大和川を龍田川といっていたのである。この辺りの大和川はかなりの早瀬で、紅葉した落葉が水面に敷き詰められて錦と見紛《みまが》うような川面は、まずないといってよい。平安時代になって、実景を見ることなく屏風《びょうぶ》絵を見て、あるいは歌会、歌合わせにて想像をめぐらし、技巧を重ねて歌を作るようになった。在原《ありわらの》業平《なりひら》や能因法師の歌が「百人一首」にも採られ、有名となったために、本来、平群川《へぐりがわ》と呼ばれてきたわずか一五キロの小河川が龍田川とされ、その流れの途中西側にある小丘を三室山としたのであろう。名歌が生まれて地名となったもので、これはそれなりにぴったり合った地域であり、春秋に我々の目を楽しませてくれるのである。

亀の瀬地すべりにより閉鎖された関西本線のトンネル入口

亀の瀬付近の大和川

二 『万葉集』

「龍田山」を詠んだ歌は、この遣新羅使の最後の歌（三七二二番歌）の他に、『万葉集』には「龍田越え」を含めて「龍田」という語の入っている歌が二〇首近くある。一方、「龍田川」の歌は『万葉集』には一首もない。「龍田川」は『古今和歌集』以降に使われている。

海《わた》の底　沖つ白波　龍田山《たつたやま》　何時《いつ》か越えなむ　妹《いも》があたり見む
万葉集　八三　長田王《ながたのおほきみ》

（遠い海の底から寄せる沖の白波のように立つ、龍田山。ああ、早くこの山を越えて妻が待つ故郷の辺りを見たいものを）

長田王は伝未詳。奈良朝の風流侍従のひとり、『続日本紀』の七三四（天平六）年二月一日の条に、奈良朱雀門《すざくもん》の歌垣で風流人の筆頭にあげられている。遣新羅使（七三六年）の二年前のことになる。

題詞

「四年壬申《じんしん》（七三二年）八月十七日、藤原宇合《うまかひ》の卿《まへつきみ》の西海道《さいかいだう》節度使《せつどし》に遣《つかは》さえし時に高《たか》橋連虫麻呂《はしのむらじむしまろ》の作れる歌　一首」

白雲の　龍田《たつた》の山の
露霜《つゆしも》に　色付《いろづ》く時に
うち越えて　旅行く君は
五百重山《いほへやま》　い行きさくみ
賊《あた》守る　筑紫に至り
山のそき　野のそき見よと
伴《とも》の部《へ》を　班《あか》ち遣《つかは》し
山彦《やまびこ》の　応《こた》へむ極《きは》み
たにぐくの　さ渡る極み
国状《くにかた》を　見《め》したまひて
冬こもり　春さり行かば
飛ぶ鳥の　早く来まさね

龍田道《たつたぢ》の　丘辺《をかへ》の道に
丹《に》つつじの　にほはむ時の
桜花　咲きなむ時に
山たづの　迎へ参《ま》ゐ出《で》む
君が来《き》まさば

万葉集　九七一　高橋虫麻呂

（白雲の立つ龍田山が
秋の露霜で一面に紅葉する時に
その山道を越えて旅立って行くあなたは
幾重にも重なった山を踏み分けて進み
外敵を監視する前線である筑紫に到着すると
山の果て野の果てまでも見守れと
兵士たちを方々に配属し
山彦のこだまする限りの遠い果てまで
ひきがえるの渡り歩いて行く果てまでも
国のさまを我が目におおさめになって

冬が過ぎて春になったならば
飛ぶ鳥のように　早くお帰りください
龍田道の丘をめぐって行く道に
赤いつつじが美しく咲くだろう時には
桜の花も美しく咲くだろう時には
山たづのようにお迎えに参りましょう
あなたが帰っていらっしゃったら）

七三六（天平八）年の遣新羅使人たちが出発する四年前の七三二（天平四）年、藤原四兄弟の三男、藤原宇合が西海道節度使として八月一七日に任命されたことが『続日本紀』に記されており、九州に赴任するために龍田山を越えて大和を出ようとする時に高橋虫麻呂の詠んだ送別の長歌である。

「白雲の龍田の山の露霜に色付く時に」の秋の黄葉の情景と「丹つつじのにほはむ時の桜花咲きなむ時に」の春の桜花の情景の対照は色彩の変化と時間の推移が詠み込まれている。

節度使は各地の軍団の統括、監督をするために、七三二年八月に置かれた官職である。藤原宇合は七一七（霊亀三）年、養老度の遣唐副使として入唐《にっとう》し、翌七一八（養老二）年帰国、七一九（養老三）年常陸守《ひたちのかみ》（現在の茨城県知事に相当）として関東一円を統括し、今回また大和の都を離れなければならない。この時の藤原宇合の漢詩（五言絶句）が『万葉集』より先にできた日本人の漢詩集『懐風藻《かいふうそう》』（七五一年）に載っている。

西海道の節度使を奉ずるの作　　奉西海道節度使之作

往歳《いにしとし》　東山《とうさん》の役《えだち》　　往歳東山役
今年《このとし》　西海の行　　今年西海行
行人《かうじん》　一生の裏《うち》　　行人一生裏
幾度《いくたび》か辺兵《へんぺい》に倦《う》まむ　　幾度倦辺兵

（過ぐる年は東山道の役に従事したが
今度は西海道の節度使として赴く
流浪の身　おれは一生のうちで
幾度辺土の士となれば済むのか）

藤原宇合は詩文に優れ、『万葉集』に短歌六首、『懐風藻』に漢詩六詩が採られている。前述したごとく、遣新羅使一行が帰国した年（七三七年）、天然痘で藤原四兄弟は四人共没している。

高橋虫麻呂は七一九年以降、常陸国守であった藤原宇合の部下であったとみられており、旅の詩人として知られ、長歌が多く、その物語性は特に優れている。『万葉集』に三四首採られている。

既に述べたように、龍田山は奈良県生駒山地の最南端、信貴山《しぎさん》の南に連なる大和川北岸の山々の総称であり、風の神・龍田大社西方の山塊をいう。

朝霞《あさがすみ》　止《や》まずたなびく　龍田山《たつたやま》　船出《ふなで》せむ日は　我れ恋ひむかも

万葉集　一一八一　作者未詳

（朝霞が晴れることなく、いつもたなびいている龍田山よ。船出する日には、私はきっと恋しく思うことであろう）

難波津を出ていずれかに旅立つ日を間近にひかえて、その日を想像して詠っている。ここでの龍田山への恋慕は、その山に象徴される風土での生活への、うしろ髪を引かれる思いであり、そこに残してきた恋人への想い出もあるだろう。

題詞

「春三月に諸《もろもろ》の卿大夫等《まへつきみたち》の難波《なには》に下《くだ》りし時の歌二首　幷《あは》せて短歌」

「春三月」は『続日本紀』によれば、藤原宇合が難波宮造営の長官として功を果たした七三二年三月二六日に、聖武《しょうむ》天皇から表彰された旨の記事がある。この年、宇合は前述の九七一番歌にあるように、八月一七日にも龍田越えをして奈良から難波に下ったことになる。

白雲《しらくも》の　龍田《たつた》の山の
瀧《たぎ》の上《へ》の　小桉《をぐら》の嶺《みね》に
咲きををる　桜の花は
山高み　風し止《や》まねば
春雨《はるさめ》の　継《つ》ぎてし降れば
秀《ほ》つ枝《え》は　散り過ぎにけり
下枝《しづえ》に　残れる花は
須臾《しましく》は　散りな乱《みだ》れそ

草枕《くさまくら》　旅行く君が
還《かへ》り来《く》るまで

万葉集　一七四七　高橋虫麻呂

（白雲の立つ龍田の山の
急流のほとりの小桉の嶺に
枝をたわめて咲く桜の花は
山が高いので風がしきりに吹くから
春雨がたえず降るから
上の方の枝は既に散り果ててしまったことだ
下の方の枝に残っている花は
暫くの間は乱れ散ってくれるな
草を枕に旅行くわが君が
帰ってくるまでは）

三郷駅前の歌碑『万葉集』1748 番歌

題詞

「反歌」

わが行きは　七日《なぬか》は過ぎじ　龍田彦《たつたひこ》
ゆめこの花を　風にな散らし

万葉集　一七四八

高橋虫麻呂

（私の旅は七日を越えることはありますまい。風の神である龍田彦よ、その旅の間にどうか決してこの桜の花を散らさないように……）

桜の花は見頃になってから一週間しかもたず、すぐに散ってしまう。だから古今東西、桜花を愛《め》で、散るを惜しむ名歌が数限りなく詠まれてきたのだ。

今、我々が見る日本の桜の八割はソメイヨシノである。ソメイヨシノは葉に先立って花が咲く。その絢爛《けんらん》豪華さは他に類を見ない。ソメイヨシノは幕末から明治初年にかけて江戸の染井村（東京都豊島区駒込）の植木職人が作り出したもので、日本に古来からある桜はヤマザクラである。ヤマザクラは花の開花と同時に赤紫の小さい葉も芽を出すので、ソメイヨシノに比べると地味であるが、それでも古くから桜は日本人の心の花として歌われてきたのである。

この一七四八番歌の歌碑は、龍田大社のすぐ南、ＪＲ大和路線（関西本線）の三郷駅前に犬養孝博士の揮毫により原文の万葉仮名で書かれている。

龍田彦は風をしずめる神としてうたわれている。

白雲《しらくも》の　龍田の山を
夕暮《ゆふぐれ》に　うち越え行けば
瀧《たぎ》の上《へ》の　桜の花は
咲きたるは　散り過ぎにけり
含《ふふ》めるは　咲き継《つ》ぎぬべし
彼方此方《こちごち》の　花の盛りに

見えねども　君が御行《みゆき》は
今にしあるべし

万葉集　　一七四九　　高橋虫麻呂

（白雲の立つ龍田山を
夕暮れに越えて行くと
激流のほとりの桜の花は
既に開いた花が散り終わったようだ
まだつぼみのものはもうすぐ咲きつぎそうになっている
あちらもこちらも花盛り
というふうではないけれどもあなたのご旅行は
まさに今ふさわしいに違いない）

前述の九七一番歌と同じ「白雲の　龍田の山」で始まる歌であるが、九七一番歌は秋の出発であり、一七四九番歌は桜を詠う春の歌である。藤原宇合は七三二年、春と秋に龍田越えをしている。

雁《かり》がねの　来鳴《きな》きしなへに　韓衣《からごろも》　龍田《たつた》の山は　もみち始《そ》めたり
万葉集　二一九四　作者未詳
（雁がやって来て鳴くにつれて、韓衣を截つのではないが、龍田の山は黄葉しはじめたことだ）

『万葉集』には秋の紅葉を詠む歌は多数あるが、「紅葉」の字を使っているのは二二〇一番歌の一首のみで、あとは全て「黄葉」の字を使っている。そして「もみち」、「もみぢ」と読み書きする。「もみじ」ではない。

妹《いも》が紐《ひも》　解《と》くと結びて　龍田《たつた》山　今こそ黄葉《もみち》　そめてありけれ
万葉集　二二一一　作者未詳
（妻の衣の紐を解き、また結んでは旅に発《た》つという、その龍田山は、今ちょうど色づき出したことだなあ）

後世、この歌は少し言葉を替えて次のように詠われている。

妹《いも》が紐《ひも》　とくと結びて　龍田《たつた》山　いまぞもみぢの　錦おりける

後撰和歌集　三七六　よみ人しらず

いもが紐《ひも》　とくと結ぶと　龍田《たつた》山　今ぞ黄葉《もみち》の　色勝りける

新撰和歌集　六二　よみ人しらず

また『万葉集』にもどる。

夕されば　雁《かり》の越え行く　龍田《たつた》山　しぐれに競《きほ》ひ　色づきにけり

万葉集　二二一四　作者未詳

(夕方になると雁が飛び越えてゆく龍田の山は、時雨と先をあらそうようにして色づいてきた)

題詞

「山に寄せたる」

秋されば　雁《かり》飛び越ゆる　龍田《たつた》山　立ちても居ても　君をしぞ思ふ
万葉集　二二九四　作者未詳
（秋になると雁が飛び越えてゆく龍田山のように、立っていても座っていてもあなたのことをこそ思う）

下句の「立ちても居ても　君をしぞ思ふ」は、秋を春とする左記の歌を本歌としているように思われる。

春柳《はるやなぎ》　葛城山《かづらきやま》に　立つ雲の　立ちても坐《ゐ》ても　妹《いも》をしぞ思ふ
万葉集　二四五三　柿本人麿歌集《かきのもとのひとまろかしゅう》
（春の柳を蘰《かづら》にする葛城山に湧き立つ雲のように、立っても座っても妻をこそ思う）

和歌は五、七、五、七、七で万葉仮名も漢字三一字で書かれていると思いきや、この歌の原文は、

春柳　葛山　發雲　立坐　妹念

の一〇字しかない。漢文を日本語で読むように「て、に、を、は」を付けないと読めない。なお、葛城山を現代では「かつらぎ山」と読むが、古代では「かづらき山」といった。

奈良県の古道に「巨勢《こせ》の道」というハイキングコースがある。JRまたは近鉄の吉野口駅で降り、朝町川に沿って西北へ登って行くと、栗坂峠に至る。突然、目の前に左に金剛山（一一二五メートル）、右に葛城山（九五九メートル）が麓《ふもと》から頂上まで視野いっぱいに拡がる。私はこの風景が限りなく美しく、かつ古代とほとんど変わっていないと思い、峠に座り込んで弁当を食べながら一時間見続ける。『万葉集』に度々出てくる「見れど飽かぬ」という言葉はこのことかと思う。葛城山が北で金剛山が南にあり、縦走も可能であるが、葛城山は奈良県側から、金剛山は大阪府側からロープウェイがある。葛城山頂には何もないが、金剛山頂の方に葛木《かつらぎ》神社がある。古代においては金剛山、葛城山、そしてその周辺の平地も含めて、大和平野の南西部を葛城といったのであろう。葛木神社が葛城山になく、金剛山にある所以《ゆえん》でもある。

題詞

「平《へ》群《ぐり》氏《うぢ》の女郎《いらつめ》の越中守《えっちゅうのかみ》大伴《おほとも》宿禰《のすくね》家持《やかもち》に贈れる歌　十二首」

君により　我が名はすでに　龍田山《たつたやま》　絶えたる恋の　繁《しげ》きころかも
万葉集　三九三一　平群氏女郎《へぐりうぢのいらつめ》

（あなたとの浮き名は既に龍田山［立ってしまいました］。絶えてしまった恋がしきりにつのるこの頃です）

大伴家持は七四六（天平一八）年六月、越中国守《えっちゅうのくにのかみ》（富山県）として越中国府のあった現在の富山県高岡市に赴任した。

この歌は、この年（七四六年）に平群氏女郎から越中の大伴家持に贈られた恋の歌。歌番号三九三一〜三九四二までの一二首の最初の歌である。この時、家持は二八歳。一二首目の歌の左注に、

「右の件《くだり》の歌は、時々に便《たより》の使に寄せて来贈《おこ》せたり。一度に送らえしにはあらず」

とある。右記の一二首は一度に贈られたものではなく、間を置いて度々贈られたことを記している。

大伴家持は越中国守としてこの富山県高岡市に七四六年から七五一（天平勝宝三）年までの五年間住み、この間に『万葉集』に載っている二二三首の歌を作っている。JR高岡駅前には筆と紙を持つ大きな家持像と並んで、この地で作られた家持の代表作の歌碑が建てられている。

もののふの　八十少女《やそをとめ》らが　汲みまがふ　寺井《てらゐ》の上《うへ》の　堅香子《かたかご》の花
万葉集　四一四三　大伴家持

この歌には題詞、

「堅香子《かたかご》草の花を攀《よ》じ折れる歌　一首」

とあり、「堅香子草」はカタクリのこと。「もののふの八十」は数の多いこと。「寺井」は寺に湧く泉、「上」はほとり。当時、水を汲むのは女性の仕事であった。

（大勢の少女たちが入り乱れて水を汲む、その寺井のほとりのカタクリの花よ）

カタクリの花の歌は、『万葉集』にはこの一首しかない。現在ではなかなかカタクリの花を見る機会は少ないが、私は前述の葛城山の山頂近くの低木林の中に、この花が群生しているのを見たことがある。

高岡市は大伴家持の歌を軸に、「万葉のふるさと」を市のシンボルとして宣言しており、市内の路面電車は「万葉線」と名付けられている。また、市内には万葉なかよし保育園、万葉病院など、「万葉」と名付けるいろいろな施設があり、中でも万葉歴史館は博物館を兼ね、高度の研究機関となっている。

さて、平群氏の女郎から一二首の恋歌を贈られた若き日の大伴家持は、笠郎女《かさのいらつめ》からは二九首、山口女王《やまぐちのおおきみ》からは五首の恋歌を贈られていて、そのモテモテぶりには目を見張るものがある。しかし、「過ぎたるは及ばざるがごとし」で、家持はこれらの恋歌の女性からは逃げ腰で、笠郎女二九首に対し、家持から笠郎女への歌は二首しかない。家持の正妻になったのは大伴坂上大嬢《さかのうえのおおおとめ》で、彼女は『万葉集』に一一首の歌を載せている。

ところで、その笠郎女であるが、才女の誉《ほまれ》高く、『万葉集』巻四には次記の題詞があって家持に恋こがれ、やがてあきらめの境地に至る。

題詞

「笠郎女《かさのいらつめ》の大伴宿禰《おほとものすくね》家持《やかもち》に贈れる歌　二十四首」

歌番号五八七～六一〇である。その中には現代語訳を必要としない、誰でもわかる歌がある。

皆人《みなびと》を　寝よとの鐘《かね》は　打つなれど　君をし思《も》へば　寝《い》ねかてぬかも

万葉集　六〇七　笠郎女

二四首はいずれも名歌であるが、特に後世、その歌の影響が大きかったのは次の歌である。

君に恋ひ　甚《いた》も術《すべ》なみ　平山《ならやま》の　小松が下《した》に　立ち嘆《なげ》くかも

万葉集　五九三　笠郎女

（あなたが恋しく、ただせんすべもなく、奈良山の小松の下に出で立っては嘆くことです）

この歌を本歌として一九二三（大正一二）年に北見志保子が作詩し、一九三五（昭和一〇）年に平井康三郎が作曲した歌曲「平城山《ならやま》」はつとに有名である。

人恋ふは　悲しきものと　平城山《ならやま》に　もとほりきつつ　堪《た》へ難かりき

（人を恋することは悲しいものだと、平城山を巡りながらつらく感じた）

北見志保子

古《いにし》へも　夫《つま》を恋ひつつ　越えしとふ　平城山《ならやま》の路に　涙おとしぬ

（昔の人も恋いこがれつつ越えたという平城山の道で、私は涙を落とした）

北見志保子

平城山丘陵には第一六代仁徳《にんとく》天皇の皇后「磐之姫命《いわのひめのみこと》」の陵《みささぎ》として知られる全長二一九メートルの前方後円墳「平城坂上陵《ならのさかのうえのみささぎ》」がある。五月頃に行くと、水濠の中に杜若《かきつばた》の紫色の花が咲き、万緑の前方部とあいまって、まことに美しい。北見志保子の歌は、磐姫皇后が仁徳天皇を慕う『万葉集』の歌番号八五〜八九の歌を基にしているという説もある。

題詞
「独《ひと》り龍田《たつた》山の桜花《さくらばな》を惜しめる歌　一首」

龍田《たつた》山　見つつ越え来《こ》し　桜花　散りか過ぎなむ　我が帰るとに
万葉集　四三九五　大伴家持

（龍田山で見ながら越えて来た桜の花は、私が帰る時までにはすっかり散ってなくなってしまうのではないだろうか）

時は七五五（天平勝宝七）年二月一七日、家持三八歳。難波での作。

家持は前年（七五四年）四月五日、兵部《ひょうぶ》少輔《しょうゆう》に任ぜられた。大伴氏は佐伯氏と共に神代から朝廷に仕えてきた武門の名族である。武門を以て任ずる家持にとって、兵部少輔は意にかなった役目だったであろう。翌七五五年春、兵部少輔の役にあることをもって平城京から難波に下向、防人を検査監督することとなった。その仕事は二月八日から二三日にかけて行われたのであるが、その勤務の合間に龍田山まで桜の満開を見に来たのであろう。家持が仕事を終えて難波から再び龍田越えをして平城京に帰る頃は、桜もすっかり散ってしまっているだろう、と予測したのである。

この歌の二月一七日は、今の太陽暦の四月七日にあたる。桜の満開は万葉の時代も今も全く一致しているではないか。

後世、西行《さいぎょう》の辞世の歌。

願はくは　花の下にて　春死なむ　その如月《きさらぎ》の　望月《もちづき》のころ
山家集　七七　西行

「如月の望月」とは陰暦二月一五日の満月の頃をいうのであり、太陽暦では三月三一日頃になるので、桜を最も愛した西行は桜の満開の時に往生を遂げたいと願った。家持の二月一七日の花見の歌と時期的に一致する。

なお、西行は一一九〇（文治六）年二月一六日に河内国《かわちのくに》（大阪府）の弘川寺《ひろかわでら》で桜の満開の時にこの世を去った。西行は本望を遂げたことになる。

三　『古今和歌集』

『古今和歌集』（九〇五年）になると、率直に風景を見、想いを述べる歌は少なくなり、屏風《びょうぶ》絵を見て歌を作るというように技巧を凝らし、頭脳で組み立てる耽美的な歌が主流となる。龍田についても、龍田山の歌は少なくなり、『万葉集』にはなかった龍田川が多く採られるようになる。

『古今和歌集』の冒頭、仮名序は紀貫之《きのつらゆき》が書いたものであるが、その中に、

「……いにしへよりかくつたはるうちにも、ならのおほむ時よりぞ、ひろまりにける。かのおほむよや、うたのこころをしろしめしたりけむ。かの御時に、おほきみ（み）つのくらゐ、かきのもとの人まろなむ、うたのひじりなりける。これはきみも人も身をあはせたりといふなるべし。秋の夕、龍田川に流るる紅葉をば、帝《みかど》の御目には錦と見たまひ、春のあした吉野山のさくらは、人まろが心には雲かとのみなむおぼえける」

という部分がある（本文はほとんど平仮名であるが便宜上、龍田川の言葉の前後を漢字にした）。以下、現代語訳を示す。

（……昔からこのように伝わっているなかでも、平城《へいぜい》天皇の御代《みよ》から歌は広まったのである。この御代に、正三位柿本人麿は歌聖であった。これは歌の上で君と臣下とが合体したといえるであろう。秋の夕暮、龍田川に流れる紅葉を、天皇の御目には錦と見られたが、春の朝、吉野山の桜は、人麿の心には雲とばかり思われた）

「……秋の夕、龍田川に流るる紅葉をば、帝の御目には錦と見たまひ……」と書かれていることにここでは注目するのであるが、柿本人麿は六八〇年頃から七〇一年頃に活躍した人であり、平城天皇は京《みやこ》が平安京へ移ってからの天皇（在位八〇六～八〇九年）であって、人麿とは時代が異なる。また、「正三位柿本人麿」と書かれているが、人麿は六位以下で位が低く、そのため『続日本紀』にもその没年が記録されていないことは既に述べた。

この序文は平安朝になってからの価値観で書かれている。万葉の時代は龍田山の桜が主に詠まれており、吉野は宮瀧《みやだき》の離宮を中心とした風景が詠まれているのであり、吉野の桜は平安時代になってからである。『万葉集』に吉野の桜の歌はない。

詞書

「二条の后《きさい》の春宮《とうぐう》の御息所《みやすどころ》と申しける時に、御屏風《みびやうぶ》に龍田川に紅葉流れたる形を描きけるを題にてよめる」

（二条の后の、まだ東宮の母御息所と申した時に、御屏風に龍田川に紅葉の流れる絵を描いたのを題にして詠む）

ちはやぶる　神代《かみよ》も聞かず　龍田《たつた》川　からくれなゐに　水くくるとは

古今和歌集　二九四　在原業平

小倉百人一首　一七　在原業平

（神々が住み、不思議なことが当たり前のように起こっていた、いにしえの神代でさえも、こんな不思議で美しいことは起きなかったに違いない。龍田川の流れが、舞い落ちる紅葉を乗せて、鮮やかな唐紅《からくれなゐ》の絞り染めになっているなんて）

この歌は詞書にあるように屏風絵を見て、想像をめぐらし、技巧を凝らして作った歌であり、実際の龍田川を見て詠んだ歌ではない。

後述するように現地へ行ってみると、このようにはいかないが、それはしばらく差し置くこととする。

ところで『伊勢物語』一〇六段には、

「昔、をとこ、親王《みこ》たちの逍遥《せうえう》し給ふ所にまうでて、龍田河のほとりにて」

とあってこの歌が載っている。

ちはやぶる　神代も聞かず　龍田《たつた》河　からくれなゐに　水くるとは

『古今和歌集』では「龍田川」であるが、『伊勢物語』では「龍田河」となっている。在原業平（八二五～八八〇年）は平城天皇の孫で、非常な美男子と伝えられている。在五中将、在中将とも呼ばれた。『伊勢物語』の主人公「昔男」のモデルとされている。

この歌を本歌として、次の歌も実際の龍田川の紅葉を見ずに、頭の中で作られている。

龍田《たつた》川　もみぢ乱れて　流るめり　渡らば錦　中や絶えなむ

古今和歌集　　二八三　　よみ人しらず

（龍田川は紅葉が一面に流れるようだ。渡渉したならば、そのために紅葉の錦は、中途から切れてしまうだろうか）

次の歌も技巧を尽くした歌である。

龍田川《たつた》　錦おりかく　神無月《かみなづき》　しぐれの雨を　経緯《たてぬき》にして

古今和歌集　　三一四　　よみ人しらず

（龍田川は錦を織る。一〇月の時雨をたてよこの糸として）

私は二〇二二（令和四）年一一月二六日、晩秋の竜田川の紅葉を見に出かけた。ＪＲ（近鉄）の王寺駅で降り、駅の北東二キロにある竜田大橋という地に行った。ここは竜田公園の中心であり、龍田川（総延長一五キロ、本来は平群川《へぐり》といわれた川である）は北から南へと流れ、下流で東西に流れる大和川に合流する。

龍田川の両岸の紅葉は確かに見事である。赤い丸みのある橋もあって、その風景に一層の効果をあげている。紅葉した樹々の葉がハラハラと散っている。まことに絶景である。

絵になるのはそこまでである。問題は川の流れである。結構速い。従って落葉も水面を流れていくが、落葉がたまって錦となるような個所はない。在原業平は屏風絵を見て歌を詠んだのであって、実際の平群川（龍田川）の紅葉を見ていないことがこれでわかる。ただ水面に映る両岸の紅葉を錦と見立てることは何とかできる可能性もあるので、そのように解釈すればよいのかもしれない。

しかし、紅葉が散って川面が錦を成す、というのは想像であり、頭の中で歌を作るというのは『古今和歌集』以降のことであり、その点、『万葉集』は率直に詠う。

あしひきの　山のもみち葉　今夜《こよひ》もか　浮かびて行くらむ　山川の瀬に

万葉集　一五八七　大伴書持《おほとものふみもち》

（この山の黄葉は今夜も谷川にはらはら散って浮かび、流れていくことだろう）

これこそ本当の実景であり、『万葉集』の方が高く評価される所以である。

龍田《たつた》川　もみぢ葉流る　神《かむ》なびの　みむろの山に　時雨《しぐれ》降るらし

古今和歌集　二八四　よみ人しらず

（龍田川にもみじ葉が流れる。これを見ると、神なびの三室の山に時雨が降っているらしい）

「神なび」は神を祭った山や森。

後述する能因法師の歌にも「三室山」が出てくるが、一般には奈良県生駒郡斑鳩《いかるが》町の竜田公園内の龍田川のすぐ西にある標高八二メートルの山をさす。現地に行ってみると、海抜六〇メートルほどの平原にポツンと立つ、ひとつの半円形状の丘であって実質二〇メートル強の丘であるから、「神なび」というには平俗な感じがする上に、「時雨降るらし」と推測するには三室山が龍田川に接しているので、実物を見ずに詠んだことが明瞭である。今の三室山は桜の名所となっていて、紅葉は見るほどのことはない。

上代では、竜田公園の西、数キロにある奈良県生駒郡三郷町の「風の神」龍田大社の背後にある龍田越えの山塊を広く龍田山といい、その中に三室山（一三七メートル）があって、これを指すのであるが、竜田公園の丘と混同されており、現代では一般に竜田公園の丘を三室山といっている。しかし、これは平安時代以降の歌による想像上の三室山、龍田川を現在の地に置き換えたものである。

龍田川（左）と桜満開の三室山（右）

紅葉の龍田川（旧平群川）

龍田姫《たつた》　たむくる神の　あればこそ　秋の木の葉の　幣《ぬさ》と散るらめ
古今和歌集　二九八　兼覧王《かねみのおほきみ》
（龍田姫が手向けをする神がいるから、秋の木の葉が幣のように散るのだろう）

「龍田姫」は秋の女神で、それが旅立とうとしている時（秋の終わり）に木の葉がこのように散るのは、彼女がそれを幣にして別の神に手向けているのだろう、という趣向である。「幣」は旅人が旅の途中、道の神にささげるもので、古くは木綿《ゆう》・麻を用い、のち布や紙を用いるようになった。

兼覧王（？～九三二年）は文徳天皇の孫。『古今和歌集』に五首入集。

題詞
「神なびの山を過ぎて龍田《たつた》川を渡りける時に、もみぢの流れけるを詠める」

神なびの　山を過ぎ行《ゆ》く　秋なれば　龍田《たつた》の川にぞ　幣は手向《たむ》くる
古今和歌集　三〇〇　清原深養父《きよはらのふかやぶ》
（神奈備山を越え、そこを過ぎて行く秋なので、秋は龍田の神への手向けとして龍田

川に紅葉を幣として捧げるのだ）

龍田山を過ぎて龍田川を渡る時、散った紅葉が水面を流れてゆくのを見て詠んだという歌。人が峠を越える時、神に手向けをする風習があったが、そのことになぞらえて、秋が神奈備山に紅葉を手向けたと見立てた。

なお、『深養父集《ふかやぶしゅう》』の詞書には次のようにある。

「神なび山をまうできて、龍田河《たつた》をわたるとて、紅葉の流れけるを見て」

清原深養父は生没年未詳。清少納言の曾祖父に当たる。『古今和歌集』に一七首入集。

題詞

「龍田川のほとりにてよめる」

もみぢ葉の　流れざりせば　龍田川《たつた》　水の秋をば　誰か知らまし

古今和歌集　三〇二　坂上是則《さかのうへのこれのり》

(紅葉がもし流れなかったならば、龍田川の水の上にある、秋というものを誰が知ろうか)

坂上是則(?〜九三〇年)は歌人として有名で、『古今和歌集』に七首入集している。また彼の『古今和歌集』の三三二番歌、

あさぼらけ　有明の月と　見るまでに　吉野の里に　降れる白雪

は「小倉百人一首」の三一番歌でもある。

題詞

「秋のはつる心を龍田《たつた》川に思ひやりて詠める」

年ごとに　もみぢ葉流す　龍田《たつた》川　湊《みなと》や秋の　とまりなるらむ

古今和歌集　三一一　紀貫之《きのつらゆき》

(毎年もみじの葉を流している龍田川の河口というのは、きっと秋の流れ着く先なん

だろうなあ）

秋の終わりの頃、龍田川に紅葉が流れている様子を作者は京《みやこ》に居て想像しながら詠んだもので、実景を見て詠んだ歌ではなく、想像し、考え、技巧を凝らす『古今和歌集』の典型的な歌である。

紀貫之（八七二～九四五年）は『古今和歌集』の選者の一人で、同集には一〇二首入集しており、全体の一割を占め、集中最多歌数を誇る。「仮名序」も書いており、名実共に歌界の第一人者であった。また、『土佐日記』の作者でもある。

以上は龍田川の歌であるが、『古今和歌集』の龍田山については以下三首がある。

題詞
「仁和《にんな》の中将の御息所《みやすんどころ》の家に歌合わせしける時に詠める」

花の散る　ことやわびしき　春霞　龍田《たつた》の山の　鶯《うぐひす》のこゑ

古今和歌集　一〇八　藤原後蔭《のちかげ》

（花の散ることが侘しいのか、春霞の立つ、龍田山に鳴く鶯の声よ）

題詞の「仁和」は光孝《こうこう》天皇の年号で、「御息所」は皇子をお産みになった女御《にょご》。この歌は言外にもっと深い意味も含んでいるらしいが、ここでは割愛する。

題しらず
風吹けば　沖つ白波　龍田山《たつたやま》　夜半《よは》にや君が　ひとり越ゆらむ
　　　　　　　　　　　　　　　古今和歌集　九九四　よみ人しらず
　　　　　　　　　　　　　　　伊勢物語　二三段
　　　　　　　　　　　　　　　大和物語　一四九段

（風が吹くと沖の白波が立つ、その立つという龍田山を、この夜半に、君がひとりで越えているのであろうか）

『古今和歌集』の左注。

「或る人、この歌は、昔、大和の国なりける人の娘に、ある人住みわたりけり。この女、親も亡くなりて家も悪《わろ》くなりゆく間に、この男、河内《かはち》の国に人を相知りて通ひつつ、かれやうにのみなりゆきけり。さりけれどもつら気《げ》なる気色《けしき》も見えで、河内へ行くごとに、男の心のごとくにしつついだしやりければ、あやしと思ひて、もしなきまに異心《ことごころ》もやあると疑ひて、月の面白かりける夜、河内へ行くまねにて前栽の中に隠れて見ければ、夜更くるまで琴をかきならしつつ、うち嘆きてこの歌を詠みて寝にければ、これを聞きて、それより又他《ほか》へもまからずなりにけりとなむ、言ひつたへたる」

（或る人が言う。この歌は、昔、大和の国にいた人の娘に、ある男が結婚して通い続けていた。この女は親も亡くなって、家も貧しくなってゆく間に、この男、河内の国に他の女と関係を結んで通い続け、はじめの妻からは足が遠ざかる一方となった。しかし、女につらい様子も見えず、河内へ行くたびに、男の希望する通りにしては送り出したので、変だと思って、もしや不在の間に他の男に心を通わすこともあろうかと疑って、月の美しい夜、男は河内へゆく真似をして、庭の花壇の中に隠れてうかがうと、女は夜更けとなるまで琴を弾いては溜息をして、この歌を詠んで口ずさんで寝たので、男はこれを聞いてからは、二度と他の女のもとへは行かなくなった、と言い伝えている）

この歌と全く同じ歌および左注とほとんど同じことが、『伊勢物語』二三段に出ている。

「……さて、年ごろ経るほどに、女、親なくたよりなくなるままに、もろともにいふかひもなくてあらむやはとて、河内の国、高安の郡《こほり》に、いきかよふ所出できにけり。さりけれど、このもとの女、悪《あ》しと思へるけしきもなくて、出《いだ》しやりければ、をとこ、こと心ありてかかるにやあらむと思ひうたがひて、前栽《せんざい》の中にかくれゐて、河内へいぬる顔にて見れば、この女、いとよう仮粧《けさう》じて、うちながめて

風吹けば　沖つ白波　龍田山《たつたやま》　夜半にや君が　ひとりこゆらむ

とよみけるをききて、限りなくかなしと思ひて、河内へもいかずなりにけり」

『伊勢物語』は在原業平を思わせる男を主人公とした和歌にまつわる短編歌物語で、『古今和歌集』に載っている業平の歌（三〇首）は全て『伊勢物語』に収められていることから『伊勢物語』の作者は紀貫之とする説も有力であるが、一般的には作者未詳とされている。『伊勢物語』は九〇〇（昌泰三）年に作られ、その後加筆もあるようだが、九五一（天暦五）年に作られた『大和物語』の一四九段には、この『伊勢物語』二三段とほぼ同じ内容で、少

し長く、そして強烈な表現となっているが、「風吹けば……」のこの歌はそのまま載せられている。

再び『古今和歌集』にもどる。

誰《た》がみそぎ　ゆふつけ鶏か　唐《から》ころも　龍田《たつた》の山に　をりはへて鳴く
古今和歌集　九九五　よみ人しらず

（誰の禊《みそぎ》のための木綿《ゆう》つけ鶏なのか、龍田山に、時を長く続けて、鳴いている）

「ゆふつけ鶏」は鶏に木綿をつけたもの。世の中に騒乱があった時に、この鶏にけがれを祓《はら》い付けて都の四境の関で祀《まつ》ったという。

四　『新古今和歌集』

『万葉集』の成立は明確ではないが、既述したように七七〇～七八〇年頃と推察され、『古今和歌集』は一三〇年ほど後の九〇五(延喜五)年に成立している。『新古今和歌集』の成立は『古今和歌集』成立の三〇〇年後、一二〇五(元久二)年である。

龍田について、『古今和歌集』においては龍田川が主流であったが、『新古今和歌集』になるとまた龍田山にもどる。

行《ゆ》かむ人　来む人忍べ　春霞　龍田《たつた》の山の　はつ桜ばな

新古今和歌集　八五　中納言　家持

(これからここを去って行く人も、ここに来る人も、みな思い慕えよ、春霞が立っている、この龍田山の初咲きの桜の花を)

『万葉集』は七五九(天平宝字三)年一月一日、大伴家持の新年を寿《ことほ》ぐ歌(四五一六番歌)で終わっている。『新古今和歌集』(一二〇五年)のこの歌は、家持最後の歌より四四六年も後である。『新古今和歌集』の序文には、『万葉集』の歌は除かないが、『古今和歌集』以下七代集の歌は載せない、と書かれている。ところで、『万葉集』に家持の歌は四七三首もあるが、『新古今和歌集』のこの歌は『万葉集』には見当たらず、家持の歌を本歌取りしたとしても、その本歌らしき歌を見出すことはむずかしい。従ってこの歌は大伴家持の歌ではなく、よみ人しらず、とすべき歌であり、撰者の藤原定家の意図がどこにあるのか理解に苦しむ。

題詞

「和歌所にて歌つかうまつりしに、春歌とてよめる」

（和歌所で歌を詠んでさしあげた時、春の歌として詠んだ歌）

一二〇二（建仁二）年三月に後鳥羽《ごとば》院主催の「三体和歌」の会の時、「春の歌」として詠んだ歌。

葛城《かづらき》や　高間《たかま》の桜　咲きにけり　龍田《たつた》の奥に　かかる白雲

新古今和歌集　八七　寂蓮《じゃくれん》法師

（葛城連山の中の高間の山［金剛山］の桜が咲いたことだ。龍田山の奥にかかって、それを思わせる白雲よ）

地理的には南から北へ向かって金剛山、葛城山、二上《にじょうさん》山と続き、いったん東西に流れる大和川で切れて信貴山《しぎさん》、生駒山《いこまやま》と続く。

寂蓮法師（一一三九～一二〇二年）は歌人、書家として有名で、『新古今和歌集』の選者となるが、完成を待たず一二〇二（建仁二）年没。『新古今和歌集』に三五首入集。『新古今和歌集』の三六一、三六二、三六三番歌は結句を「秋の夕暮」とする、寂蓮、西行、藤原定家の三人による名歌で、世に「三夕《さんせき》」と称されている。

題詞
「八重桜を折りて人の使はして侍りければ」

白雲の　龍田《たつた》の山の　八重桜　いづれを花と　分きて折りけむ
新古今和歌集　九〇　道命《だうみやう》法師

（白雲が立って花のように見える龍田山の八重桜は、どれを花と見分けて手折ったのであろうか。贈り物のこの八重桜は）

道命（九七四～一〇二〇年）は平安時代中期の僧で歌人。『新古今和歌集』に四首入集。「白雲の　龍田の山の……」は既述の『万葉集』九七一番歌、一七四七番歌の高橋虫麻呂の長歌の冒頭にある。

白雲の　春は重ねて　龍田山《たつた》　小倉の峰に　花匂ふらし
新古今和歌集　九一　藤原定家

（春は白雲が二重に立っている龍田山よ、あれはきっと小倉の峰に花が咲き誇っているのであろう）

「小倉の峰」は龍田山の一部。

藤原定家（一一六二～一二四一年）は藤原俊成の子。『新古今和歌集』選者の一人。同集に四六首入集。日記に『明月記』があり、「小倉百人一首」の選者でもある。

題詞

「中納言、中将に侍りける時、家に、山家早秋《さんかのさうしう》といへる心を詠ませ侍りけるに」

（藤原忠通《ただみち》が中納言で近衛中将を兼ねていた時、家で「山家の早秋」という心を人々に詠ませた折に）

朝霧《あさぎり》や　龍田《たつた》の山の　里ならで　秋来にけりと　誰か知らまし

新古今和歌集　三〇二　法性寺入道前関白太政大臣《ほふしやうじにふだうさきのくわんばくだいじやうだいじん》

（朝霧の立つ、龍田の山里でなくては、秋が来たよと、誰が知ろうか）

法性寺入道前関白太政大臣は藤原忠通。『新古今和歌集』には四首入集。

「堀河《ほりかわ》天皇が崩御《ほうぎょ》されたのは秋。その日の早朝は、霧が立ち込めていた。堀河天皇の魂は、まるで霧のようにさっさとこの世を去っていかれた。秋霧が早く訪れる山里でもないのに……。こんなに早く（若くして）堀河天皇のいた場所に空きができる（亡くなる）とは誰が予想できただろうか。誰も天皇が二九歳の若さで霧のように姿を消してしまわれるなんて思ってもいなかった。目の前に霧がかかって晴れないと思ったら私の涙であった」という深い意味が、この歌には込められている。

龍田《たつた》山　夜半《よは》に嵐の　松吹けば　雲にはうとき　峰の月影

新古今和歌集　四一二　左衛門督《さゑもんのかみ》通光《みちてる》

（龍田山に、夜中の嵐が、その松を吹くと、雲は吹き払われて、雲には疎《うと》く、松には親しくしている峰の月が浮かぶ）

左衛門督通光は久我《こが》通光。鎌倉時代前期の公卿・歌人。

これも亡くなった人に捧げる歌であり、次のような深い意味がある。

「あの方が夜半に浄土へ旅立たれた。永久不変の象徴である龍田山の松に荒々しい風が吹きつけている。風のおかげで雲が取り払われ、山頂には月の光が輝いている。それと同じように火葬の煙も取り払われた。月の光が亡骸《なきがら》に寄り添っている人々の姿を明るく照らしている」

龍田《たつた》山　梢まばらに　なるままに　深くも鹿の　そよぐなるかな

新古今和歌集　四五一　俊恵《しゅんゑ》法師

（龍田山の木々の梢の葉が落ちてまばらになるにつれて、鹿が紅葉を踏み分けて、山深く行く、その音が木の葉のそよぐ音のように聞こえる）

俊恵法師（一一一三〜?年）は源俊頼《としより》の子。『新古今和歌集』に一二首入集。

この歌も表面的な解釈だけでは足りない深い意味がある。

「秋になり、木の枝の先の葉がまばらに色づいている。浄土に旅立った妻のお墓のある山も紅葉するに従って色が濃くなっており、夫婦の愛情の深さを比喩《ひゆ》している。愛する妻に先立たれたその夫は無意識に声をあげて泣いている。同じように秋風がそよと音を立てて龍田山の梢を揺らしている」

龍田《たつた》山　嵐や峰に　弱るらむ　渡らぬ水も　錦絶えけり

新古今和歌集　五三〇　宮内卿《くないきやう》

(龍田山の峰の、紅葉を散らす嵐が吹き弱ったのであろうか。川を人が渡れば当然であるが、渡らない水も、錦のような紅葉が、いま中断している)

宮内卿は右京権大夫源師光《もろみつ》の娘。後鳥羽院に歌才を見出だされて出仕。後鳥羽院主催の歌会・歌合わせを中心に活躍したが、若くして死去した。『新古今和歌集』に一五首入集。

この歌の本歌は『古今和歌集』二八三番歌のよみ人しらずの歌で、同集の項で既述した(二九七頁参照)。

『古今和歌集』で最初に触れた在原業平の歌は屏風絵を見て詠んだ歌であり、実際の龍田山、龍田川を見ていない。しかし、業平の歌があまりにも有名になってしまったので、その後の歌人たちは現実の龍田川を見ずに、紅葉が川面に敷きつめられて錦のようになっているとして多くの歌が詠まれたわけであるが、実際に行って見ると錦となるような水面はない。宮内卿も龍田山と龍田川を見て、錦のような川面がないことを実感してこの歌を作ったように思われるが、いかがなものか。

龍田姫《たつた》　いまはの頃の　秋風に　時雨《しぐれ》を急ぐ　人の袖かな

新古今和歌集　五四四　摂政太政大臣《せっしゃうだいじゃうだいじん》

（秋を司《つかさど》る神の龍田姫が、秋風もいまは限りという晩秋のこの頃に、今度は紅葉を散らす時雨の支度をして、紅葉を人の袖に散らして、紅くしようとしていることである）

摂政太政大臣は藤原良経《よしつね》（一一六九～一二〇六年）。『新古今和歌集』「仮名序」の執筆者。『新古今和歌集』に七九首入集。「小倉百人一首」の次の歌の作者でもある。

きりぎりす　鳴くや霜夜の　さむしろに　衣かたしき　一人かもねむ

雨に濡れた紅葉は、ひときわ鮮やかである。深い悲しみの涙（血涙）で濡れる袖も一段と赤く染まるだろう。深い悲しみのあでやかさを、技巧を駆使して詠んでいる。

唐錦《からにしき》　秋の形見や　龍田山《たつたやま》　散りあへぬ枝に　嵐吹くなり
新古今和歌集　五六六　宮内卿

(錦さながらの紅葉——この秋の形見を、嵐は絶ってしまうのだろうか。龍田山では、葉の散り切らない枝に風が吹きつけているようだ)

作者の宮内卿は既述の『新古今和歌集』五三〇番歌参照。

龍田山《たつたやま》　秋ゆく人の　袖を見よ　木々の梢は　しぐれざりけり
新古今和歌集　九八四　前大僧正慈円《さきのだいそうじやうじゑん》

(龍田山を、秋越えてゆく人の袖を見なさい。秋の旅のあわれさに、袖は涙のため紅に染まっている。木々の梢はまだ時雨が来ていない。そして紅葉の色がまだ薄いことだ)

この歌も表面的な解釈の他に何か深い意味がありそうな気がする。
前大僧正慈円(一一五五〜一二二五年)は天台宗の僧で、四度も天台座主《ざす》に就いた。『新古今和歌集』に入集九一首。『愚管抄《ぐかんしよう》』の著者。「小倉百人一首」の九五番歌は慈円の歌であるが、ここでは触れない。

なき名のみ　龍田《たつた》の山に　立つ雲の　行方《ゆくへ》も知らぬ　眺めをぞする

新古今和歌集　一一三三　権中納言俊忠《としただ》

（根拠もない評判のみが立って、龍田の山に立つ雲のように、実際はどうなってゆくのかわからない恋の思いをすることである）

権中納言俊忠（一〇七三～一一二三年）は藤原俊成の父であり、藤原定家の祖父である。『新古今和歌集』に四首入集。

五　その他

題詞

「永承四年（一〇四九年）内裏《だいり》歌合せに詠める」

勅撰和歌集一覧

区分	歌集	撰者（下命の天皇・上皇）	成立年	巻数・歌数
二十一代集・八代集・三代集	古今集	紀友則・紀貫之・凡河内躬恒・壬生忠岑（醍醐天皇）	延喜五（九〇五）年ごろ	二〇巻・約一一〇〇首
二十一代集・八代集・三代集	後撰集	清原元輔・紀時文・大中臣能宣・源順・坂上望城（村上天皇）	天暦五（九五一）年以降	二〇巻・一四二〇余首
二十一代集・八代集・三代集	拾遺集	花山院	寛弘二（一〇〇五）～四年	二〇巻・約一三五〇首
二十一代集・八代集	後拾遺集	藤原通俊（白河天皇）	応徳三（一〇八六）年	二〇巻・一二二〇余首
二十一代集・八代集	金葉集	源俊頼（白河法皇）	大治元（一一二六）年（三奏）	一〇巻・六三七首
二十一代集・八代集	詞花集	藤原顕輔（崇徳上皇）	仁平元（一一五一）年ごろ	一〇巻・四〇九首
二十一代集・八代集	千載集	藤原俊成（後白河法皇）	文治四（一一八八）年完成	二〇巻・一二八八首
二十一代集・八代集	新古今集	源通具・藤原有家・藤原定家・藤原家隆・藤原雅経（後鳥羽上皇）	元久二（一二〇五）年	二〇巻・約一九八〇首
二十一代集・十三代集	新勅撰集	藤原定家（後堀河天皇）	天福二（一二三四）年	二〇巻・一三七四首
二十一代集・十三代集	続後撰集	藤原為家（後嵯峨上皇）	建長三（一二五一）年	二〇巻・一三七〇首
二十一代集・十三代集	続古今集	藤原為家・藤原基家・藤原家良・藤原行家・藤原光俊（後嵯峨上皇）	文永二（一二六五）年	二〇巻・一九二〇余首
二十一代集・十三代集	続拾遺集	藤原為氏（亀山上皇）	弘安元（一二七八）年	二〇巻・約一四六〇首
二十一代集・十三代集	新後撰集	藤原（二条）為世（後宇多上皇）	嘉元元（一三〇三）年	二〇巻・約一六一〇首
二十一代集・十三代集	玉葉集	藤原（京極）為兼（伏見上皇）	正和元（一三一二）年	二〇巻・約二八〇〇首
二十一代集・十三代集	続千載集	藤原（二条）為世（後宇多法皇）	元応二（一三二〇）年	二〇巻・二一四〇余首
二十一代集・十三代集	続後拾遺集	藤原（二条）為藤・藤原（二条）為定（後醍醐天皇）	正中二（一三二五）年	二〇巻・一三五〇余首
二十一代集・十三代集	風雅集	光厳上皇撰・花園法皇監修	貞和二（一三四六）年竟宴	二〇巻・約二二一〇首
二十一代集・十三代集	新千載集	藤原（二条）為定（後光厳天皇）	延文四（一三五九）年	二〇巻・二三六五首
二十一代集・十三代集	新拾遺集	藤原（二条）為明（後光厳天皇）	貞治三（一三六四）年	二〇巻・一九一〇余首
二十一代集・十三代集	新後拾遺集	藤原（二条）為遠・藤原（二条）為重（後円融天皇）	至徳元（一三八四）年	二〇巻・一五四〇余首
二十一代集・十三代集	新続古今集	藤原（飛鳥井）雅世（後花園天皇）	永享十一（一四三九）年	二〇巻・二一四〇余首
	新葉集	宗良親王（長慶天皇による准勅撰の綸旨）	弘和元（一三八一）年	二〇巻・約一四二〇首

出典：井上宗雄・武川忠一編『新編和歌の解釈と鑑賞事典』笠間書院

勅撰和歌集一覧

嵐吹く　三室《みむろ》の山の　もみぢ葉は　龍田《たつた》の川の　錦《にしき》なりける

後拾遺和歌集　　三六六　　能因法師

小倉百人一首　　六九　　能因法師

（嵐が吹いている三室山の紅葉で、龍田川の水面は錦のように絢爛たる美しさだ）

「内裏」は皇居、宮中を示す。「歌合せ」は歌人を左右に分け、題を決め、歌による一騎打ちをすることである。この歌は「百人一首」にある歌であり、同じく「百人一首」の在原業平の歌「ちはやぶる　神代もきかず　龍田川……」と共に誰でも一度は耳にしたことのある歌である。しかも、この歌は業平の歌と同様、現地を見て詠んだ歌ではなく、一〇四九（永承四）年一一月、後冷泉《ごれいぜい》天皇が開いた宮中の歌合わせで、歌枕を駆使し、技巧を重ねて絢爛豪華に描いた一首である。

繰り返しになるが、現在、三室山とされているのは、これらの歌によって名付けられた奈良県生駒郡斑鳩町の竜田公園にある団子状の小さな丘である。在原業平も能因法師も頭脳をめぐらして作り出した歌であるから、それはそれでよい。この二首の歌碑はこの三室山の登り口にある。

現在、龍田川と呼ばれている川は、上代では平群《へぐり》川と呼ばれていた川であり、当時の龍田川と呼ばれた川は奈良県生駒郡三郷町の龍田大社付近を流れる大和川であって、小川である平群川は浅くて「水くくる」（絞り染めにする）のはむずかしい。龍田山も龍田大社の西方、大阪府との間の山塊をいうのであり、その中の一峰が三室山（一三七メートル）である。このように解釈しなければ、スケールの大きい『万葉集』の龍田山の桜、龍田越えは理解できないであろう。

唐衣《からごろも》　龍田《たつた》の山の　もみぢ葉は　物思《も》ふ人の　袂《たもと》なりけり

後撰和歌集　三八三　よみ人しらず

（唐衣を截つのではないが、龍田山の紅葉は、憂いに沈み悲しみの涙［紅涙］で染まっている人のたもとであるよ）

『後撰和歌集』は『古今和歌集』（九〇五年）の次にできた勅撰和歌集で、九五一年以降に成立。

秋はきぬ　龍田《たつた》の山も　見てしかな　しぐれぬさきに　色やかはると

拾遺和歌集　一一三八　よみ人しらず
（秋が来た。龍田の山を見てみたい。時雨が降る前に紅葉するだろうか）

『拾遺和歌集』は『後撰和歌集』の次、『古今和歌集』より約一〇〇年後の一〇〇五年以降成立。

神奈備《かむなび》の　三室《みむろ》の岸や　くづるらむ　龍田《たつた》の川の　水の濁《にご》れる
拾遺和歌集　三八九　高向草春《たかむこのくさはる》
（聖なる神のおわします三室山の岸が崩れたのであろうか、流れくる龍田川の水が濁っているのは）

高向草春は平安時代前期の歌人。

「三室の岸が崩れる」とは、前述した本来の龍田山塊の亀の瀬辺りの地すべり地帯の崩落が大和川になだれ込んでいることを示しており、この歌は実景を詠んでいるといえる。現在の斑鳩町の小さな丘の三室山では崩れようがないし、崩れたら三室山そのものがなくなってしまう。

六　「龍田」のまとめ

1　『万葉集』における「龍田山」とは、奈良県生駒郡三郷《さんごう》町の西方、生駒山脈の南部、信貴山の南端、大阪府柏原市にまたがる山地をいう。『万葉集』には「龍田山」、「龍田の山」、「龍田道《ち》」の表現はあるが、「龍田川」という言葉は一切ない。

2　「龍田川」という表現は、『古今和歌集』において在原業平が実景を見ずに屏風絵を見て思考を巡らし、「ちはやぶる　神代も聞かず　龍田川……」と詠んだことによる。

3　本来、龍田川と呼ばれるべき場所は、奈良県生駒郡三郷町立野《たつの》にある風の神・龍田大社の西南、大和川が龍田山塊に接して流れる早瀬であった。

4　この龍田川と呼ばれるべき大和川は、大和平野の全ての川、すなわち飛鳥《あすか》川、曽我《そが》川、佐保《さほ》川、泊瀬《はつせ》川、高田川、寺川、富雄《とみお》川、葛下《くずした》川、そして龍田川（本来は平群《へぐり》川）の水を集めて流れ、大阪湾に注ぐ大きな流れである。なお、大和川に接する龍田山塊の紅葉した落葉が大和川に浮かぶとしても、水量が多いから錦と見なされるような個所は存在しないと見てよい。

5　『古今和歌集』以降、歌人や風流人は実地を見ずに歌会などで頭脳をめぐらし、技巧を尽くして紅葉の龍田川の歌を作った。彼らはその歌にふさわしい場所として、大和川の一支流である、本来は平群川と呼ばれた小河川を龍田川と改名し、両岸に秋に紅葉する樹木を植え、人工的に龍田川の紅葉の美を作り出した。美意識が生み出した虚構の龍田川である。

6

「三室山」とは、生駒山脈中の信貴山の南にある龍田山塊の一峰だが、本来は平群川という龍田川の西側に隣接する実質三〇メートル弱の高さの丘を三室山とし、「小倉百人一首」にある能因法師の歌、「嵐吹く　三室の山の　もみぢ葉は……」に合わせた。全て『古今和歌集』以降の名歌に沿って人工的に作り出した風景である。

7

以上のような詮索はひとまず差し置き、春には三室山の桜を見てその美しさを堪能し、秋には龍田川（平群川）の紅葉を見るべく、龍田川を逍遥すると、それなりに見事な風景を満喫できる（三〇一頁の写真参照）。今日、その美しさを求めて大勢の人々がこの地を訪れるのは、当然の成り行きとみて差し支えない。

結び

『続日本紀《しょくにほんぎ》』による七三二（天平四）年と七三五（天平七）年の新羅《しらぎ》の遣日使の記事に関する要点を以下に示す。

七三二年

正月二二日　新羅の使者が来朝した。

三月五日　新羅使で韓奈麻《かんなま》の位の金長孫らを大宰府《だざいふ》から平城京に招いた。

五月一一日　新羅使の金長孫ら四〇人が入京した。

五月一九日　金長孫らが聖武《しょうむ》天皇に拝謁し、種々の財物や動物を奉った。そして来朝の期年についてどうするかをお伺いした。

五月二一日　金長孫らを朝堂で饗応した。聖武天皇は来朝の期間を三年に一回でよいと答えられた。宴が終わって新羅王と使人らに、地位に応じて

六月二六日　新羅使が国へ帰った。

禄を賜った。

七三五年

二月一七日　新羅使の金相貞らが入京した。

二月二七日　中納言多治比真人県守《たじひのまひとあがたもり》を兵部省の庁舎に遣わし、新羅使入朝の趣旨を尋ねさせた。しかし、新羅国は国号を軽々しく改めて王城国と名乗った。これによって礼を失するものとして、その使者を追い返した。

この七三五年の新羅使節によって、今まで新羅は日本の朝貢国であったものが、対等の独立国になったことを通告してきたのである。日本はこれを認めない。これまで通りの朝貢国であることを要求し、本稿でとりあげた七三六（天平八）年の阿倍朝臣継麿《あべのあそんつぎまろ》を大使とする遣新羅使が派遣されることになったのである。

大陸の国々はそれぞれ国境を接しているので、その国力の差によって国境付近はたえず紛争が巻き起こり、領土が変わる。現在の北朝鮮から旧満州南部にかけての地を領有していた高句麗《こうくり》は六六八年、唐によって亡ぼされるが、高句麗の遺民たちは三〇年後の六九八年、かつての高句麗の地に渤海《ぼっかい》国を建国した。そのため、新羅は北の渤海国と国境を接し、にらみ合うことになる。外交の基本は昔も今も遠交近攻策である。民族、価値観、発想が異なるから隣国同士は対立するのであって、対立する要素がなければ国を分ける必要はない。対立する隣国を牽制するために遠方の国と同盟を結ぶことは、当然のなりゆきである。すなわち遠交近攻政策をとらざるを得ない。

渤海国は隣国新羅の後方にある日本に七二七（神亀四）年、第一回の遣日使を派遣した。翌七二八（神亀五）年、日本はこの渤海国遣日使を送り返すべく、第一回遣渤海使を派遣している。

それ以降、渤海は度々日本へ遣日使を派遣した。渤海と日本の間に挟まれる位置にある新羅は、唐に接近して対抗措置をとる。そのような状況の中で、七三六年の遣新羅使が派遣されたのであるが、従来通りの日羅関係を主張する日本の要求を新羅に認めさせることがはなはだ困難であることは、遣新羅使一行も認識していた。そのために、遣新羅使の歌は使命感に勇躍するものはなく、望郷、妻恋いの歌が多くなってしまったのである。

『続日本紀』七三七（天平九）年の項には、二月一五日、遣新羅使が帰朝報告をし、新羅の国がこれまで通りの礼儀を無視し、我が使節の使命を受け入れなかったことを奏上したと記録されている。そこで聖武天皇は要人四五人を内裏に召し集めて、それぞれの意見を陳べさせた。

二月二二日、諸官司が意見を記した上奏文を提出した。或る者は使者を派遣してその理由を問うべきであるといい、或る者は兵を発して征伐を実施すべきであるといった。

しかし、その年は天然痘《てんねんとう》の大流行により、日本の政治を牛耳《ぎゅうじ》っていた藤原四兄弟が次々と病死し、国民にも多数の犠牲者を出し、新羅問題どころではなくなった。

新羅との関係悪化は、遣唐使の航路にも大きく影響した。六〇〇年代の遣唐使は、比較的安全な朝鮮半島沿いに進んで、黄河下流、山東半島の北側から上陸して唐の都、長安に向かったが、七〇〇年代以降は朝鮮半島に寄らず、長崎県の五島列島から一気に東シナ海を横断して揚子江《ようすこう》下流域に到達し、上陸して長安に向かった。そのため、後期の遣唐使船の方が前期遣唐使船より多く遭難している。

『続日本紀』の七三五年の記事で、新羅からの遣日使が新羅の国名を「王城国」と名乗ったとある。このことにより、これを糾すべく七三六年の遣新羅使が派遣されたが、交渉のテーブルに着くまでもなく追い返され、無視されてしまったのであるが、その後の史書に「王城国」という字は見当たらない。私にとっては謎のままである。

この時から四三年後の七七九（宝亀一〇）年には、日本からの遣新羅使が派遣され、新羅との国交は回復されている。ただし、正式の遣新羅使はこれが最後であった。新羅もその後は唐と同様、内乱が激しくなって弱体化し、九三五年に亡ぶ。

日本が遣新羅使をいつから始めたかは識者によって判断が異なるが、後掲の一覧表のごとく六六八（天智天皇七）年を第一回とし、七七九（宝亀一〇）年の派遣を最後とする説に従うこととする。

『万葉集』の最後の歌は七五九（天平宝字三）年一月一日の歌であるから、万葉の時代、すなわち第一回の六六八年から七五二（天平勝宝四）年まで二二回ほど遣新羅使が派遣されている。この二二回ほどの派遣の度に、使人たちは歌を詠んだであろうが、『万葉集』に採録されているのは七三六年の第二〇回の遣新羅使の歌のみである。『万葉集』は四五一六首から成る膨大な歌集であるが、『万葉集』に採用されなかった歌も多数あったに違いない。その数は想像を絶するものであり、その中には、もし記録されていれば、後世名歌として評価されたであろう歌も相当数あったであろう。

一三〇〇年ほど前に作られた歌の数々が、一三〇〇年経っても我々の心に深い感動を与える。要するに現代の我々日本人の価値観、発想の根元は、万葉時代の人々と全く変わっていないのだ。春夏秋冬の季節が毎年、間違いなく移り行くこの風土が先人たちに確かなＤＮＡを与えてきて、そのＤＮＡが我々の血に流れている。地政学的見地から見てもこの風土は将来も変わらないであろうから、遠い祖先から受け継いだ我々のＤＮＡははるか先の将来まで受け継がれ、同じ感動と共感を呼び起こすであろう。

本稿は七三六年の遣新羅使が詠んだ歌について、その行程を追って平城京から難波津《なにわづ》、瀬戸内海の各泊地、北九州の沿岸から壱岐《いき》、対馬《つしま》まで行って彼らの足跡をたどり、一三〇〇年前の彼らの苦闘、感動、郷愁などに同感しつつ、その跡を追ってみた次第である。

遣新羅使一覧

回数	派遣年	任命（元号）	正使名	備考	出典
1	六六八年	天智天皇七年 一一月五日	道守臣麻呂 吉士小鮪	新羅使金東厳の帰国に同行。両国共に白村江の戦い以降の国交回復を目的とした使節と考えられる。	日本書紀
2	六七〇年	天智天皇九年 九月一日	阿曇連頰垂		日本書紀
3	六七五年	天武天皇四年 七月七日	大使 大伴連国麿 副使 三宅吉士入石	翌年二月帰国。	日本書紀
4	六七六年	天武天皇五年 一〇月一〇日	大使 物部連麻呂 小使 山背直百足	この頃、前後して両国間に頻繁に使者が行き交う。一一月三日、入れ違いで金清平らが来日。一三日には高麗（高句麗復興をめざす亡命政権）の使者を送って金楊原らが来る。物部連麻呂らは翌年二月一日の帰国。この時の遣新羅使は往還四ヵ月で、最短期間を記録している。	日本書紀

5	六八一年	天武天皇一〇年 七月四日	大使 采女臣竹羅 小使 当麻公楯	同じ日に佐伯連広足を大使とし、小墾田臣麻呂を小使として遣高麗使が任命されている。九月三日、この遣新羅使、遣高麗使らが共に拝朝して出立の挨拶をしている。翌年五月一六日に遣高麗使一行が帰朝報告をしているが、遣新羅使の帰国については記録がない。	日本書紀
6	六八四年	天武天皇一三年 四月二〇日	大使 高向臣麻呂 小使 都努臣牛甘	翌年五月二六日、遣新羅使一行は学問僧の観常・雲観を伴い、新羅王の献上物を運び帰国。	日本書紀
7	六八七年	持統天皇元年 一月一九日	田中朝臣法麿 守君苅田	天武天皇の喪を伝達するために派遣されるも、新羅で六五四年孝徳天皇の崩御の際より格下の扱いを受けそうになったため、詔を渡さず、翌々年一月八日帰国。	日本書紀

8	六九二年	持統天皇六年 一一月八日	息長真人老 河内忌寸連 大伴宿禰子君	学問僧弁通・神叡を派遣。	日本書紀
9	六九五年	持統天皇九年 七月二六日	小野朝臣毛野 伊吉連博徳		日本書紀
	六九八年	文武天皇二年	不明	朝鮮の正史『三国史記』によれば、日本国から使者が来て孝昭王は崇礼殿で引見したというが、日本側の記録はない。 逆に『続日本紀』には六九七年一〇月二八日、新羅の使いの金弼徳らが日本に来て、一一月一一日、彼らを迎えるべく官人を筑紫に派遣している記録があり、翌年一月三日金弼徳らが調物を献上。二月三日、金弼徳らが本国に帰った旨の記録がある。	『三国史記』「新羅本紀」孝昭王七年三月の条。 『続日本紀』文武天皇元年一〇月、一一月、同二年一月、二月の条。

10	七〇〇年	文武天皇四年 五月一三日	大使 佐伯宿禰麻呂 小使 佐味朝臣賀佐麿	同年一〇月一九日、大使佐伯宿禰麻呂らが帰国し、孔雀および珍奇なものを天皇に献上した。	続日本紀
11	七〇三年	大宝三年 九月二二日	大使 波多朝臣広足	翌年八月三日、遣新羅使波多朝臣広足らが新羅から帰国した。 『三国史記』には日本国の使者が来た、総勢二〇四人とある。	『続日本紀』文武天皇大宝三年九月、慶雲元年八月の条 『三国史記・新羅本紀』聖徳王二年の条。
12	七〇四年	慶雲元年 一〇月九日	大使 幡文造通	翌年五月二四日帰国。	続日本紀
13	七〇六年	慶雲三年 八月二一日	大使 美努連浄麿 副使 対馬連堅石	翌年五月二八日、学問僧の義法・義基・惣集・慈定・浄達らを伴って帰国。	続日本紀
14	七一二年	和銅五年 九月一九日	大使 道君首名	翌年八月一〇日帰国。	続日本紀

15	七一八年	養老二年 三月二〇日	大使 小野朝臣馬養	小野馬養は第九回の小野毛野の弟。翌年二月一〇日帰国。	続日本紀
16	七一九年	養老三年 閏七月一一日	白猪史広成	帰国の記事はないが、翌年五月一〇日に一族と共に白猪史から葛井連に改称しているため、それ以前に帰国したものと考えられる。	続日本紀
17	七二二年	養老六年 五月一〇日	津史主治麿	同年一二月二三日帰国。	続日本紀
18	七二四年	神亀元年 八月二一日	大使 土師宿禰豊麿	翌年五月二三日帰国。	続日本紀
19	七三二年	天平四年 一月二〇日	大使 角朝臣家主	同年八月一一日帰国。	続日本紀

20	七三六年	天平八年 二月二八日	大使 阿倍朝臣継麿 副使 大伴宿禰三中 大判官 壬生使主宇太麿 少判官 大蔵忌寸麻呂	前年二月一七日入京した新羅使金相貞らは二月二七日、国号を「王城国」と告知したため、日本は無断で国号を改称したことを責め、使者を追い返している。阿倍らは新羅へ渡るも外交使節としての待遇を受けられず。帰国後新羅の「欠常礼」を奏上。なお、使節の翌年一月二七日の帰国と同時に都に疫病が流行。以後しばらくは、新羅から日本への使者は大宰府止まりで、入京を許さなかった。大使阿倍継麿は帰国途中の対馬で疫病のため、一月に客死。次男が随行しており、継麿以下、遣新羅使一行の渡航中の和歌が『万葉集』に収録されている。	続日本紀 万葉集 巻一五
21	七四〇年	天平一二年 三月一五日	大使 紀朝臣必登	同年一〇月一五日帰国。	続日本紀

	七四二年	天平一四年	不詳	『三国史記』「新羅本紀」では景徳王元年一〇月、日本国の使者が来たが、これを受け付けなかった、との記録がある。七三六年の記録ミスか。日本側には派遣した記録はない。	三国史記
22	七五二年	天平勝宝四年 一月二五日	山口忌寸人麿	『続日本紀』に山口忌寸人麿の帰国の記事はない。 一方、『続日本紀』の六月一四日の条には、新羅からの朝貢使が来日して調を献上した旨の詳しい記録がある。七三六年に険悪化した日羅関係はこの年改善されたか否か。	続日本紀

23	七五三年	天平勝宝五年 二月五日	大使　小野朝臣田守	『三国史記』「新羅本紀」にはこの年八月、日本国の使者が来たが、彼らは傲慢でしかも無礼であったので、王は彼らに会わずに追い返した、とある。 『続日本紀』では、この年は大使が任命されただけしか記録されていない。 その後、『続日本紀』には天平宝字四（七六〇）年九月一六日、小野田守を派遣した時（七五三年）に、新羅は使者の礼を失した。そのため、田守は使者の任務を果たさないで帰国した旨、記されている。	三国史記 続日本紀

24	七七九年	宝亀一〇年 二月一三日	下道朝臣長人 （遣唐使救出のための緊急派遣）	遣新羅使の下道朝臣長人らは、二年前に派遣された遣唐使の判官海上真人三狩（帰途済州島に捕らわれていた）らを率いて七月一〇日帰国した。この頃、新羅国内は内戦に近い混乱状態にあり、同年、新羅は日本に服属を象徴する御調を携え、使者を派遣した。	三国史記 続日本紀

主な参考・引用文献

・澤瀉久孝『萬葉集注釋　巻第十五』（中央公論社、一九六五年）
・高橋庄次『万葉集巻十五の研究』（桜楓社、一九八八年）
・黒板勝美・国史大系編修会編『国史大系　第1巻　日本書紀　新訂増補　前篇・後篇』（吉川弘文館、一九六六〜六七年）
・宇治谷孟『日本書紀　全現代語訳　上・下』（講談社学術文庫、一九八八年）
・黒板勝美・国史大系編修会編『国史大系　第2巻　続日本紀　新訂増補　前篇・後篇』（吉川弘文館、一九六六年）
・宇治谷孟『続日本紀　全現代語訳　上・中・下』（講談社学術文庫、一九九二〜九五年）
・犬養孝『万葉魂の歌』（世界思想社、一九九四年）
・犬養孝『万葉の旅　上・中・下』（社会思想社、現代教養文庫、一九六四年）
・犬養孝『万葉の歌びとと風土』（中央公論社、一九八八年）
・犬養孝『万葉十二カ月』（新潮社、一九八三年）
・犬養孝『万葉の人びと』（新潮文庫、一九八一年）
・犬養孝『万葉のいぶき』（新潮文庫、一九八三年）
・犬養孝『わたしの万葉百首　上・下』（ブティック社、一九九三年）
・岡野弘彦『万葉の歌　人と風土・四（大和南西部）』（保育社、一九八六年）
・井村哲夫『万葉の歌　人と風土・五（大阪）』（保育社、一九八六年）
・神野富一『万葉の歌　人と風土・六（兵庫）』（保育社、一九八六年）

・下田忠『万葉の歌　人と風土・一〇（中国・四国）』（保育社、一九八六年）
・林田正男『万葉の歌　人と風土・一一（九州）』（保育社、一九八六年）
・中西進『万葉集　全訳注原文付　一〜四』（講談社文庫、一九七八〜八三年）
・中西進編『万葉集　全訳注原文付　別巻・万葉集事典』（講談社文庫、一九八五年）
・中西進『大伴家持　万葉歌人の歌と生涯　第一巻〜第六巻』（角川書店、一九九四〜九五年）
・中西進『旅に棲む　高橋虫麻呂論』（中公文庫、一九九三年）
・中西進編『万葉集を学ぶ人のために』（世界思想社、一九九二年）
・中西進『万葉時代の日本人』（潮ライブラリー、一九九八年）
・中西進ほか編著『万葉古代学　万葉びとは何を思い、どう生きたか』（大和書房、二〇〇三年）
・中西進『万葉の秀歌　下』（講談社現代新書、一九八四年）
・江口孝夫全訳注『懐風藻』（講談社学術文庫、二〇〇〇年）
・井上秀雄訳注『三国史記　一（新羅本紀）』（平凡社、東洋文庫、一九八〇年）
・片桐洋一『歌枕歌ことば辞典』（笠間書院、一九九九年）
・井上宗雄・武川忠一編『新編和歌の解釈と鑑賞事典』（笠間書院、一九九九年）
・佐佐木幸綱・復本一郎編『三省堂名歌名句辞典』（三省堂、二〇〇四年）
・直木孝次郎『夜の船出　古代史からみた万葉集』（塙書房、一九八五年）
・直木孝次郎『古代日本と朝鮮・中国』（講談社学術文庫、一九八八年）
・森公章『「白村江」以後　国家危機と東アジア外交』（講談社選書メチエ、一九九八年）
・大和岩雄『人麻呂の実像』（大和書房、一九九〇年）
・稲岡耕二編『万葉集必携Ⅱ』（学灯社、一九八一年）

・岡野弘彦『万葉秀歌探訪』（NHKライブラリー、一九九八年）
・山田英雄『日本書紀の世界』（講談社学術文庫、二〇一四年）
・金素雲・小堀桂一郎校訂／解説『三韓昔がたり』（講談社学術文庫、一九八五年）
・寺崎保広『長屋王　新装版』（吉川弘文館、一九九九年）
・辰巳正明『悲劇の宰相長屋王　古代の文学サロンと政治』（講談社選書メチエ、一九九四年）
・上野誠編『万葉考古学』（角川選書、二〇二二年）
・鈴木武晴編『テーマ別万葉集』（おうふう、二〇〇一年）
・窪田空穂編『日本国民文学全集　第八巻　古典名歌集』（河出書房、一九五七年）
・申維翰・姜在彦訳注『海游録　朝鮮通信使の日本紀行』（平凡社、東洋文庫、一九七四年）
・石平『朝鮮通信使の真実　江戸から現代まで続く侮日・反日の原点』（WAC BUNKO、二〇一九年）
・大岡信『私の万葉集　四』（講談社現代新書、一九九七年）
・下田忠『万葉の花鳥風月　古代精神史の一側面』（おうふう、二〇〇三年）
・雨海博洋・岡山美樹全訳注『大和物語　下』（講談社学術文庫、二〇〇六年）
・片瀬博子『新・筑紫萬葉散歩』（西日本新聞社、二〇〇〇年）
・森淳司編『万葉集研究入門ハンドブック』（雄山閣出版、一九九四年）
・櫻井満監修『万葉集を知る事典』（東京堂出版、二〇〇〇年）
・米田勝『万葉を行く　心の原風景』（奈良新聞社、二〇〇二年）
・木俣修『万葉集　時代と作品』（NHKブックス、一九六六年）
・駒敏郎巻頭エッセイ／藤井金治写真『万葉集を歩く　大和、近江、難波、紀伊万葉ゆかりの地へ』（JTBキャンブックス、二〇〇一年）

・古橋信孝『万葉歌の成立』（講談社学術文庫、一九九三年）
・青木生子『万葉集の美と心』（講談社学術文庫、一九七九年）
・宮柊二・中山礼治『万葉大和の旅』（保育社、一九七四年）
・伊藤博『万葉のいのち』（塙新書、一九八三年）
・伊藤博『万葉のあゆみ』（塙新書、一九八三年）
・渡部昇一『万葉集のこころ日本語のこころ』（WAC BUNKO、二〇一九年）
・斎藤茂吉『万葉秀歌　下』（岩波新書、一九六八年）
・山崎しげ子文／森本康則写真『万葉を歩く　奈良・大和路』（東方出版、一九九五年）
・上野誠『みんなの万葉集　響きあう「こころ」と「ことば」』（PHP研究所、二〇〇二年）
・岸俊男『古代史からみた万葉歌』（学生社、一九九一年）
・山本健吉・池田彌三郎『万葉百歌』（中公新書、一九六三年）
・櫻井満『万葉びとの世界　民俗と文化』（雄山閣出版、一九九二年）
・清原和義『万葉の旅人』（学生社、一九九三年）
・清原和義写真／大森亮尚編『万葉風土　写真で見る万葉集』（求龍堂、一九九九年）
・稲岡耕二編『万葉集事典』（学灯社、一九九四年）
・辰巳正明『万葉集と中国文学』（笠間書院、一九八七年）
・渡辺守順『万葉集の時代』（教育社歴史新書、一九七八年）
・渡瀬昌忠『万葉一枝』（塙新書、一九九五年）
・小川靖彦『万葉集と日本人　読み継がれる千二百年の歴史』（角川選書、二〇一四年）
・和田清・石原道博編訳『旧唐書倭国日本伝・宋史日本伝・元史日本伝』（岩波文庫、一九五六年）

・古賀登『新唐書』（明徳出版社、中国古典新書、一九七一年）
・司馬遼太郎『街道をゆく　十三（壱岐・対馬の道）』（朝日文庫、二〇〇八年）
・白川静『初期万葉論』（中央公論社、一九七九年）
・白川静『後期万葉論』（中央公論社、一九九五年）
・久米邦武編／田中彰校注『特命全権大使米欧回覧実記　一～五』（岩波文庫、一九七七～八二年）
・松尾芭蕉／萩原恭男校注『おくのほそ道　付 曾良旅日記　奥細道菅菰抄』（岩波文庫、一九七九年）
・松尾芭蕉／久富哲雄全訳注『おくのほそ道』（講談社学術文庫、一九八〇年）
・大津有一校注『伊勢物語』（岩波書店、一九六四年）
・次田真幸全訳注『古事記　上』（講談社学術文庫、一九七七年）
・源実朝／樋口芳麻呂校注『金槐和歌集』（新潮日本古典集成、二〇一六年）
・山内昌之『将軍の世紀　下巻』（文藝春秋、二〇二三年）
・中野高行『古代日本の国家形成と東部ユーラシア〈交通〉』（八木書店出版部、二〇二三年）

あとがき

『万葉集』に魅了され、その歴史的背景を探ることが趣味となって三〇年になる。機会を作って歌われたその土地を訪れ、歌を残してくれた万葉びとの生活の場を体験し、彼らの上に流れた時間の実際を可能な限り追体験してみることが、より積極的に深く『万葉集』を理解できるものと思っている。

今回は『万葉集』巻一五の前半に載っている七三六（天平八）年の遣新羅使一行の歌一四五首の行程を追ってみた。日本の原風景、美意識の原点は白砂青松にある。

当時と比べれば人口も桁違いに増え、山陽道はすっかり工業化されてしまっているが、瀬戸内海の島には工場もなく、人口も少ないところに古代と変わらぬ美しい白砂青松を見ることができた。また、壱岐・対馬の人情の機微についても少し触れることができたように思う。

当時の使人たちの言語に絶する旅の苦闘に敬意を表し、その時に歌われた詩歌に満腔の賛意を抱くと共に、後世の我々に遺してくれた文芸・歴史に感謝する。

なお、本書を出版するに当たり、終始一貫、文藝春秋企画出版部の根本大作氏のお世話になった。深甚なる謝意を表してこの拙文を終えたい。

令和六年五月吉日

著者

著者略歴

横田　肇（よこた　はじめ）

北海道大学農学部農芸化学科卒

編著書『遣唐使と詩歌　その精神文化の背景を探る』（文藝春秋企画出版部）

『なるほど！文化考　食・民俗・歴史から』（中央公論事業出版）

『想い出の森　詩・短歌・点訳奉仕・随筆に生きた女性横田千栄子の軌跡』（冬至書房）

『酒詩《しゅし》の宴《うたげ》』（東京図書出版会）

『名言に学ぶ男の美学』（東京図書出版会）

『食文化・民俗・歴史散歩』（新風舎）

万葉《まんよう》の遺新羅使紀行《けんしらぎしきこう》

二〇二四年五月一五日　初版第一刷発行

著者　横田《よこた》　肇《はじめ》

発行　株式会社文藝春秋企画出版部
発売　株式会社文藝春秋
〒一〇二―八〇〇八
東京都千代田区紀尾井町三―二三
電話〇三―三二八八―六九三五（直通）

装丁　花村広
本文デザイン　落合雅之
印刷・製本　株式会社 フクイン

ISBN978-4-16-009063-7